U0109273

古典文藝研究輯刊

三　編

曾永義　主編

第21冊

明雜劇概論（下）

曾永義　著

國家圖書館出版品預行編目資料

明雜劇概論（下）／曾永義 著 ─ 初版 ─ 新北市：花木蘭文
化出版社，2011〔民 100〕
目 2+210 面；19×26 公分
（古典文學研究輯刊 三編；第 21 冊）
ISBN：978-986-254-563-8（精裝）
1. 明代雜劇 2.戲曲評論

820.8   100015012

ISBN-978-986-254-563-8

9 789862 545638

古典文學研究輯刊
三 編 第二一冊   ISBN：978-986-254-563-8

明雜劇概論（下）

作　　者　曾永義
主　　編　曾永義
總 編 輯　杜潔祥
出　　版　花木蘭文化出版社
發 行 所　花木蘭文化出版社
發 行 人　高小娟
聯絡地址　新北市永和區中正路五九五號七樓
　　　　　電話：02-2923-1455／傳眞：02-2923-1452
網　　址　http://www.huamulan.tw 信箱 sut81518@ms59.hinet.net
印　　刷　普羅文化出版廣告事業
初　　版　2011 年 9 月
定　　價　三編 30 冊（精裝）新台幣 48,000 元

明雜劇概論（下）

曾永義　著

目

次

第四章　中期雜劇

　　弘、正、嘉三朝約八十年間，在明代雜劇發展過程上處於轉關樞紐的時期。前期的元人北劇餘勝已經消沈殆盡，後期眞正的明雜劇尙未完全形成，所以這時期的作品不多。但卻有幾個傑出的作家，如康海，王九思、徐渭、馮惟敏、汪道昆諸人，或在風格方面，或在體製方面，能夠繼往開來，也就奠定了他們自己在明劇壇上的地位。本章就這些作家及其作品，依次敘述。

第一節　康海與王九思

　　在我國戲曲文學史上，每將康海和王九思相提並論。他們是同鄉摯友，性情同樣兀傲，遭遇和成就也相同：同爲明孝宗弘治進士，同坐劉瑾黨被貶；同爲前七子之一，同以北曲知名。他們又同樣藉雜劇來發洩胸中的憤慨，使得雜劇從此變成文人遣興抒懷的工具，而其文辭，康氏之本色渾灝與王氏之秀麗雄爽，尤得劇論家的讚賞，康作有《中山狼》、《王蘭卿》；王作有《杜甫遊春》和《中山狼院本》。在元明雜劇中，佔著相當重要的地位。

一、康海的生平

　　康海，字德涵，號對山，別號滸西山人、沜東漁父，陝西武功人。憲宗成化十一年（1475）六月二十日生，世宗嘉靖十九年（1540）十二月十四日卒，年六十六歲。高祖汝楫，永樂初任工部侍郎；曾祖爵，官太常寺少卿；祖健，官通政司知事；父鏞，仕至平陽府知事。可以說累代官宦，書香門第。

　　對山從小就很穎悟機警，和群兒嬉遊，群兒都推他做師傅。十八歲爲縣

庠生,提學看了他的卷子,非常驚奇,說他必中狀元。孝宗弘治十一年（1499）他中舉人第七名。到了弘治十五年（1502）,果然以鰲頭登第。孝宗深喜得人,讀卷官劉建等,更以爲詞意高古,嫻於政理,不只是同榜三百名進士不及,就是自有制策以來,也很少能和他相比的。所以當時天下驚傳得眞狀元。其第二名孫情,起初還不服氣,後來領原卷登殿試錄,一見嘆羨,不覺拜伏地上,久久才起。

明代狀元例授翰林院修撰,對山登第次年返鄉省母。直到正德元年（1506）才奉母入京,纂修實錄。翌年充經筵講官,三年爲會試同考官。那時閹豎劉瑾擅權,流毒縉紳,執朝官三百餘人下獄,尤其痛恨李夢陽代戶部尚書韓文草疏劾己,準備把他置之死地。夢陽在獄中急得很,用片紙向對山求援,說:「對山救我!對山救我!」對山接到後,說:「吾何惜一官,不救李死!」於是去謁見劉瑾。

劉瑾是陝西興平人,和對山算是同鄉,每以不能招致對山爲恨。因此大喜過望,倒屣相迎,盛稱對山眞狀元,替關中增光不少。對山說:「海何足言!今關中自有三才,古今稀少。」瑾驚道:「是那三才?」對山道:「就是老先生的功業,張尚書（綵）的政事和李郎中的文章。」瑾說:「李郎中不就是李夢陽嗎?應殺無赦!」對山說:「殺是該殺的,可是殺了關中就少一才了。」於是設宴歡飲,盡興才罷。第二天,瑾上了一封奏摺,夢陽即刻獲得赦免。

那年八月,對山的母親張氏卒,他奉柩西歸,與他父親合葬,當時翰林葬其親,誌狀碑傳,都要請託館閣大臣,對山卻自己作狀,又請幾個知己作碑傳,合刻爲《康長公世行敘述》一書,有人勸止他,他說:「文章只看是否能傳之久遠,不必看官爵的大小。」因此就得罪了當道權貴。

兩年後,即正德五年（1510）,劉瑾伏誅,他也坐瑾黨落職爲民。有人說:「劉瑾深恨韓、李,如果對山不夤緣附勢,何以能一言解除夢陽的災難?」又有人說:「從前對山經過順德,遇盜失財,如果不是憑藉瑾勢,有司何以督捕得那麼嚴厲,結果追還的錢財,反而比失去的還多?」王世貞在《弇州史料》也因此說對山「累有司」,其實這些話,不是構陷之辭即是傳聞之言,都是不足憑信的,因爲以對山的性情操守,我們可以相信他絕不會如此。

對於落職這件事,對山似乎有意表示得很豁達。他在〈亡妻安人尙氏墓志銘〉中說:「瑾伏誅,言官論予爲編氓。報至,安人撫掌曰:『不垢得垢,

是謂罔謬。而今而後，夫子蓋卒無垢矣！非大慶邪？』」〔註1〕有人來慰他，他也說：「玉石俱焚，自古有之。瑾誅，天下之幸，吾一人何足惜。」而事實上，他認爲這是奇恥大辱，無時無地不耿耿於懷。他在給彭濟物的一封信上說：

> 瑾之用事也，蓋嘗數以崇秩誘我矣！當是時，持數千金壽瑾者不能得一級，而彼自區區於我，我固能談笑而卻之，使饕狐讞嶮之人，卒不敢加於我，此其心與事亦雄且甚矣！當朝大臣蓋皆耳聞目見而熟知其然，方臺諫論列之際，出於一時倉卒，未暇差別，而今則又數年矣！夫伊尹之輔商也，一夫之不獲，則曰時予之辜。僕即非賢者，然豈少於商之一夫哉！大臣者乃忍使之雜於孫聰、曹元與云云之間邪？故鄙人之心，至此益放益已，披髮嘯歌，至於終身而不敢悔。此非甘心爲長沮桀溺之徒也。〔註2〕

此外他在給唐漁石、王汝言、何粹夫、沈崇實、王廷相諸人的信中也不時藉題發發牢騷。誠然，對山被列爲閹黨是大冤大枉的，正如李開先所謂「當時附瑾者，不一年由郎署府守即至正卿，君爲修撰八年，不陟一階，是果瑾黨耶？」錢謙益也說：「瑾遂欲超拜吏部侍郎，德涵力辭之，乃寢。」〔註3〕這正和對山自己所說的「瑾之用事也，蓋嘗數以崇秩誘我矣！」可以印證。而他「固能談笑卻之」，其心與事，豈不「雄且甚」？也難怪他那麼憤恨不平，更放浪形骸了。

推原對山所以獲罪的緣故，乃是因爲「眞木先伐，直躬恒蹶。」他自己說：「性喜嫉惡而不能加詳，聞人之惡，輒大罵不已。」又說：「僕喜面訐人，未有不怒者。」這樣的個性，自然與人格格不入。當對山廢置家居時，兵部侍郎楊廷議來訪，留飲而歡，對山自己彈琵琶勸酒。楊說：「家兄（即楊廷和）在內閣，早想起復您，何不寫封信和他連繫，我到京師也幫您說說。」對山聽了，即刻臉色大變，提起琵琶就往廷議的頭上擲去，廷議驚慌逃走。對山一邊追一邊罵道：「我豈是像王維那樣假作伶人，用琵琶來討官做的！」像這樣雖然可以使一般卑鄙諂佞的人感到羞慚，但未免太過了。他的個性既然如此兀傲，那麼八年修撰的日子，所頂撞的人必然很多。再加上他與王九思同詆李東陽的詩文靡弱，東陽深懷忌恨。如此，人之欲去之，猶恐不及，何況

〔註1〕 〔明〕康海：《對山文集》（臺北：偉文圖書出版社，1976年），卷7，頁346。
〔註2〕 〔明〕康海：《對山文集》，卷2，頁80～81。
〔註3〕 〔清〕錢謙益撰集，許逸民、林淑敏點校：《列朝詩集》，第7冊，頁3485。

又有劉瑾一案可以羅織呢？

對山罷歸後，放浪形骸的方法是沈溺於酒和以山水聲伎自娛。他有一支〔雁兒落〕帶〔得勝令〕：

> 數年前也放枉，這幾日全無況，閒中件件思，暗裡般般量。眞個是不精不細醜行藏，怪不得沒頭沒腦受災殃，從今後花底朝朝醉，人間事事忘。剛方，後落了膚和膀；荒唐，周全了籍與康。〔註4〕

這種心境正是他罷歸田園後的寫照，他暇時作樂府小令，使二青衣被之弦索，歌以侑觴。又每每徵歌選妓，窮日落月。他六十歲，廣邀名妓百人，舉行了所謂「百年會」，酒闌以後，各書小令一闋，命送諸王邸第，說：「此差勝錦纏頭也！」王府就替他給賞，他遊展所至「西登吳嶽，北陟九峰，南訪經臺、紫閣，東至太華、中條。停驂命酒，歌其所製感慨之詞，飄飄然輒欲仙去。」這樣在田園山水中度過了三十餘年。當他死的時候，殮以山人巾服，遺囊蕭然，而大小鼓卻有三百副，由此可以想其風致了。

對山於詩文持論甚高，與李夢陽、何景明、徐禎卿、邊貢、朱應登、顧璘、陳沂、鄭善夫、王九思等號十才子，又與夢陽、景明、禎卿、邊貢、九思、王廷相稱七才子。其文學主張一時奉為標的，著有《對山集》、《沜東樂府》、《武功縣志》等書。但他在詩文方面的評價並不高，錢謙益稱他的《對山集》「率直冗長，殊不足觀。」〔註5〕他的成就是偏向於散曲和雜劇。散曲不在本文討論範圍，以下只談他的兩本雜劇。〔註6〕

二、中山狼雜劇（附論王九思中山狼院本）

《中山狼》雜劇現在通行的版本有《盛明雜劇》、《酹江集》、《世界文庫》等，著錄有《顧曲雜言》、《遠山堂劇品》、《也是園書目》、《今樂考證》、《重訂曲海目》、《曲海總目提要》等。除《曲海總目提要》外，皆以為係對山所

〔註4〕〔明〕康海：《沜東樂府》，任中敏：《散曲叢刊》（臺北：復華書局，1963年），第7冊，頁31。

〔註5〕〔清〕錢謙益撰集，許逸民、林淑敏點校：《列朝詩集》，第7冊，頁3486。

〔註6〕康海生平見《明史》卷二八六、《明史稿》卷二六七、《國朝獻徵錄》卷二十一、《皇明詞林人物考》卷四、《本朝分省人物考》卷一○三、《明詩綜》卷三十一、《明詩紀事》丁三、《列朝詩集小傳》丙、《盛明百家詩》卷一、《靜志居詩話》卷十、〈康公神道碑〉（《渼陂續集》中）、〈康公墓表〉（《何文定公文集》卷十）、〈對山康修撰傳〉（《閒居集》卷十）、〈康王王唐四子補傳〉（《閒居集》卷十）、〈對山先生別傳〉（《少華山人文集》卷十三）、〈對山先生墓志銘〉（《對山集附》）。

作無疑，青木正兒《中國近世戲曲史》有這麼一段話：

> 就余所知範圍之中，以《中山狼》雜劇爲康海之作者，以明末《盛明
> 雜劇》爲最早，清黃文暘之《曲海目》亦取此說。然通覽《劇說》（卷
> 三）所舉關於康海與《中山狼》之明何元朗、戒庵，清朱竹垞、王阮
> 亭四家之說，及《小說考證》所列《觚賸》之說，大要皆同。概云：
> 「康海嘗救李獻吉之難，後海得罪，獻吉不之救。兩人之師馬中錫撰
> 〈中山狼傳〉，諷刺獻吉忘恩，其文載馬中錫《東田集》。」又謂「康
> 海《對山集》〈讀中山狼傳詩〉有『平生愛物未籌量，那記當年救此
> 狼』句，則〈中山狼傳〉爲諷刺此事者無疑。」諸說所言，皆舉馬中
> 錫有〈中山狼傳〉，而不言康海有《中山狼》雜劇。余雖未獲見馬中
> 錫《東田集》，然《古今說海》中有無名氏之〈中山狼傳〉，殆即爲馬
> 中錫之文也。大意與雜劇無所異，其與雜劇有極深之關係也無疑。且
> 明何元朗、王世貞、王驥德等比較評論王、康二家之北曲時，皆僅舉
> 王之《杜甫遊春》，不云康有《中山狼》。蓋諸家所評論者，爲康海之
> 散曲，而非雜劇也。以此等諸說併合考之，「時人作雜劇刺之」（《曲
> 海總目提要》之語）之說，或爲穩當歟？抑康海私作而秘其名歟？姑
> 存疑。〔註7〕

由這段話，可以發掘三個問題：一是《中山狼》雜劇到底是不是康海作品？
二是這本雜劇是不是真在諷刺李夢陽？三是〈中山狼傳〉是否爲馬中錫所撰？

青木正兒謂「以《中山狼》雜劇爲康海之作者，以明末《盛明雜劇》爲
最早。」這句話不確實。因爲祁彪佳的《遠山堂劇品》有云：「中山狼一事，
而對山、禺陽、昌期三演之，良由世上負心者多耳。」〔註8〕又沈德符《野獲
編》卷二十五〈塡詞有他意〉條亦云：「塡詞出才人餘技、本游戲筆墨間耳。
然亦有寓意譏訕者，如……康對山之中山狼則指李空同。……」〔註9〕祁氏生
於明萬曆三十年（1602），卒於清順治二年（1645），其書未知成於何時。《盛
明雜劇》爲沈泰所編，成於崇禎二年（1629），則祁氏約與沈泰同時，亦以爲
《中山狼》雜劇係康氏所作。沈德符生於萬曆六年（1578），卒於崇禎十五年
（1642），其書則成於萬曆三十四年（1606），時代更早於《盛明雜劇》。可見

〔註7〕　〔日〕青木正兒著，王吉廬譯：《中國近世戲曲史》，頁157。
〔註8〕　〔明〕祁彪佳：《遠山堂劇品》，頁153。
〔註9〕　〔明〕沈德符：《野獲編》，卷25，頁483。

萬曆以來，對山作《中山狼》雜劇以刺李空同之說，是被世人公認的，但單憑這一點尚不能定對山確實作過《中山狼》雜劇，考李開先《閒居集‧康王王唐四子補傳》有云：

> （海）數次援人於死地，弗望報也。而獲生者反造謗焉。因爲〈差差辭〉及〈中山狼傳〉而後各有所歸矣！〔註10〕

李開先是對山晚年的摯友，他的話應當很可靠。他在這裡很清楚的告訴我們，康對山曾經作過〈差差辭〉和〈中山狼傳〉來諷刺那些受過他解救，反而毀謗他的人。〈中山狼傳〉當然是指的《中山狼》雜劇。因爲傳奇小說的〈中山狼傳〉絕不可能是康海所作，同時也不是他老師馬中錫的原作。八木澤元氏《明代劇作家研究》第三章康海中有云（據羅錦堂譯本）：

> （〈中山狼傳〉）作者，據說是明代的馬中錫，因爲馬中錫的《東田文集》（卷三〈雜著〉條）記載有〈中山狼傳〉一文，所以認爲此文是馬中錫的。然而明無名氏的《五朝小說》中的《宋人百家小說》內有〈中山狼傳〉，作者爲宋代的謝良。明陸楫的《古今說海》（說淵部、別傳家卷二十九）收錄著〈中山狼傳〉，此文與《五朝小說》所載〈中山狼傳〉全部相同，只是《古今說海》未記作者的姓名。……試比較這兩種〈中山狼傳〉：宋謝良的〈中山狼傳〉，全文一千八百三十七字。明馬中錫的〈中山狼傳〉，是二千一百十一字，後者多二百七十四字。畢竟宋代謝良的〈中山狼傳〉，文章頗爲簡單。全文的內容大體相同，表現也是大部取同樣的手法。〔註11〕

按馬中錫爲成化十一年（1475）進士，官至右都御史，生卒年不詳。陸楫生於正德十年（1515），卒於嘉靖三十一年（1552），他們的時代相差不遠。如果說〈中山狼傳〉是馬中錫作的話，以其頗負時望，陸楫不應當不知而列爲無名氏，且刪節馬氏原文。因此傳奇小說的〈中山狼傳〉應當是宋代謝良原作（或是無名氏作），馬中錫大概感於當時負恩的人太多，故取來略加修飾，後來編《東田集》的人不知，也把它收入，因而造成這段混淆。

那麼，對山作《中山狼》雜劇可以說沒問題了。雜劇的最後兩支曲子〔沽美酒〕和〔太平令〕云：

> 休道是這貪狼反面皮，俺只怕盡世裡把心虧。少什麼短箭難防暗裡

〔註10〕〔明〕李開先著，路工輯校：《李開先集》，中冊，頁 634。
〔註11〕〔日〕八木澤元：《明代劇作家研究》，頁 141。

隨，把恩情番成仇敵，只落得自傷悲。〔註12〕

怪不得那私恩小惠，卻教人便唱叫揚疾。若沒有個天公算計，險些
兒被幺麼得意。俺只索含悲忍氣，從今後見機，莫痴。呀！把這負
心的中山狼做傍州例。〔註13〕

這其間充滿著憤懣，而無獨有偶，且一而再，再而三的是他的老師馬中錫特
地修改這篇傳奇小說〈中山狼傳〉，他的摯友王九思作了一本《中山狼院本》，
同時加上李開先那明明白白的話語，我們能說他這本雜劇無所指嗎？只是他
「數次援人於死地」，除了李夢陽外，還有什麼人呢？李夢陽的人品學問俱稱
上乘，尤其「以氣節名世」，他絕不可能像中山狼那樣忘恩負義。明代史乘筆
記似乎未見有夢陽與對山關係惡化的記載，《對山集》中也看不到抱怨夢陽不
救援的文字，何況夢陽之起用又在對山落職之後呢？因此把《中山狼》雜劇
牽合到夢陽身上是沒有痕迹可尋的。也許是對山救夢陽一事為士林所熟知，
恰好對山有《中山狼》雜劇，於是便將夢陽附會上，而對山所眞正要諷刺的
那位負恩造謗者，卻反而不為世所知了。

　　《中山狼》雜劇固然是有所為而為，但是拿它來當作一本泛泛的諷刺劇
亦無不可。因為以負恩的獸作寓言，據西諦〈中山狼故事之變異〉一文（見
《小說月報‧中國文學專號》），在世界是一種普遍的傳說。所以對山此劇的
主旨便是「那世上負恩的儘多，何止這一個中山狼。」他又藉著杖藜老子來
大放厥辭，痛痛快快的大罵了那些負君的、負親的、負師的、負友的、負親
戚的幾種中山狼式的人物。對山敢如此罵人，他本身確有可以拿得出的素行。
他的啓蒙師牛生，「初教以小學，繼以大學，日有進益。稍長，語及牛傳，未
嘗不泫然流涕也。」可見他尊師感恩的熱誠。「孝其母，能順其心。衣服飲食，
皆手自供奉。事五叔不啻其子；從兄弟十餘人，處之如同胞。母、姊、妻三
族之不給者，皆食於其家。張太微父喪不能舉，適有以百金徵文者，即推與
之。」可見他對於父母、兄弟、親戚的孝弟與濟助。他不辭履虎尾忤清議去
謁見權閹，解救李夢陽，可見他對於朋友的義氣。對於孝宗、武宗兩帝以皋
夔契稷自許（見〈與彭濟物書〉），可見他的忠心。以對山這樣一個躬行忠、
孝、義、弟和疾惡如仇的人，對於世上那些負恩的禽獸之流，當然要大加攻
訐了。所以《中山狼》雜劇固然是有所為而發，毋寧說他是藉此來罵盡世上

〔註12〕陳萬鼐主編：《全明雜劇》，第 5 冊，頁 2254。
〔註13〕同上註，頁 2256～2257。

負恩的人。

　　本劇除了一些憤怒咀咒的話之外，其情節完全忠實的依照〈中山狼傳〉敷演。由於小說本身已是佳構，故劇本演來自然容易得體。層次井然，排場一層比一層緊張，直到最後才豁然開朗。起首以旁筆寫趙簡子暮秋狩獵，場面極爲擴展，緊接著轉入狼的狼狽與哀苦求救，東郭先是畏懼，後來感念墨者之道，兼愛爲本，乃設法藏狼。次折極寫趙簡子的盛怒與威脅，用以和首折映襯，以見東郭救狼之苦心與艱難，同時亦以烘托其後狼負心反噬的可憎可惡。至三、四折兩折，其中無論杏樹、老牛或杖藜老子之言，便都是作者的寄託與罵人的牢騷話了。而寫「三老」各適其分，各有各的意境，絕無重複雜沓之感。

　　有了好關目和妥貼的排場，還要有妙辭佳白和諧協的音律，劇本才算完美。本劇在這幾方面都做到了。對山雖然生於明代中葉，距離元劇的黃金時代已經很遠，但是本劇則十分具有元劇佳作的風貌。其聯套的方式，字句平仄聲韻的調諧，皆不出元人矩矱；而其最大的成就則是曲辭的豪放雄渾與賓白的醒豁巧妙。《盛明雜劇》沈泰的眉批說：「此劇獨擅澹宕，一洗綺靡，直掩金元之長，而減關、鄭之價矣！韻絕快絕。」〔註14〕祁彪佳《遠山堂劇品》也說：「曲有渾灝之氣，白多醒豁之語。」〔註15〕青木正兒氏《中國近世戲曲史》更謂：「賓白無寸隙，曲辭語語本色，直摩元人之壘。」〔註16〕這些批評都很中肯，並不算溢美。且舉些例子來看看：

> 堪笑他謀王圖霸，那些個飄零四海便爲家。萬言書隨身衣食，三寸
> 舌本分生涯。誰弱誰強排蟻陣，爭甜爭苦鬧蜂衙。但逢著稱孤道寡，
> 儘教他弄鬼搏沙。那裡肯同群鳥獸，說什麼吾豈匏瓜。有幾個東的
> 就、西的湊，千歡萬喜；有幾個朝的奔，暮的走，短歎長呀。命窮
> 時、鎮日價河頭賣水；運來時、一朝的錦上添花。您便是守寒酸、
> 枉餓殺斷簡走枯魚；俺只待向西風、恰消受長途敲瘦馬。些兒撐達，
> 怎地波嗏。（〔混江龍〕）〔註17〕

這樣的聲口雖然出自以墨者自居的東郭先生，但事實上是對山夫子自

〔註14〕〔明〕沈泰編：《盛明雜劇》，初集，卷19，頁2

〔註15〕〔明〕祁彪佳：《遠山堂劇品》，頁153。

〔註16〕〔日〕青木正兒著，王吉廬譯：《中國近世戲曲史》，頁159。

〔註17〕陳萬鼐主編：《全明雜劇》，第5冊，頁2215～2216。

道。篇章中還是滿腹牢騷，刺東諷西。他既然看透了「誰弱誰強排蟻陣，爭甜爭苦鬧蜂衙」，對於自己的安排便只有「向西風恰消受長途敲瘦馬」了。其遣詞造句雅俗兼熔，雅的不覺其為經子中語；俗的亦不察其出於市井之口，但覺滔滔滾滾，如長河千里。文字語彙的運用，真是熨貼自然，天衣無縫。而對山使得他的曲辭顯出豪邁雄渾的另一個原因，則是擅於運用狀聲字。

> 只見他笑溶溶的臉兒都變做赤留血律的色，提著那明晃晃的劍兒怕不是辛溜急刺的快。把一個骨碌碌的車兒止不住足丟撲答的拍。卻教俺戰篤篤的魂兒早不覺滴羞跌屑的駭。兀的不閃殺人也麼哥，兀的不閃殺人也麼哥。您便是古都都的嘴兒，使不著乞留兀良的賴。
>
> （〔叨叨令〕）〔註18〕

這是全劇中一支比較顯著的例子，諸如此類的，還有多支。用狀聲字用得這麼自然，較之元人毫不遜色，而在明雜劇中除了周憲王外，是沒有誰能比得上的。

> 俺心兒裡多驚怕，口兒裡閑嗑牙。俺待向落日疏林看晚霞，驢背上偏瀟灑。著甚麼緊橫枝兒救拔。俺只怕熱肝腸翻成冷話，那裡管野草閑花。（〔醉中天〕）〔註19〕
>
> 心慌腳怎移，膽小魂先怕。這寒驢兒把布囊搭胯。難道是狹路上相逢不下馬，那其間吉凶難查。您休得嘈喳，俺加些掙扎。只怕話不投機半句差，須索要言詞對答，使不著虛脾奸猾。（中山狼呵！）則被您險些兒把俺管閑事的先生，斷送的眼巴巴。（〔賺煞〕）〔註20〕
>
> 亂紛紛葉滿空山，淡氤氳煙迷野渡，渺茫茫白草黃榆，靜蕭蕭枯藤老樹，昏慘慘遠岫殘霞，疏剌剌寒汀暮雨。騎著這骨稜稜瘦駑駘，走著這遠迢迢屈曲路。冷淒淒隻影孤形，急穰穰千辛萬苦。（〔鬥鵪鶉〕）
>
> 〔註21〕
>
> 俺道您瓊林玉樹，卻元是朽木枯株。只好做頑椿兒繫馬，短橛兒拴驢。您道是結子開花，枉做了木奴。今日裡斷梗除根，只當是折蒲。都似這義負恩辜，俺索做鉏麑觸槐根一命殂。（〔綿搭絮〕）〔註22〕

〔註18〕同上註，頁 2227～2228。
〔註19〕同上註，頁 2220。
〔註20〕陳萬鼐主編：《全明雜劇》，第 5 冊，頁 2224。
〔註21〕同上註，頁 2235。
〔註22〕同上註，頁 2244～2245。

讀了上邊所舉的曲子，我們可以看出，本劇的曲辭在雄渾毫邁之中，包括著各種不同的韻致。像〔醉中天〕於緊迫之際猶不失閒逸之趣，這種筆墨最難。〔賺煞〕純用白描，質樸自然，而其骨架中自見逼人之氣。〔鬥鵪鶉〕一曲先極力描寫秋日的大荒野，最後才勾畫出「騎著骨稜稜瘦駑駘」的「隻影孤形」。色彩越是綺麗繽紛，越教人感到蕭爽淒絕。〔綿搭絮〕則以雋語見清妙，寫得很脫俗。辛稼軒詞素以豪放稱，而亦時見精緻，可見一個出色的作家是不能以某種風格來局限的。本劇佳曲甚多，幾乎每支都好，細讀自知，無庸在這裡一一枚舉了。

其次再來看看本劇的賓白是如何的「醒豁無寸隙」：

> 俺聞的古人說，大道以多歧亡羊。想起來，羊乃至馴之畜，一個小廝兒，便可制伏，尚且途路多歧，走的來沒尋處。這狼怎比羊的馴擾？況這中山的歧路恁多，那一處不走的狼去？卻在這官塘大路裡尋覓，這不似緣木求魚、守株待兔麼。〔註23〕

這一段話是東郭先生對趙簡子說的，那時趙簡子正盛怒威脅，他侃侃而辯，理由說得很周詳，妙是前後都用成語，更加圓潤飽滿。這樣的辭鋒，有誰能找出破綻呢？

> 這是俺的書囊，那狼可是活的，囊兒裡怎的不動一動？他是有頭有尾有四足的，似這般小小的囊兒，甚法兒藏著？打開看也打甚麼不緊，只可惜顛倒了俺的書，枉費了這手腳也！〔註24〕

像這樣的白話，不是挺漂亮的嗎？至於說理的圓到，使得趙簡子無話可說，那只是餘事罷了。

王九思的《中山狼院本》，雖稱作「院本」，其實還是雜劇。因為它所用的曲調是〔北雙調·新水令〕套，而且卷末有題目、正名，通劇皆由生扮東郭先生獨唱，這種形式完全和雜劇的一折加上題目、正名相同，而與我們所知的院本形式兩樣。也許王九思以其只有一折，故不稱雜劇而稱院本。用一折做一本雜劇，或謂始自元人「晚進王生」的《圍棋闖局》。可是《圍棋闖局》係增補《西廂記》，並非獨立的一折一劇，自不能認作創格。因此，就現存的元明雜劇和祁氏《劇品》所列存目（皆標注折數）看來，九思此劇可以說「自我作祖」，明代的短劇從他開了端緒，而徐文長以後就如雨後春筍了。

本劇大致還是依照〈中山狼傳〉敷演，但因為只用一折，所以關目極為

〔註23〕同上註，頁 2229。
〔註24〕同上註，頁 2231～2232。

簡單，其安排也每每見出罅漏。譬如趙簡子問狼於東郭先生時，狼尚未出場，因此東郭先生理直氣壯，很容易的應付了簡子的威脅，其間費心費力的緊張高潮便完全沒有了。又如狼見東郭先生時並不著箭，只是虛應故事似的躲在囊裡一番，東郭救狼的大恩，因此顯得很弱。再如杖藜老人用土地神化身，頗覺無謂，而在狼的面前卻向東郭說：「這個東西，你救他做什麼？等我如今與你處置。」如此豈不露了痕迹？幸好此狼係屬笨伯，否則一撲一噬，豈止東郭傷生而已？不過也有一段妙筆，那就是東郭放出狼，狼拜謝，說過了感恩戴德的話之後，因腹內飢饞想要反噬東郭先生，然苦於說不出口，委委屈屈，忸怩作態，最後才一邊叩頭一邊說出了這麼一句話：「師父！不如把你著我吃了吧！異日一總報恩！」其表現方法不像對山的率直，雖然失去了許多分「狼性」，但卻增加了許多分「人態」，世間正不少這種人態狼性的人。

此外，無論賓白、曲辭亦皆遠遜對山。本劇〈雙調〉套共用八支曲子，每曲都很短，蓋九思在意不在辭，故不經心爲之，遂難出色。又值得一提的是，劇中東郭先稱「末」後稱「生」，這一點小跡象也可以看出南北曲交流的態勢。

作《中山狼》雜劇的除了康、王之外，還有汪廷訥和陳與郊，只是汪、陳之作俱已散佚。吳梅《霜厓曲跋》康海〈中山狼〉條有云：「李玄玉《一捧雪》傳奇第四折豪宴，曾引《中山狼》劇，爲〔北仙呂・點絳脣〕全套，與此大異。豈玄玉未見此本，遂自行填詞耶？」〔註25〕玄玉所引係〔仙呂〕套，自然不是九思之作，很可能是汪、陳佚文而非玄玉自製。

三、王蘭卿雜劇

對山的另一本雜劇是《王蘭卿服信明貞烈》，《寶山堂書目》未題撰人，《也是園書目》則列入無名氏神仙類目。但由於李開先《閒居集・對山康修撰傳》所稱對山著述數種，中有《王蘭卿傳奇》一本，且本劇第四折還引用了王九思輓王蘭卿的〔南呂・一枝花〕散套，故爲康氏之作無疑。

《王蘭卿》是敷演妓女從良守節的故事，大略是：鼇屹縣樂戶王錦之女蘭卿，與舉人張于鵬相交，誓以終身。張赴京會試，蘭卿不肯再接別客，張母知道後，就用財禮迎歸家中，做爲于鵬的空房妾。于鵬遭父喪回里，守制服滿，無心仕進，修理煖泉精舍，力耕養母，蘭卿與大婦，安心紡績，以佐

〔註25〕〔清〕吳梅：《霜厓曲跋》，頁653。

生計。而于鵬忽病亡，蘭卿與大婦治喪畢，有富家慕蘭卿姿色，千方百計，欲娶爲妾，大婦無法抵拒，憂不能已。蘭卿聞知，治酒肴與大婦飲宴，而自己陰服信石（即砒霜），仍爲大婦把盞，迨毒發，始向大婦言其故。於是于鵬舊友，敬蘭卿貞烈，齊來祭奠，而以王學士所塡〔南呂・一枝花〕樂府作爲祭文，忽見于鵬、蘭卿俱化爲仙人，乘雲而去。

　　本劇情節和周憲王的《團圓夢》、《香囊怨》極爲相似，而且都是根據當時社會事實搬演的。梅鼎祚《青泥蓮花記》卷六云：

> 關中歌兒王蘭卿，侍煖泉張子。張子死乃飲藥死。渼陂王太史九思，
> 聞而異之，爲詞傳焉。〔註26〕

王九思〔南呂・一枝花〕套，見於《碧山樂府》，其序文中亦有類似的話語。梅氏於引錄此套後，又注明道：

> 嘗記正德中陝西盩屋縣一娼死節，康太史海亦爲傳奇，余初有之，
> 久逸去。〔註27〕

可見王氏也和對山一樣作過雜劇來讚頌王蘭卿。對山和渼陂因有所感發而同作《中山狼》雜劇和院本，那麼他們對於王蘭卿一作散套、一作雜劇，是否也同樣有所感發呢？這是有可能的。因爲在康對山家中，也有和王蘭卿類似的事件發生，那就是對山長男栗死亡，其妻楊氏吞砒霜殉節一事。關於這一點，八木澤元氏已經予以指出。

　　對山的長男栗，字子寬，有異才，能詩文。娶王渼陂之女爲妻，婚後第二年，王氏即告死亡。次年再娶楊見山之末女爲繼室。可是過了兩年，即嘉靖八年（1529）五月二十二日，栗竟不幸死去，楊氏悲慟欲絕，乃於栗死後第八日服殺鼠藥企圖自殺，幸早被發現救治。但是楊氏殉節之志已堅，終於趁對山等不留意的時候，吞服砒霜和醋湯自殺，時間爲栗死後五個半月。對山對於楊氏殉節的始末，曾很詳細的寫一封信給王渼陂，並作了一篇〈祭栗與婦文〉，極爲稱讚楊氏的節義（《對山集》卷四十六），其文有云：

> 兒死吾甚痛也，今婦又飲毒死節，吾痛益甚也。夫死生大矣！婦從
> 容就義，視死如歸，烈丈夫亦或難之，婦獨不易易如是。雖爾父見
> 山先生家教有素，吾兒生前敦義尚行，方正不撓，故天特與相之，
> 使有此美，二者是耶？非邪？抑婦之所稟，純粹堅固，貞淑自然，

〔註26〕〔明〕梅鼎祚：《青泥蓮花記》（臺北：廣文書局，1980年），卷6，頁15。
〔註27〕〔明〕王九思：《渼陂集》（臺北：偉文圖書出版社，1976年），頁17。

有不待習而能者邪？鄉縣官師與士大夫老舊，俱以狀疏上達，為婦
奏請旌表，永勵同俗。二姓之光，炳耀如日，則我兩適靈寶，匍匐
萬狀，不為無功也。〔註28〕

由此看來，《王蘭卿》一劇似乎有它的寫作背景。但是有一點必須注意，那就是
劇本寫作的年代問題。八木氏指出：王蘭卿殉節一事是在正德年間，發生地又
在陝西盩屋縣，對山、渼陂那時正罷官家居，可能聞其事有感而作。如此，王
蘭卿的寫作就應當在正德間，早在嘉靖八年楊氏殉節之前。那麼，《王蘭卿》的
寫作就只是單純的在歌頌妓女王蘭卿，而不能拿楊氏的死節當作寫作背景了。
八木氏又說：也許楊氏也知道陝西境內發生過王蘭卿事件，甚至《王蘭卿》雜
劇她也看過。若果如此，則她的殉節，事實上是受《王蘭卿》雜劇的影響了。
我們若以常理來衡量，則對山似不願以從良妓妾喻其兒婦；他雖敬其貞烈，究
竟有身分之別。同時文人感興之作，在事實發生之際的可能性也較大，因此《王
蘭卿》雜劇可能只是單純歌頌王蘭卿而作。但這只是揣摩而已，主要的還是要
看劇本寫作的時間，劇本寫作的時間既然無法判明，其究竟如何也就無法斷言。
不過《王蘭卿》雜劇和楊氏的殉節有所關聯是沒什麼問題的。

本劇首折純寫王蘭卿之志：「但得箇夫妻美滿，便是我葉落歸秋。」〔註29〕
「做一個三從四德好人妻，不強如朝雲暮雨花門婦。」〔註30〕「往常時不能做
耕牧漁樵婦，則今日趁意了鴛鴦鳳鸞儔，萬種閑愁一筆勾，敢是我福分至、神
天祐，才把那不出閨門志酬，重做箇良人冑。」〔註31〕其所勾畫的形象格調，
和周憲王筆下的節妓不殊。也就是她們一生最大的願望便是「從良」。第四折蘭
卿死後，用真德洞天主下凡來讚嘆，其手法也和憲王的茶三婆、白婆婆如出一
轍。最後于鵬和蘭卿昇天，又與憲王《團圓夢》相同。因此，對山此劇對於憲
王的妓女劇是有所借鑒和規模的。王季烈《孤本元明雜劇提要》謂本劇「其事
足以風世，與《香囊怨》相類，而曲文藻麗處可比天池、玉茗，樸質處宛似實
父、漢卿，的是才人之筆。」〔註32〕這樣的評語如果用來批評《中山狼》倒很
得當，若用來批評《王蘭卿》，就未免過分溢美。大抵說來，全劇流利，可惜稍

〔註28〕〔明〕康海《對山集》，（合肥：黃山書社，2008）明萬曆10年潘允哲刻本，
　　　　卷46，頁406。
〔註29〕陳萬鼐主編：《全明雜劇》，第5冊，頁2261～2262。
〔註30〕同上註，頁2265。
〔註31〕同上註，頁2266～2267。
〔註32〕〔清〕王季烈：《孤本元明雜劇提要》，頁22。

乏氣骨，蓋據事實敷演，限於題目內容，排場不免沈滯，文字欲振無力，感人的力量就不深了。

> 想著你聰明文雅有誰及，美麗無倫輩。今日箇說出這等言語，卻怎的一病淹漸便如是，迎頭兒先諕殺大賢妻，量俺這梅英柳葉成何濟。好時節正不過供湯問食，病時節常子是磨腰擦背。卻怎生替得你半星兒。（〔小桃紅〕）〔註33〕

> 他本是蕊珠宮謫降的仙胎，因此上一寸靈心，萬劫難劃。看了他壁立千尋，光徽五典，眞箇是名稱三才。既要做上青史貞姬義客，又甚麼撞黃幡月值年災，保護根荄，不受浮埃。他如今神返丹霄，光燭三臺。（〔折桂令〕）〔註34〕

上邊兩支曲子，大致可以說是王氏所謂「樸質」與「藻麗」的代表。教人讀來但覺文從字順，平整妥適，「樸質」處只是明白通順，「藻麗」處也不過聲韻較瀏亮，稱爲中駟之作猶可，若以漢卿、玉茗爲比，便覺不倫了。難怪何良俊把本劇和王渼陂的《杜甫遊春》比較之後，要說「不逮遠矣！」（見《四友齋叢說》）

四、王九思的生平

王九思，字敬夫，陝西鄠縣人。居近渼陂，因以爲號。別署紫閣山人。憲宗成化四年（1468）生，世宗嘉靖三十年（1551）卒，年八十四歲。曾祖父琰字廷玉，由貢士授大寧令。祖父鉉字大器，受高年爵。父儒字文宗，成化七年（1451）舉人，歷任巴縣、祥符縣、南陽府三學教官，娶劉氏，生四子，渼陂爲長子。

渼陂小時候警敏穎悟，生得眉目清秀，顏色充和。當他十四、五歲時，跟隨父親在蜀中讀書，每次考試，都居前列。弘治二年（1489）鄉試中選，直到九年（1496）才進士及第，選庶吉士，授檢討。九年考滿，正値劉瑾亂政，翰林悉調部屬，他獨得吏部主事，過不了幾個月，又由員外陞任文選郎中。正德五年（1510）劉瑾伏誅，他坐閹黨，降爲壽州同知，頗有政績。但才一年，又因言官假雲南天變，鈎瑾餘黨，因而被勒令致仕。那時正逢盜賊蜂起，道阻不能歸。他的父親寫了一封信給他，信中說：「萋菲之讒，詩人刺

〔註33〕陳萬鼐主編：《全明雜劇》，第5冊，頁2280。
〔註34〕同上註，頁2290。

焉；流言之興，聖人懼焉；此古今所共聞睹也。君子求無愧於身心斯已矣，而又何惑焉。人固有以一時之絀，而成百世名者，其道固有然矣！」渼陂得書，欣喜拜受，乃潛行返鄉。

　　渼陂被貶以至於永錮，當時言官所持的理由是：「堂上堂下，一陝西三吏部，非瑾黨何以得此？」表面上看來，渼陂是夤緣和劉瑾同鄉的關係，以故得能超陞，而或許劉瑾也有意拉攏他。但是，事實上他並未黨附權閹。李開先〈渼陂王檢討傳〉有云：「時侵奪吏部之權者，不止一瑾，雖文書房，宦寺亦多請托，翁悉拒不聽。剔滯拔淹，進賢退不肖，惟憑公論行之。向為真翰林，今為真吏部。」〔註35〕可見他的個性相當耿直，豈會阿諛宦寺？然而他究竟為什麼獲罪呢？則由李東陽的一句話就可以見出端倪。當劉瑾被誅後，諸翰林俱復舊，東陽惟獨不饒九思，說：「既官至郎，不必復可也。」話中的意味，不難見出東陽、九思間的積憾已非一日了。

　　原來當渼陂考選庶吉士時，試題為「端陽賜扇詩」，渼陂有「誰剪巴江，天風吹落」之句，風格和宰相李東陽近似，有人料他必膺首選，果然不錯，他也由此知名。當時流傳這麼兩句話：「上有三老，下有三討。」渼陂為東陽旗下大將是被公認的了。後來李夢陽、康海等人上京，以復古為口號，渼陂竟捨棄前學，與李、康等沆瀣一氣，躋身士子之列。從此他反過來和李東陽所倡導的「流麗軟靡」的詩文打對臺了，東陽對這位背叛的旗下將，其憤怒厭惡之狀不難想像。而到了渼陂做文選郎中的時候，東陽廕子監生兆繁赴考科舉，渼陂只是「以眾人遇之」，不肯阿意置之首選，東陽因此更加恨他。於是劉瑾一敗，東陽即向心腹給事中李貫說：「瑾黨九思，惡得無劾！」東陽這樣假公濟私的擺佈他，他當然憤懣異常，當他被貶到壽州後，曾作了一闋〔賀新郎〕：

> 白髮三千丈，勸英雄，休開大口，惹嘲招謗。誰是詞林文章伯，誰
> 是經綸名相，又誰畫葫蘆依樣。萬事都教天定了，竈頭兒也做中郎
> 將。纔看破堪惆悵。　　清風明月無閒當，廊廟江湖，一般情況。
> 雨過名園殘煙斂，萬里瑤空滌蕩，獨自坐元龍樓上。眼底青山纔數
> 尺，笑長淮東下無高浪。誰共我，縱遐望（按此詞錄自明刊本王渼
> 陂全集，原文「清風明月」句下脫漏一三字句）。〔註36〕

字裡行間充滿著牢騷不平，言外對東陽極盡諷刺。又正德間，劉瑾請建義勇

〔註35〕〔明〕李開先著，路工輯校：《李開先集》，中冊，頁599。
〔註36〕〔明〕王九思：《渼陂集》，頁1335。

武安王廟於陝西興平縣馬嵬鎮，乞頒敕防護立碑，碑文即東陽所為。瑾敗之後，東陽命縣官掊碎碑文。對於這件事，渼陂學習唐人詠開元遺事的筆法，寫了一首七言〈馬嵬廢廟〉詩來諷刺東陽。其末四句云：「赫赫臺臣苟如此，寺人微細何嗟及。月明騎馬陟前岡，仰天一笑秋空碧。」〔註37〕另外他的雜劇《杜子美沽酒遊春》也是專為諷刺東陽諸人而作的，關於這一點，待下文再細說。渼陂放歸田園後，起初不免抑鬱怨望，慢慢的也看開了。他和對山一樣寄情歌曲，兩人在汧東、鄠杜間，相與過從談謔，選妓徵歌，以相娛樂。對山很擅長歌彈，每當渼陂作了新曲，就替他演奏，其手法的高妙，連老樂工都擊節嘆賞，自謂不如。渼陂不甘落後，也以厚貲募國工，閉門學按琵琶、三弦，並習諸曲，直到覺得工夫到家了才出門。因此他倆都成了歌場能手。對山曾有〈水仙子·懷渼陂〉一支：

> 與君真是死生交，義氣才情世怎學。南山結屋無人到，那風流依舊好。
>
> 載珠讒空自嘵嘵。李杜詩篇篇妙，鍾王書字字高，無福難消。〔註38〕

可見他們交情之深厚，與生活之寫意。這種生活他總共過了整整四十年。萬曆中，廣陵顧小侯所建遊長安，訪求曲中七十老妓，令歌康王樂府，其流風餘韻，關西人尚樂於稱道。

渼陂著有《渼陂正續集》、《王氏族譜》、《鄠縣志》、《碧山樂府正續新稿》等書。錢謙益謂「敬夫《渼陂集》粗有才情，沓拖淺率，《續集》尤為冗長。」〔註39〕可見他在詩文方面和對山一樣，評價都不高，主要的成就還是散曲和雜劇。他的雜劇一共才兩本，《中山狼院本》已在前文附帶討論過，以下專論他的《杜子美沽酒遊春》。〔註40〕

五、杜子美遊春雜劇

上文說過《遊春記》是專為諷刺李東陽而作的。按李開先〈渼陂王檢討傳〉有云：

〔註37〕同上註，頁107。

〔註38〕〔明〕康海：《汧東樂府》，頁6。

〔註39〕〔清〕錢謙益撰集，許逸民、林淑敏點校：《列朝詩集》，第7冊，頁3491。

〔註40〕王九思生平見《明史》卷二八六、《明史稿》卷二六七、《國朝獻徵錄》卷二十二、《皇明詞林人物考》卷四、《明詩綜》卷三十一、《明詞綜》卷二、《明詩紀事》丁三、《列朝詩集小傳》丙、《盛明百家詩》卷一、《靜志居詩話》卷十、〈渼陂王檢討傳〉（《閒居集》卷十）、〈康王王唐四子補傳〉（《閒居集》卷十）。

嘉靖初年，將徵之纂修實錄。而同罷吏部者，摘取《遊春記》中所
具人姓名毀於當路：「李林甫固是指李西涯，而楊國忠得非楊石齋，
賈婆婆得非賈南塢耶？」坐此竟已之。翁聞之，乃作小詞自嘲，殊
無尤人之意。〔註41〕

後來像沈德符《萬曆野獲編》、王世貞《曲藻》、蔣一葵《堯山堂曲說》、《盛
明雜劇》沈士伸評語、錢謙益《列朝詩集小傳》、《鄠縣志》等等也都有類似
的記載。所說的李西涯就是李東陽，楊石齋即楊廷和，賈南塢即賈詠。渼陂
作這本雜劇是否真的意在諷刺呢？對山〈題紫閣山人子美遊春傳奇〉有云：

夫抉精抽思，盡理極情者，激之所使也；從容舒徐，不迫不怒者，
安之所應也。故杞妻善哀，阮生善嘯，非異物也。情有所激，則聲
隨而遷；事有所感，則性隨而決；其分然也。……嗟乎！士守德抱
業，謂可久遠於世以成名亮節也；如此乃不能當其才，故托而鳴焉。
其激昂之氣，若謬乎其母已也，此其所感且何如哉！且何如哉！今
乃讀《子美遊春記》，悲紫閣山人之志亦或猶是云爾。故題諸其首，
使觀者易識其所指，可以觀士於窮達之際矣！〔註42〕

末置「正德己卯秋七月八日浐東漁父序」。己卯當正德十四年（1519），本劇
大概也成於那時候。觀序之意，渼陂是有所激而作以寄其感的。再就劇本的
內容來觀察，指桑罵槐的地方也顯而易見。譬如第二折酒客衛大郎向杜甫說：
「久聞先生高作，好便好，只是忒深奧些，我聞的先父嘗說李林甫丞相的詩
最好，清新流麗，人人易曉，先生曾見來麼？」杜甫一聽大怒道：「你說那李
林甫做什麼？他是個奸邪之徒，專一嫉賢妒能，把朝廷的事都壞了，我試說
與你聽咱。」〔註43〕於是唱了一支〔朝天子〕：

他狼心似虎牢，潛身在鳳閣，幾曾去正綱紀、明天道。風流才子顯
文學，一個個走不出漫天套。暗裡編排，人前談笑，把英雄都送了。
（你說他的好詩，他寫書賀人生子，把弄璋寫做麋鹿的麋字，聞者
無不大笑。他又吟出甚麼好詩來？）他手兒裡字錯，肚兒裡墨少，
那里有白雪陽春調。〔註44〕

〔註41〕　〔明〕李開先著，路工輯校：《李開先集》，中冊，頁600～601。
〔註42〕　蔡毅編著：《中國古典戲曲序跋彙編》，頁855。
〔註43〕　陳萬鼐主編：《全明雜劇》，第5冊，頁2318。
〔註44〕　同上註，頁2318～2319。

衛大郎又說：「似你這般說來，他如何做得到宰相地位？」杜甫說：「你說他宰相做甚麼？」接著又唱了一支〔四邊靜〕：

> 說甚麼清風黃閣，口兒能甜，命兒淩巧。柱國當權不怕傍人笑。二
> 十年鴉棲鳳巢，兀的不虛費盡堂食鈔。〔註45〕

渼陂和西涯是因為文學主張不同成仇隙，這裡所謂的「清新流麗」，不就是以西涯為首的館閣體嗎？看以上這段賓白曲辭，渼陂也實在太不留口德了。此外，像〔寄生草〕、〔青哥兒〕諸曲，也是極盡刻薄之能事。曲中屢屢用「空皮袋」、「空皮囤」的字眼，大概渼陂很看不起西涯的學問。西涯據《明史》本傳，字賓之，茶陵人。英宗天順八年（1464）進士，孝宗時官至文淵閣大學士，預機務，多有匡正，受顧命，輔翼武宗，立朝五十餘年，清節不渝。當劉瑾用事時，西涯潛移默奪，得全善類；但氣節之士多非之。他的詩足當有明一大家，地位決不在渼陂下。再說楊廷和，字介夫，新都人。憲宗成化十四年（1478）進士，正德中累官華蓋殿大學士。武宗崩，世宗未立，廷和總朝政幾四十日，以遺詔盡罷一切非常例者，中外大悅。及大禮議起，力爭不合，竟削職。賈詠字鳴和，臨潁人。孝宗弘治九年（1496）進士，改庶吉士，授編修。劉瑾柄政，黜兵部主事，瑾誅復官，累進兵部尚書。他們三人，在當時都算是名臣，絕非像李林甫、楊國忠那樣的大奸大惡，賈詠也不會是像劇中賈婆婆那樣的勢利小人。所以渼陂此劇固然有所激而發，但未免個人恩怨太深，用意太甚，決非一個讀書人所應有的態度。

本劇的前兩折都用來罵人，後兩折則全是夫子自況。他的家近渼陂，自號渼陂，劇中也用上了杜甫、岑參遊渼陂的典故。其所敘寫的，實際上是他被黜後的生活，劇中的岑參就是康對山。他屢次被薦不起，寧願「沽酒再遊春、乘桴去過海」也是事實。第三折前半寫杜甫和岑參登懷恩寺塔，其〔調笑令〕云：

> 我這裡從容問蒼穹，為著那平地裡風波損了英雄。三三兩兩廝搬弄，
> 管甚麼皂白青紅。把一箇商伯夷生扭做虞四凶，兀的不笑殺了懵懂，
> 怨殺了天公。〔註46〕

就因為他藉題罵人的這一股「乖戾之氣」是起因於冤枉，把「一箇商伯夷生扭做虞四凶」，所以杜甫登高臨遠之際，就藉他的口一吐為快了。

〔註45〕同上註，頁2319。
〔註46〕陳萬鼐主編：《全明雜劇》，第5冊，頁2328。

　　渼陂既然不是為純粹的戲劇目的而作本劇，對於戲劇的藝術自然不太留心。譬如首折單用杜甫當場，唱了一大套曲，雖然曲辭沈鬱蘊藉，但場面上豈不呆板得教人困頓？其後三折也都失之平實而無甚可觀。關目的發展也很鬆懈，談不上什麼針線穿插。固然，這是文人劇的通病，作者能表現他的所懷所感已經很夠了。

　　李開先《詞謔》有云：

　　　渼陂設宴相邀，扮《遊春記》，開場唱〔賞花時〕，予即駁之曰：「『四海謳歌百姓歡，誰家數去酒盃寬？』兩注腳韻走入桓歡韻。」因請予改作安、乾二字。至「唐明皇走出益門鎮」，予又駁之曰：「平聲用陰者猶不足取，況用『益』字去聲乎？」復請改之。上句乃「太眞妃葬在馬嵬坡」，拘於地名，急無以為應，若用「夷門」，字倒好，爭奈不曾由此去耳。因戲之曰：「非是王渼陂錯做了詞，原是唐明皇錯走了路。」滿坐大笑，扮戲者亦笑，而散之門外。〔註47〕

可見渼陂對於這本雜劇頗為得意，而李開先所指出的，也確是音律上的疵病。不過細按本劇之曲律，除了李氏所舉外，大抵平仄穩諧，聲韻調合，聯套亦得體。如首折用〔仙呂〕套十五支曲子，〔村裡迓鼓〕以下四支腔板與〔仙呂宮〕其他諸牌調稍異，自成一組，故每用於排場轉換之際。本劇在此以前主要寫杜甫痛罵李林甫，聲情激越，至此感念天寶之亂，轉入悲傷，正合調法。次折〔粉蝶兒〕後接〔醉春風〕，借〔正宮・白鶴〕連〔么〕篇，〔上小樓〕亦連〔么〕篇，都不踰矩。因此我們不能說渼陂不明音律。

　　至於本劇的文辭，則前人有很高的評價。底下先舉出幾支曲子來看看。

　　　白髮青袍，歎英雄不同年少。怨東風吹損花梢。子恐怕玉樓中、金殿側早寒尤峭。想人生富貴空勞，誰又肯惜芳春，賞心行樂。（〔粉蝶兒〕）〔註48〕

　　　兀的是秦陵漢塚，煙靄重重，日色融融。九嶷何在，楚樹雲封，湘水連空。想著那瑤池上丹霞滿空，他將那八駿馬絲韁緊控。當日個暮飲朝還，今日箇有影無蹤。（〔紫花兒序〕）〔註49〕

　　　彩雲紅日下蓬萊，響笙簫曉風一派。水添春浪潤，帆颭飾船開。春

〔註47〕〔明〕李開先：《詞謔》，頁278～279。

〔註48〕陳萬鼐主編：《全明雜劇》，第5冊，頁2315。

〔註49〕同上註，頁2327。

滿胸懷，把長劍倚天外。（〔新水令〕）〔註50〕

上邊所舉的三支曲子，加上前面所舉的，不管寫景、詠懷、敘事都能以秀麗之筆挾豪邁蕭爽之氣。李開先《閒居集・六十子詩》稱渼陂：「戲編今麗曲，善作古雄文。振鬣長鳴驥，能空萬馬群。」〔註51〕雖揄揚過高，但頗得其實。蓋秀麗是出於渼陂所以成進士，選庶吉士的彩筆；而其豪邁蕭爽則正如祁彪佳《劇品》所說的「一肚皮不合時宜，故其牢騷之詞，雄宕不可一世。」〔註52〕

康、王既然並稱，所以評論家也都相提並論，何良俊《四友齋曲說》云：

> 康對山詞迭宕，然不及王蘊藉。如渼陂《杜甫遊春》雜劇，雖金元人猶當北面。何況近代？以《王蘭卿傳》校之，不逮遠矣！〔註53〕

王世貞《王氏曲藻》云：

> 敬夫與康德涵俱以詞曲名一時，其秀麗雄爽，康大不如也。評者以敬夫聲價不在關漢卿、馬東籬下。〔註54〕

王驥德《曲律》四云：

> 王渼陂詞固多佳者，何元朗摘其小詞中「鶯巢濕、春隱花梢」，以爲元人無此一句。……又云：「《杜甫遊春》劇，金元人猶當北面。」此劇蓋借李林甫以罵時相者，其詞氣雄宕，固陵屬一時，然亦多雜凡語，何得便與元人抗衡？王元美復謂其聲價不在關、馬之下，皆過情之論也。〔註55〕

誠然如王驥德所論，假若把《杜甫遊春》一劇抬高到「金元人猶當北面」或「聲價不在關漢卿、馬東籬下」，則未免過於溢美。因爲其秀麗有時僅有句而無章，其雄爽有時也顯外強中乾，而間雜凡語，皆使本劇於白璧中見出瑕疵。因而，《遊春記》在元明雜劇中雖然有其不可忽視的地位，但比起關、馬等名家，是要略遜一籌的。何、王諸家又都以爲康對山不如王渼陂，那是就散曲而論。王驥德所謂的「康所作尤多，非不莽具才氣，然喜生造、喜堆積、喜多用老生語，不得與王竝驅。」〔註56〕也是說的散曲，何元郎雖然拿雜劇來

〔註50〕同上註，頁 2336。
〔註51〕〔明〕李開先著，路工輯校：《李開先集》，頁 221。
〔註52〕〔明〕祁彪佳：《遠山堂劇品》，頁 151。
〔註53〕何良俊《曲論》，《中國古典戲曲論著集成》，第 4 集，頁 10。
〔註54〕〔明〕王世貞：《王氏曲藻》，頁 90。
〔註55〕〔明〕王驥德：《曲律》，頁 163。
〔註56〕〔明〕王驥德：《曲律》，頁 163。

比了，但只舉了《王蘭卿》。如果他們知道《中山狼》雜劇確實是康對山作的，
而拿來和《遊春記》比的話，相信就不會如此抑康而揚王了。青木正兒氏謂
「王九思之《杜子美遊春》，詞藻典雅，固非凡手，然才氣不及《中山狼》遠
甚。」〔註57〕這樣的結論是對的。因為《中山狼》雜劇無論在結構、賓白、
曲辭各方面俱臻上乘，極其完整，而《遊春記》則不過以曲辭見長而已。

　　明代雜劇，初期尚保留元代餘勢，自周憲王以後，忽地沈寂下來。正統、
成化五十年間，有名氏作者，未見一人，直到弘治才有康、王二家。除渼陂
《中山狼院本》用北曲只一折外，二家俱能恪守元人科範，其曲辭尤能與元
人爭短長。北雜劇至此似有復興的跡象，惜其作品不多，而後繼者如徐文長、
馮汝行輩，雖亦以豪蕩雄肆見長，然於北劇規律已破壞無餘。以後作者，或
猶有斤斤以元人三尺自守的，但氣骨間已鮮有元人風貌。因此，我們可以說，
康、王二家是繼誠齋之後，給北雜劇作了一個光榮的結束。從此南北曲大量
合流，雜劇已另成一格局了。

第二節　馮惟敏及其他北雜劇作家

　　康王之外，本期的北雜劇作家還有楊愼、陳沂、馮惟敏、梁辰魚、徐渭
等五人。徐渭的作品較多，其中還有一本南雜劇，而且他的體製、風格都有
開創和突破的成就，所以單獨將他提出討論。其他四位作家以馮惟敏為最重
要，他在體製方面雖然改變元人規範，但其曲辭最有元人氣息。其他皆以綺
麗稱，已經逐漸擺脫元曲風格了。

一、馮惟敏

　　馮惟敏字汝行，號海浮山人。山東臨朐人（今山東臨朐）。武宗正德六年
（1511）生於直隸晉州（今河北晉縣）官舍，卒年不詳。生時，他的父親馮裕
方知晉州。其後裕宦遊南京、甘肅平涼、貴州石阡等地，他都隨往赴任，因
此他二十歲左右，足跡所至，已半中國。

　　惟敏能承家學，聰穎過人，大為王愼中所賞識。嘉靖十六年（1537）舉
於鄉，明年次兄惟重、弟惟訥俱成進士。可是他和長兄惟健卻屢試南宮不第，
乃在臨朐海浮山下的冶源營建別墅居住。臨朐風物優美，他遊釣其間，浩歌

〔註57〕〔日〕青木正兒著，王吉盧譯：《中國近世戲曲史》，頁 159。

自適，忘懷息機，遂有終焉之志。

嘉靖三十六、七年間，段顧言巡撫山東，爲政極爲貪酷，百姓不堪其苦，惟敏也被網羅逮治，許久才得釋放。他受到這次刺激，非常感慨，覺得在家鄉既「多糾纏」；應試春官，又「久而無望」。於是在嘉靖四十一年（1562），入京謁選。是年授直隸淶水知縣，那時已經五十二歲，他家居將三十年了。

他爲官廉潔清靜，絕不擾民，政績很好，深受百姓的歌頌。但是淶水離京師很近，豪民劣紳多爲不法，他不爲權勢所屈，把其中最頑強的拿來懲治，因而遭受排擠，改官鎮江府學教授。這時他官閒事簡，觴詠於名山勝水，日子過得比在淶水時舒適。可是胸中鬱積不平之氣，仍舊不能消釋。他曾經參與雲南鄉試閱卷，錄文多出其手。後來遷保定府通判，奉檄修府志。那時年已六十，時時有秋風蓴鱸之思。恰好又左遷魯王府官，於是自免歸里。在冶源別墅構築亭臺，命名爲「即江南」。如此終歲優遊，將近十年，才患病卒。他著有《石門集》、《馮海浮集》、《海浮山堂詞稿》。雜劇則有《不伏老》、《僧尼共犯》二種。俱存。〔註58〕

《不伏老》演宋梁顥八十二歲中狀元事。梁顥上場賓白云：「自幼讀了萬卷詩書，頗有奇志，早領本省鄉薦，屢試春闈不第，不覺雙鬢皤然，年華高邁，妻子親朋們，常勸我選了官罷。」〔註59〕這無異是作者的自白。他在《詞稿》卷二〈仙桂引・思歸〉曲中說「好功名少了半截」，可見他對於不能進士及第是多麼的遺憾。本劇正是爲發抒胸中塊壘而作的。因此劇中敘寫功名之不得意極爲眞切，即第三折演梁顥落第後與孟知節賞田園春光，痛飲嘯傲，意氣奮揚，也無非是惟敏在冶源別墅，優游林泉的寫照。

本劇排場之處理甚見匠心。如首折寫少年新進，輕薄梁顥衰老無能；然其意氣昂然，凌越壯者。三折前半全用賓白，將試官之冷嘲熱諷，演爲詼諧之場面。五折高中狀元，拜表謝恩。青木正兒云：

> 三折同爲赴試事，而其趣向各異，毫無重複單調之感。事愈單純，愈見作者苦心之跡；而其老當益壯之此老面目，於曲目中流露。〔註60〕

〔註58〕馮惟敏生平見《皇明詞林人物考》卷九、《明詩綜》卷四十五、《明詩紀事》戊八、《列朝詩集小傳》丁上、《盛明百家詩》卷二、《靜志居詩話》卷十三、〈馮氏家傳〉（《大泌山房集》卷六十五）、鄭因百師〈馮惟敏及其著述〉（《燕京學報》第 28 期）。

〔註59〕陳萬鼐主編：《全明雜劇》，第 5 冊，頁 2757～2758。

〔註60〕〔日〕青木正兒著，王吉廬譯：《中國廷世戲曲史》，頁 191。

此外或寫落第之感慨，或寫同病相憐，惺惺相惜，則爲作者懷抱所在。

《僧尼共犯》演僧明進與尼惠朗苟合，被鄰人拏姦到官審問；鈐轄司吳守常杖斷，令其還俗，僧尼二人遂成爲夫婦。《孤本元明雜劇提要》謂「情節與時劇之《思凡》《下山》略同。」〔註61〕案第三折末吊場云：「從來食色性皆同，到底難明色是空。念佛偏能行鬼路，爲官何不積陰功。」〔註62〕這樣的話語雖未至於謗佛，而其不信奉三寶，則顯而易見。因百師〈馮惟敏及其著述〉云：

> 此劇與《擊節餘音》中之「勸色目人還俗」套，俱可見惟敏之學，
> 純宗儒家，不以他教爲然。非點爲滑稽戲謔之作也。〔註63〕

他要色目人「讀孔聖之書」，「收拾梵經胡語」，對於和尚他不但不齋不敬，而且常拿來做開玩笑的對象。《詞稿》卷三〔雜曲‧仙呂‧步蟾宮〕「留僧」和〔南商〕調〔黃鶯兒〕「嘲僧」，即是用來嘲弄和尚嫖妓等不良行徑。本劇亦即藉滑稽戲謔來表示他排佛的思想。二、三折同演巡捕審案，關目重複，頗有強爲四折之嫌。排場亦覺單純，唯科諢妙處，至堪捧腹，尚能調劑觀聽。

《不伏老》全劇五折，楔曲〔賞花時〕帶〔么〕篇含在首折之內，主唱之末角並未下場。劇末用七言八句，次折用〔雙調〕套，末折用〔南呂‧一枝花〕、〔梁州第七〕、〔尾〕三曲組成之短套。凡此皆爲元劇體例所無。然通本俱由末獨唱，於唱法則謹守元人矩矱。《僧尼共犯》四折：〔仙呂〕套淨獨唱、〔越調〕套末、淨、旦分唱，〔雙調〕套淨、旦分唱、合唱，則於北劇唱法之突破極爲顯著。《王氏曲藻》云：

> 北調，……近時馮通判惟敏，獨爲傑出。其板眼務頭，擭搶緊緩，
> 無不曲盡，而才氣亦足發之。〔註64〕

可見惟敏於北曲堪稱知音。對於體製的突破，是時勢造成的。

王氏又說「止用本色過多，北音太繁，爲白璧微纇耳。然其妙處固不可及也。」《曲律》卷四亦謂「馮才氣勃勃，時見紕纇，常多俠而寡馴。」〔註65〕且舉幾支曲來看看：

> 則俺這萬丈虹霓吐壯懷，包藏著七步才。你道你日邊紅杏倚雲栽，

〔註61〕〔清〕王季烈：《孤本元明雜劇提要》，頁25。

〔註62〕陳萬鼐主編：《全明雜劇》，第5冊，頁2840。

〔註63〕鄭騫：《景午叢編》，下編，頁244。

〔註64〕王世貞：《王氏曲藻》，頁92。

〔註65〕〔明〕王驥德：《曲律》，頁162。

俺道俺芙蓉高出秋江外。打熬得千紅萬紫無顏色，終有個頭角改，精神快，都一般走馬看花朵。（〔油葫蘆〕）〔註66〕

二十年斷金同志友，今日裡共追遊。正東皇三春晴晝，望西田萬頃平疇。剛道個惜芳菲落盡還開，卻怎生嘆韶華去也難留。動不動忽地春來忽地秋，是不是白了人頭。折倒的馮唐容易老，宋玉許多愁。（〔集賢賓〕）〔註67〕

見不上山遙水遙，走了些奔奔波波的道；捱不過緣薄命薄，撇了些淒淒涼涼的窖。賭不得才高道高，惹了些嘻嘻哈哈的笑。免不得魂勞夢勞，睡了些昏昏沈沈的覺。兀的不悶殺人也麼歌，兀的不惱殺人也麼歌。總不如胡學亂學，攢了些堆堆積積的鈔。（〔叨叨令〕）〔註68〕

以上三曲都是《不伏老》的曲文。孟稱舜《酹江集》眉批云：「有氣蒸雲夢，波撼岳陽之概。此劇堪與王渼陂《杜甫遊春》曲媲美，置之元人中，亦自未肯低眉也。」〔註69〕又說：「二折三折四折，皆寫失意之況，然正如瓊筵貴客，雖醉中不作寒乞語也。」〔註70〕錢謙益更謂「當在王渼陂《杜甫遊春》上。」〔註71〕青木正兒亦謂「曲辭語語本色，直追元人。」〔註72〕這樣的批評，海浮是當之無愧的。蓋其才情橫溢，氣體高勁，雖傾吐落魄語，亦能雄鋒八面，差可比擬詩中的太白，詞中的稼軒，絕非叫囂粗獷者可比。

呀！釋迦佛鋪苦著眼，當陽佛手指著咱，把一尊彌勒佛笑倒在他家。四天王火性齊發，八金剛怒髮渣沙。搊起金甲，按住琵琶，捻轉銅叉，切齒磨牙。挪著柄降魔杵神通大，則待把禿驢頭擗了還擗。羞的箇達摩面壁東廊下，惱犯了伽藍護法，赤煦煦紅了腮頰。（〔六么序〕）〔註73〕

看了您男不男女不女，真乃是僧不僧俗不俗，這的是西方留下淫邪路。並不曾憑媒作伐，則待要相女配夫。又何曾行財下禮，也不索

〔註66〕陳萬鼐主編：《全明雜劇》，第5冊，頁2769。
〔註67〕陳萬鼐主編：《全明雜劇》，第5冊，頁2786。
〔註68〕同上註，頁2806。
〔註69〕〔明〕孟稱舜編：《古今名劇合選》，第18冊，頁1。
〔註70〕同上註，頁10。
〔註71〕〔清〕錢謙益撰集，許逸民、林淑敏點校：《列朝詩集》，第7冊，頁4067。
〔註72〕〔日〕青木正兒著，王吉廬譯：《中國近世戲曲史》，頁191。
〔註73〕陳萬鼐主編：《全明雜劇》，第5冊，頁2831。

寄柬傳書。覷不的溺窩裡並蒂葫蘆，糞堆上連理磨菇。喜的他兩意兒奚丟胡突，慌的他兩頭兒低羞篤速，諕的他兩眼兒提溜禿盧。每日價指佛賴佛，只要你穿衣喫飯隨緣度。千自由，百不做，看了你細眼單眉肚兒粗，也不是清淨的姑姑。（〔梁州第七〕）〔註74〕

則見他窗兒外超超影影，簾兒前杳杳冥冥，門兒傍老老成成。誰想他磨磨擦擦、搖搖擺擺、隘隘亨亨。猛聽的鄰舍家咳嗽了一聲，諕的我真魂不定。但能彀安安穩穩，又何必款款輕輕。（〔紫花兒序〕）〔註75〕

上三曲都是《僧尼共犯》中的曲文，較之《不伏老》，更加本色質樸，通劇無一句綺麗語。《遠山堂劇品》置本劇於逸品第二，謂「本俗境而以雅調寫之，字句皆獨創者，故刻畫之極，漸近自然。此與風情二劇，並可作詞人諧謔之資。」〔註76〕海浮大概因為此二劇內容不同，所以表現的聲口也就不一樣。本劇用疊字、狀聲字用得很成功，頗有明快曉暢之感。《孤本元明雜劇提要》云：「北曲頗當行，科諢至堪捧腹，用俚語處，俗不傷雅，足與徐文長之《歌代嘯》抗衡齊驅。」〔註77〕這話說得頗為中肯，不過《歌代嘯》非文長之作，下文當論及。本劇比起《歌代嘯》，就曲文來說，不止齊驅，而且還要凌駕。《曲藻》、《曲律》所說的「本色太多，北音太繁」、「時見紕纇」雖指海浮的散曲而言，但像《僧尼共犯》這樣的雜劇，大概他們看來也有這種毛病。任二北《散曲概論》卷二云：

馮惟敏《海浮山堂詞稿》四卷，生龍活虎，猶詞中之有辛棄疾。有明一代，此為最有生氣、最有魄力之作矣。王世貞、王驥德輩之品評，皆嫌馮氏「本色過多，北音太繁。」「多俠寡馴，時為紕纇。」蓋皆崑腔發生以後，南詞盛行時之議論，殊不足據也。馮氏之長處，正在本色與寡馴；惟其如此，乃能豪辣。若論其失，有因恣肆之極，傷於獷悍者；有因任情率性之極，詞意近於頹唐，不能凡百興會者。至於全集之中，豪辣者多，而進一步渾涵於灝爛之境者猶少，但亦其成就上之缺憾；惟諸家之中，獨馮氏斯足責也。馮之意志，亦極怨憤，所異於康王者，在怨憤便索性將全部怨憤痛快出之以示人，

〔註74〕同上註，頁 2834～2835。
〔註75〕同上註，頁 2838。
〔註76〕〔明〕祁彪佳：《遠山堂劇品》，頁 168。
〔註77〕〔清〕王季烈：《孤本元明雜劇提要》，頁 25。

較少做作。而才氣之橫溢，筆鋒之犀利，無往而不淹蓋披靡，篇幅
雖多，各能自舉，不覺其濫；亦非康王一派之所及也。〔註78〕

這裡批評的雖然是海浮的散曲，而由此我們也可以看出他雜劇的風貌。海浮
的長處「在本色與寡馴；惟其如此，乃能豪辣。」但鬱藍生的《曲品》卷上
卻說：「馮侍御綺筆鮮妍。」〔註79〕因百師〈馮惟敏及其著述〉一文，對於這
一點加有按語云：

《曲品》著錄不作傳奇而作散曲者二十五人，中有惟敏名，復於二
十五人各繫評語。此二十五人中，無第二姓馮者，上引評語，當然
係指惟敏。惟敏未作過侍御，想是傳誤；「綺筆鮮妍」之評，於馮曲
作風亦不相合，或專指所作南曲？〔註80〕

吳梅《顧曲塵談》云：

海浮所長，豈獨北詞而已哉？其〔月兒高犯〕八支遠勝李中麓〔傍
妝臺〕十倍。……其詞深得南人三昧，顧世皆以北調相推重，亦傳
之有幸有不幸焉。〔註81〕

據此，鬱藍生之評，可能專指南曲而言。「綺筆鮮妍」誠然不合海浮北曲的普
遍風貌，但是他在《不伏老》一劇中，卻有不少支這樣「鮮妍」的曲子。

又東風一夜滿皇都，喚千門曉鶯低度。禁煙蒸御柳，花氣暖屠蘇。
春色平鋪，認不定看花處。（〔新水令〕）〔註82〕

我則待銷繳了丹泥北闕書，發遣了紫玉中山兔。辭離了黃金郭隗臺，
改抹了錦繡相如賦。（〔雁兒落〕）〔註83〕

此外像〔駐馬聽〕、〔逍遙樂〕、〔金菊香〕等曲莫不如此。本來一個大作家的
風格，是不能單純的加以局限的。海浮寫梁顥這樣的文人，當然會用上一些
鮮妍的字句，但大體上他還是以本色雄渾為主的。

《顧曲塵談》謂「馮汝行《不伏老》一劇，騷隱生改為《題塔記》，以北
易南，較李日華之改《西廂》，且勝十倍也。」〔註84〕可見騷隱生改《不伏老》

〔註78〕鄭騫：《景午叢編》，下編，頁40。
〔註79〕〔明〕呂天成：《曲品》，頁2220。
〔註80〕鄭騫：《景午叢編》，下編，頁245。
〔註81〕〔清〕吳梅：《顧曲塵談》（臺北：臺灣商務印書館，1988年），頁173～174。
〔註82〕陳萬鼐主編：《全明雜劇》，第5冊，頁2778～2779。
〔註83〕同上註，頁2780。
〔註84〕〔清〕吳梅：《顧曲塵談》，頁173。

爲南曲還算成功。但《遠山堂劇品‧雅品》云：「偶閱俗演〔梁太素〕曲，神爲之昏，得此劇，大爲擊節。近有《題塔記》，能暢寫其坎坷之狀，而曲之精工，遠不及此。」〔註85〕《不伏老》已爲成功之作，騷隱生其實不必再浪費筆墨了。

二、楊　愼

楊愼，字用修，號升庵，四川新都人（今四川新都縣）。孝宗弘治元年（1488）生，世宗嘉靖三十八年（1559）卒，七十二歲。穆宗隆慶初贈光祿少卿，熹宗天啓中追諡文憲。

升庵是大學士楊廷和的兒子，幼年警敏，十二歲擬作〈古戰場文〉、〈過秦論〉，長老都很驚異。入京時賦〈黃葉詩〉，李東陽極爲嗟賞，因此令他受業門下。武宗正德六年（1511）舉會試第二，廷試第一。宰相門裡出狀元，眞是名滿天下。

升庵生性風流浪漫，少時善彈琵琶，每自度新聲；考中狀元後，仍然在暑天月夜，綰兩角髻，穿著單紗半臂，背負琵琶，同三兩詩人墨客，攜幾壺酒，在西安街上歌所製小詞，撮撮撥撥，直到天曉。

世宗即位，他以翰林修撰充任經筵講官。嘉靖三年（1524），朝廷正鬧著「議大禮」，他的父親不贊成世宗過分尊崇本生父母，疏語露不平之意，世宗就聽任他乞休致仕。於是升庵率群臣伏闕哭爭，一再被廷杖，終於謫戍雲南。嘉靖七年，他的父親又因議大禮一事，被人歸罪，削職爲民。翌年六月就死了，享年七十一歲。

升庵在雲南，世宗意猶不能忘懷，每問楊愼如何？閣老以老病回答，世宗顏色才稍解。他知道了，就更加放浪形骸。有一次喝醉了，用胡粉塗面，結兩個丫髻，插上花，妓女們擁著他在街市上遊行。諸夷酋長慕他的名，求詩文不得，就想辦法以精白綾做衣襟，送給妓女們穿，趁喝酒的時候向他求書，他乘著酒興揮灑，筆墨淋漓，酋長們再同妓女買回去，裝潢成卷。有人規勸他，他說：「老顚欲裂風景，聊以耗壯心，遣餘年耳。」他的詩文是走李東陽清新流麗的路子。後來前七子的復古派興起，他就沈酣六朝，攬采晚唐，創爲淵博靡麗之詞，著作之富，爲有明第一。除《升庵文集》、《遺集》、《合集》、《陶情樂府》等詩文曲集外，雜著至百餘種，並行於世。

〔註85〕〔明〕祁彪佳：《遠山堂劇品》，頁153。

升庵初娶王氏，早卒。正德十三年（1518）繼聚黃氏。黃氏名峨，字秀眉。非常聰明賢慧，爲當時的才女，也以樂府聞名。她曾寄升庵律詩一首及〔黃鶯兒〕一支、〔羅江怨〕四支，都極爲傳誦。著有《楊夫人樂府》三卷。她比升庵小十歲，比他晚十年卒，也享年七十二歲。〔註86〕

綜觀升庵一生，學博才大，以不得人主意，竟投荒三十餘年，有志未伸，放浪以終，千古以下，還教人惋惜不置。所以沈自徵《楊升庵詩酒簪花髻》雜劇與清劉輯堂夢華居士《議大禮》傳奇，皆演升庵被貶事，爲才人致內心的感慨。

升庵在戲曲方面的著作，據著錄有《洞天玄記》和《太和記》兩種。《太和記》牽涉到作者和作品歸屬的問題，可能不是他所作，且留待下文討論許潮時才談。這裡只評述《洞天玄記》。

《洞天玄記》據楊悌嘉靖壬寅（二十一年）十月序，爲升庵「居滇一十七載」作，也就是嘉靖二十年辛丑（1541）。但在楊悌序之前有「玄都浪仙劉子」的序，此序作於嘉靖丁酉（十六年）春，且謂今所傳之《洞天玄記》，世人皆以爲陳自得所作，事實上是陳自得竊取竄改升庵之作而來。則似此記早經流傳，致被陳所竊，不應是升庵在辛丑年所作。兩序之言，互相矛盾，殊不可解。按劇中所謂「形山者身也，崑崙者頭也，六賊者心意眼耳口鼻也。降龍伏虎者，降伏身心也。」〔註87〕（楊序）則本劇爲升庵自敘歸心向道的作品。首折〔六么序〕有云：「年將四十休言小。」〔註88〕則升庵那時將近四十歲。如此，本劇的著作年代，應在嘉靖五年丙戌（1526）前後，也就是升庵被貶的第三年前後。到了劉子作序時已十餘年，所以才能說在社會上流傳，被陳自得改竄，據爲己有。楊氏序中所言，恐怕是不足據的。

本劇內容毫無可言，首二折演度脫六賊，三折使六賊降龍收姹女，四折伏虎奪嬰兒，於是功行圓滿。完全是一派道教修煉的陳套。三、四兩折按理可以在排場上下功夫，演爲熱鬧紛華的場面，但升庵卻僅用些無聊枯槁的賓

〔註86〕楊慎生平見《明史》卷一九二、《明史稿》卷二六七、《國朝獻徵錄》卷二十一、《皇明詞林人物考》卷六、《本朝分省人物考》卷一○七、《明詩綜》卷三十四、《明詞綜》卷三、《明詩紀事》戊一、《列朝詩集小傳》丙、《盛明百家詩》卷一、《靜志居詩話》卷十、〈楊升庵太史年譜序〉（《二酉園文集》卷二）、《名山藏》卷八十五。

〔註87〕陳萬鼐主編：《全明雜劇》，第5冊，頁2357。

〔註88〕同上註，頁2373。

白充數，譬如道人擬伏西林洞主（即虎），先下了一封冗長的四六駢文，作為戰書，西林洞主也用同樣的手法回敬他一封，這種文字用在戲曲中，真是不堪卒讀。故終篇板板滯滯，毫無生趣可言。

在格律方面，更是亂七八糟：第一折〔正宮・端正好〕、〔滾繡毬〕後，忽改用〔仙呂・點絳唇〕套，前者協尤侯，後者協蕭豪。若說〔正宮〕二曲係作楔子或開場用，但卷首已由末蘇武念慢詞一闋，且問答一如傳奇家門。次折〔商調・集賢賓〕五曲後，亦忽改〔仙呂・村里迓鼓〕等八曲，與首折又同協蕭豪韻，〔商調〕、〔仙呂〕間根本沒有這種借宮的例子。首折以〔六么序〕作結，不用〔尾聲〕，在元劇聯套上亦未見其例。第三折〔中呂・粉蝶兒〕套以〔堯民歌〕作結，元劇中只有《博望燒屯》一例，那可能係譌脫，不足為憑，升庵則是有意亂來。第四折〔雙調〕套中黃婆唱〔南越調・包子令〕，嬰兒唱〔北大石・歸塞北〕，雖係插曲，體製則近於傳奇。又賓白中有「洞主看畢言曰……」與「道人看罷喚黃婆去……」云云，以賓白而旁帶作者之敘事，則又近於諸宮調。王氏《曲藻》謂「楊本蜀人，故多川調，不甚諧南北本腔也。」〔註89〕王氏《曲律》亦謂「升庵北調，未盡閑律。」〔註90〕雖然李調元《雨村曲話》極力替他辯護，但事實終歸事實，升庵於音律，豈止不甚諧或未盡閑律而已。他擅長琵琶，何以於北曲音律如此無知，難道他也像徐文長那樣，肆意的在破壞音律體製嗎？

陳自得竄改而成的《太平仙記》，不惟事蹟與《洞天玄記》完全相同，即曲文賓白相襲者亦十居其九。《孤本元明雜劇提要》云：

> 今考此記改易楊作之處，如第一折〔點絳唇〕第二句「有誰參到」，到字楊作透，失韻。〔那吒令〕第六句「雲朋月老」下，楊有「吃了些那玉液瓊漿沈醉倒」句，元人格本無此句。第二折之〔集賢賓〕、〔逍遙樂〕、〔金菊香〕、〔梧葉兒〕等曲，句法頗多不同，皆此記合元曲規律，楊作不合。楊之〔尾聲〕，此改為〔浪里來煞〕，亦以〔尾聲〕之句法多誤也。第三折〔滿庭芳〕中，此記增「狂情逐五鬼三尸，勾引起無端事，我親行到此」三句，方與張小山〔西窗酒醒〕一闋相合。第四折〔駐馬聽〕中，「還嬰兒姹女姻緣債，慶龍虎把冤業解」二句，楊作「還嬰姹姻緣債，慶龍虎風雲會，把冤仇善解。」

〔註89〕〔明〕王世貞：《王氏曲藻》，頁190。
〔註90〕〔明〕王驥德：《曲律》，頁163。

亦此記比彼爲合律。然則陳之改楊，皆確有見地，非漫爲點竄也。
〔註91〕

此外像刪去末角開場和以賓白而旁帶作者之敘事處，也是陳氏的見地。那麼，也許是陳自得見楊作音律不諧，故略爲點竄，並非有意竊爲己有，世人不知，遂傳爲陳作，陳氏因而亦蒙不白之冤。升庵對許潮的《太和記》大概也曾加以點竄，以至《太和記》便有楊與許作的糾紛，其情形與此相同。甚至於也有人說，本記係元人舊本，升庵抄錄之，掩爲己有。蓋本王氏《曲藻》「升庵多剿元樂府秘本」一說，其說之不當，《雨村曲話》已經予以反駁了。且如係元人所作，何至於體製如此荒謬，眞是不值一辯。

《遠山堂劇品》列《洞天玄記》於雅品，且云：「所陳者吐納之道，詞局宏敞，識者猶以咬文嚼字譏之。」〔註92〕所評甚是。

> 一任你穿硯椿毫，舞劍輪刀，鵠立鵬翔，武略文韜，冠世才學，破敵英豪，志氣沖霄，義勇扶朝。者麼你作養文武兼濟居廊廟，怎如我鶴背高，你看我有一日降龍在東海，伏虎在西嶠。（〔六么序么篇〕）
> 〔註93〕身穿著粗粗的布袍，蓬頭垢腦，草履麻絲。化一鉢千家飯自飽，滿葫蘆任醉酕醄，向安樂窩和衣兒睡倒。端的是無榮無辱，無謅無驕。（〔逍遙樂〕）〔註94〕
> 只聽的鬧垓垓似風濤揚巨海，遍長空霧鎖雲埋。只見豁剌剌山頭門開呀虎變了也，撲碌碌擁出一夥金釵。杏臉桃腮，玉體冰骸。恰便似嫦娥離月殿，仙子下瑤堦。他那里把迷魂陣擺。（〔川撥棹〕）〔註95〕

像這些曲子堪稱爲「詞局宏敞」，不像他的詩那樣清新靡麗，升庵作北曲大概想走勁切雄麗的路子，但由於題材的關係，《洞天玄記》絕大部分的文字，都顯得造作乾枯，自然影響全劇的成就。由〈逍遙樂〉一曲，我們也可以看出升庵的心境，一個才高志大的學人，落得冥想修煉，也實在太可悲了。

三、陳　沂

　　陳沂，字宗魯，更字魯南，號石亭，又號小波，浙江鄞縣人（今浙江鄞

〔註91〕〔清〕王季烈：《孤本元明雜劇提要》，頁23。
〔註92〕〔明〕祁彪佳：《遠山堂劇品》，頁153。
〔註93〕陳萬鼐主編：《全明雜劇》，第5冊，頁2373～2374。
〔註94〕同上註，頁2377。
〔註95〕同上註，頁2411～2412。

縣）。以醫籍居南京。憲宗成化五年（1469）生，世宗嘉靖十七年（1538）卒，七十歲。

魯南小時就有文才，十歲能詩，十二歲作〈孔墨解〉、〈赤寶山賦〉，傳誦人口。正德十二年（1517）進士，改庶吉士，授編修，進侍講。忤大學士張璁，出爲江西參議，轉山東參政。有一次上京朝賀，在長安道上遇見張璁，璁慰勞說：「你離開朝廷外任已經很久了。」他說：「山東百姓非常困苦，如果能按照我的奏疏施行，百姓必將感德。」璁頗不悅，於是又轉爲山西太僕卿。他也就抗疏致仕。

致仕之後，他「杜門著書，絕意世務。」遊山玩水，賦詩寄慨，文采更加煥然，和應登、顧璘、王韋並稱四大家。他的書法學東坡，篆隸繪事，皆稱能品。《金陵瑣事》與《明畫錄》都說他最得馬（遠）夏（珪）神韻，晚年筆力尤妙。著有《遂初齋集》、《拘墟館集》等書。所著雜劇僅《苦海回頭》一種。〔註96〕

《苦海回頭》四折末本，遵守元劇規範。演胡仲淵下第歸，途中敘不遇之感（一折）。後來及第，與李迪、丁謂同除翰林，宴會於慈恩寺，登雁塔題詩。丁誤以爲胡有意諷刺，不歡而散（二折）。某日，仲淵於崇政殿說書，頗致訕誨之辭，丁乃勾結宦官譖胡，謂有欺君罔上之意，因貶爲雷州團練副使。李、丁設宴餞行，丁又假言安慰（三折）。一年後，朝廷察知仲淵之冤，遣使召返，復官侍講。仲淵則絕意仕進，遄返家鄉，入山問道於黃龍禪師，帶髮修行，終得正果。伽藍、土地謂係如來化身，乃乘天龍，由八部天神護持而去（四折）。

劇中的胡仲淵顯然是作者化身，魯南四十九歲才考中進士，可以說晚達，難免有一腔不遇之感，這是首折的背景。他官侍講時，因忤大學士張璁意，出爲江西參議，劇中敘得罪丁謂，因讒被貶雷州，便是影射這件事。張璁和丁謂的身分雖然不同，被貶的地點也不一樣，但作者之寄意，不必呆板得與事實完全吻合。而其同官侍講，同以奏疏獲罪，就不是偶然的了。至於第四折之復官與遁入空門，則是作者的空中樓閣，象徵其對於宦海浮沈的厭倦與

失望。戲劇一轉入純粹文人的手中，便每每變質了。

> 想龍門一躍，憑著俺五車書卷十年勞。看了幾番桃李，受了多少風
> 濤。今日裡四海虛名成白首，幾時个一朝平步上青霄。盼不到錦鞍
> 扶醉曲江頭，不免的解衣沽酒長安道。歎囊空旅邸，塵滿征袍。（〔混
> 江龍〕）〔註97〕

> 聽吹瓊管奏朱絃，簫鼓深杯勸。歌雜著鳥聲喧，花映著錦袍鮮，日
> 高芳樹重陰轉。香藹藹金爐寶篆，酒灩灩瑤樽玉盞，閬苑醉群仙。（〔小
> 桃紅〕）〔註98〕

> 今日個便登程、行色匆匆，依舊是一束蒲編，三尺絲桐，只見追送
> 的車馬成叢。唱殷勤難禁幾弄，勸綢繆再三鍾。朝雨空濛，柳色蔥
> 蘢。西出陽關，故友難逢。（〔折桂令〕）〔註99〕

這樣的筆墨音調，真是道道地地的文人聲口，極為典雅清綺，譬如〈小桃紅〉
簡直就像闋詞了。但綺麗之中，尚不失應有的風骨，所以沒有卑弱之感。《遠
山堂劇品》誤以為係周憲王所作，列於妙品第一，且云：

> 境界絕似《黃粱夢》，第彼幻而此真耳。及黃龍證明，鍾離呼寐，
> 則無真幻一也。周藩之闡禪理，不減於悟仙宗，故詞之超超乃爾。
>
> 〔註100〕

祁氏未免過獎此劇，列於妙品第一，頗不符其實。如置於雅品，則差不多。
境界雖然和《黃粱夢》類似，但劇中根本無所謂「闡禪理」，也沒有「鍾離呼
寐」的關目，祁氏恐未細讀本劇。賓白以雅潔見長，淨角「糠粃在前，瓦礫
在後，我不前不後，簸揚不得，沙汰不得。」一諢極俊。

　　論到本劇關目的布置和排場的處理，以及音律方面，那毛病就多了。首
折在落第途中，說了一大堆希冀功名和遭時不遇的牢騷話，次折忽地就在慈
恩寺宴會題詩。第四折敷演了得詔復官、返歸鄉里、入山問道、修成正果四
個關目，時間距離相當長，而卻演於連續的一折，末角根本沒下過場；這樣
的安排，甚不合理。又通劇排場亦顯板滯，少生動之趣。首折協蕭豪而偶雜
歌戈，次折協先天而偶雜寒山；第三折用〔雙調〕，而第四折用〔中呂〕長達

〔註97〕陳萬鼐主編：《全明雜劇》，第 5 冊，頁 2425～2426。
〔註98〕同上註，頁 2432。
〔註99〕同上註，頁 2440。
〔註100〕〔明〕祁彪佳：《遠山堂劇品》，頁 139。

二十支曲，於曲律欠檢討。因之本劇當是案頭之劇，非場上所宜演。

四、梁辰魚

梁辰魚，字伯龍，號少白，一號仇池外史，江蘇崑山人。年七十四卒，生卒確年不詳，約生於正德末年，卒於萬曆中葉。

他的曾祖梁紈官泉州同知；父梁介，字石重，官平陽訓導。伯龍長得很英俊瀟灑，「身長八尺有奇，疏眉、虯髯、虎顴。」生性好任俠，不屑參加科舉，勉遊太學，也中途退出。他興建華屋園囿，招來四方的奇傑俊彥。嘉靖間，七子都折節和他交往。尚書王世貞、大將軍戚繼光也都來拜訪過他。他喜飲酒，「盡一石弗醉。」更喜歡唱曲，在樓船簫鼓中，仰天歌嘯，有旁若無人的氣概。

同里魏良輔是崑腔的創始人之一，伯龍得到他的真傳，因此精於音律，「聲發金石」。張元長《梅花草堂曲談》說他教人度曲，「為設廣牀大案，西向坐而序列之，兩兩三三，遞傳疊和，一韻之乖，舳臚如約。」〔註101〕又說他風流自賞，為一時詞家所崇，「艷歌清引，傳播戚里間。白金文綺，異香名馬，奇技淫巧之贈，絡繹於道。每傳柑、禊飲、競渡、穿針、落帽，一切諸會，羅列絲竹，極其華整。歌兒舞女，不見伯龍，自以為不祥人，有輕千里來者。而曲房眉黛，亦足自雄快，一時佳麗人也。」他的同里王伯稠贈詩云：「達人貴愉生，焉顧一世譏。伯龍慕伯輿，逞情良似痴。彩毫吐艷曲，燁若春葩開。斗酒清夜歌，白頭擁吳姬。家無儋石儲，出外年少隨。玄暉愛推獎，此道今所稀。」他的風流豪舉，論者謂與元代的顧仲瑛相彷彿。

伯龍著有《伯龍詩》三卷、《遠遊稿》、及散曲集《江東白苧》。他的《浣紗記》傳奇最有名，此劇為崑曲之祖，弋陽弟子不能改調歌之，自有其崇高的地位。他所作的雜劇也相當可觀，有《紅線女》、《紅綃妓》、《無雙傳補》三種。《紅綃》已佚，所敘故事與梅鼎祚《崑崙奴》相同。〔註102〕

《紅線女》係取材唐袁郊《甘澤謠》所載紅線故事。鄭氏〈雜劇的轉變〉一文云：

〔註101〕〔明〕張元長：《梅花草堂曲談》，頁157～158。
〔註102〕梁辰魚生平見《皇明詞林人物考》卷十一、張大復《梅花草堂集》卷八、《明詩綜》卷五十、《明詩紀事》己二十、《列朝詩集小傳》丁中、《盛明百家詩》卷一、《靜志居詩話》卷十四、〈梁伯龍古樂府序〉（《弇州山人續稿》卷四十二）、《吳縣志》卷九十三。

> 此種故事，本來只能成爲短篇，鋪張成爲四折，已是索然無味，又
> 加之以紅線前身的故事，說她前生本是男子，以醫爲業，因誤殺孕
> 婦，乃被罰爲女子的一類的話，未免是畫蛇添足。〔註103〕

敘及紅線前身，以爲因果之說，誠然是畫蛇添足，而若謂此劇只能成爲短篇，
鋪張四折便索然無味，則大不然。本劇處處皆爲紅線寫照，枝枝葉葉，而莫
不爲紅線烘托。首折寫紅線居安思危，有抱負、有英才，同時又以眾妓的狎
遊作樂和薛嵩的恣情晏安映襯，於是紅線之爲奇女子便自然的顯現出來。次
折先寫田承嗣兵勢的壯盛，再寫薛嵩的憂心忡忡，於是紅線爲主解憂，束裝
出發，便得其時。關目的發展，層次分明，毫不牽強。三折先寫一座刁斗森
嚴的幕府，而紅線卻如入無人之境，猶有閒情作弄熟睡中的侍女，而承嗣醒
來，汗流浹背之際，紅線已返回河東交差了。筆墨生動，使觀閱者如身臨其
境。凡此皆爲紅線之神奇寫照。四折兩家罷兵言和，紅線功成身退。薛卒對
承嗣之賓白，謔趣十足；薛嵩及幕賓賦詩送別，亦復不俗。鄭氏又云：

> 第四折的最後一段，敘紅線拜別而去。「還是洛妃乘霧去，碧天無際
> 水空流。」……頗有些「曲終人不見，江上數峰青」之感。〔註104〕

本劇結尾的確很高妙，和《浣紗記》終於五湖遨遊有同樣的韻致。青木氏云：
「關目一據原作排演，結構極佳，女俠紅線面目，極爲生動。」〔註105〕所見
甚是。

本劇四折，恪守元人規矩，由旦獨唱到底。伯龍大概先致力於北雜劇，
後來隨良輔變弋陽、海鹽諸腔爲崑山腔，乃從事於南傳奇，所以本劇可能是
伯龍早期之作。《野獲編》卷二十五〈雜劇〉條云：

> 梁伯龍有《紅綃》、《紅線》二雜劇，頗稱諧穩。今被俗優合爲一大
> 本南曲，遂成惡趣。〔註106〕

他的《浣紗》不能改調歌之，《紅綃》、《紅線》易爲南曲，也成惡趣。可見伯
龍在音律上的造詣，已不是一般尋常樂工所能更動的了，陳田《明詩紀事》
稱其詩「有麗藻」，吳梅《霜崖曲跋》謂其《浣紗》「曲白研鍊雅潔」〔註107〕，

〔註103〕鄭振鐸：〈雜劇的轉變〉，《小說月報》（東京：東豐書店，1979），第 78 冊，
頁 14。
〔註104〕鄭振鐸：〈雜劇的轉變〉，頁 14。
〔註105〕〔日〕青木正兒著，王吉盧譯：《中國近世戲曲史》，頁 205。
〔註106〕〔明〕沈德符：《野獲編》，卷 25，頁 486。
〔註107〕〔清〕吳梅：《霜崖曲跋》，頁 658。

他的雜劇，也是如此。

> 萬里潼關一夜，呼走的來君王沒處宿，唬得那楊家姐姐兩眉蹙。古
> 佛堂西畔墳前土，馬嵬驛南下川中路。方纔想匡君的張九齡，誤國
> 的李林甫。雨霖鈴空響人何處，只落得眇眇獨愁予。（〔油葫蘆〕）
> 〔註108〕

> 休認我閉月羞花情性怯，那其間自有分別。那里知我持刀拔劍心
> 腸劣。急忙里也不甚差迭，好時光今年今夜。乘著這一輪明月，
> 小身軀真俊捷。暫離公舍兩三更，也不當別，須踏破千里巢穴。（〔刮
> 地風〕）〔註109〕

> 急騰騰拜辭天路走，劍氣清風鬥。何年一鶴歸，故國還依舊。那時
> 節向古遼城重聚首。（〔清江引〕）〔註110〕

讀這樣的文字，除了賞其秀麗之外，兼亦覺其字裡行間，挾有一股雄爽之氣。
《遠山堂劇品》置本劇於雅品，謂「秀婉猶不及梅叔《崑崙奴》劇，而工美
之至，已幾於金相玉質矣。」〔註111〕金玉固然華美，而自有剛勁之姿，迥非
錦衣繡服可比，那麼自與梅氏《崑崙奴》劇的秀婉不同了。本劇賓白也頗整
飭雅潔，而像紅線自魏博歸河東時之賓白，則更如唐宋小賦，可以諷誦於齒
牙間了。

演紅線的戲曲，同時胡汝嘉也有《紅線記》。汝嘉字懋禮，號秋宇，金陵
人。明朱國楨《湧幢小品》謂胡氏《紅線》較梁氏在前，且「更勝于梁」。顧
起元《客座贅語》也說胡秋宇先生的《紅線》雜劇，「大勝梁辰魚先生。」周
暉《金陵瑣事》也說：「胡懋禮有《紅線》雜劇，最妙。吳中梁辰魚亦有《紅
線》雜劇，膾炙人口，較之懋禮者，當退三舍。」〔註112〕《遠山堂劇品·艷
品》，有胡汝嘉之《暗掌銷兵》一本，注北四折，並謂：「詞華充贍，虧透露
得俊爽之氣，否則一腐草堆矣。傳紅線之俠，不讓梁伯龍，但彼之擺脫，稍
勝之。」〔註113〕惜汝嘉之作未見傳本，無從證其優劣。

〔註108〕陳萬鼐主編：《全明雜劇》，第6冊，頁2921～2922。

〔註109〕同上註，頁2934。

〔註110〕同上註，頁2964。

〔註111〕〔明〕祁彪佳：《遠山堂劇品》，頁154。

〔註112〕〔明〕周暉：《金陵瑣事》，《四庫禁燬書叢刊補編》（北京：北京出版社，2005
年），第37冊，頁672。

〔註113〕〔明〕祁彪佳：《遠山堂劇品》，頁178。

伯龍另一本《無雙傳補》，附見於《江東白苧》卷上，題「補陸天池無雙傳二十折後」，自序云：

> 吳郡天池陸先生……本無雙而作記，借明珠以聯情，摛詞哀怨，遠可方甌越之《琵琶》；吐論嶒崚，近不讓章丘之《寶劍》。但始終事冗，未免豐外而嗇中；離合情多，不無詳此而略彼。謹於二十折後，更增五百餘言。重重誓盟之下，雖了百世之宿緣；匆匆花燭之餘，更罄兩年之心事。庶東床舊婿，猶憶前姻，別館新姬，未忘故主。
>
> 〔註114〕

則本劇為補陸采《明珠記》的一折，實非自具首尾的雜劇。《遠山堂劇品》列於雅品，標目「無雙傳補」注「南一折」，並謂「仍是《浣紗》整麗之筆」。〔註115〕然而它本身既不能獨立存在，自不能把它算作雜劇。

第三節　徐　渭（附論《歌代嘯》）

徐文長對於湯若士的《牡丹亭》傳奇，曾批其卷首說：「此牛有萬夫之稟。」若士也曾向盧氏李恒嶠說：「《四聲猿》乃詞場飛將，輒為之唱演數通，安得生致文長，自拔其舌。」〔註116〕（冰絲館《牡丹亭》譫菴居士敘）可見這兩位在明代劇壇享大名的大作家是多麼的互相傾倒。文長不僅是戲劇大家，而且也是有名的畫家、書法家、詩人、散文兼駢文家、文學評論家，同時也擅長軍謀戰略，使得巨寇自來投網。他可以說多才多藝，文武全能，而「幾間東倒西歪屋，一個南腔北調人」：這樣的不拘禮法，脫略世俗，固然使他落魄潦倒，甚至於發狂殺妻；但是他性情的嶔奇磊落和文學藝術的卓越成就，卻使得婦孺皆知、垂名萬世。他真是古今一個奇人。

一、徐渭的生平

徐渭，字文清，更字文長，號天池。天池漱生、天池山人、天池生、鵬飛處人、清藤道士、青藤山人、漱老人、山陰布衣、白鷴山人、田水月、海笠、佛壽等，都是他的別署。浙江山陰人。明武宗正德十六年（1521）二月

〔註114〕〔明〕梁辰魚著，彭飛點校：《江東白苧》（上海：上海古籍出版社，1985年），頁7。
〔註115〕〔明〕祁彪佳：《遠山堂劇品》，頁154～155。
〔註116〕蔡毅編著：《中國古典戲曲序跋彙編》，頁1229。

四日生，神宗萬曆二十一年（1593）卒，七十三歲。

　　他的父親徐鏓，字克平，孝宗弘治二年（1489），以戍籍中貴州舉人，歷官巨津、嵩明、鎮南、潞南、江川、祿豐、三泊、夔州等地。嫡母苗氏，雲南澂江府江川縣人，生二子，長淮、次潞。淮長文長二十九歲，潞長二十七歲。文長是他父親晚年辭官歸里和侍妾所生，生下一百多天，他父親就去世。生母在他十歲時改嫁，他二十九歲時才迎養歸家。因此，文長少年的教養，都是出自於嫡母苗氏。他在嫡母〈苗宜人墓誌銘〉中說：「其保愛教訓渭則窮百變、致百物，散數百金，竭終身之心力，累百紙不能盡，謂粉百身莫報也。」感激之情，洋溢字裡行間。

　　文長生性警敏，九歲能文，十幾歲倣揚雄〈解嘲〉作〈釋毀〉，二十歲爲諸生。過了十餘年，直到嘉靖三十五年（1556），胡宗憲總督浙江，才召他掌書記。他代宗憲草〈獻白鹿表〉爲世宗所欣賞，宗憲也因此器重他，寵禮獨甚，待他如上賓。他小時與張氏子嬉遊，即脫略有豪放氣，這時雖然幕府森嚴，「介冑之士，膝語蛇行，不敢舉頭。」但他卻「葛衣烏巾，長揖就坐，縱譚天下事，旁若無人。」更可以「非時出入」。有一次宗憲有緊急的公文要他起草，一時找不到他，「深夜開戟門以待」。有人訪知他正和一群少年在市上飲酒，喝得大醉叫囂，連拖都拖不動了。宗憲對於他這放蕩不羈的行爲，不只不責怪，反而大爲讚賞。他對於自己的才略也相當自負，知兵而好奇計，所以軍機大事，宗憲都找他商量。據說誘擒海寇徐海、王直的大功，就是得力於文長的謀略。幕府中的歲月，可以說是他一生中最得意的了。

　　可是得意的日子並不長，嘉靖四十一年（1562），宗憲以嚴嵩黨羽被逮，文長失去了憑依，又憂慮被禍，終致發狂。他爲人本來就多猜忌，此時又懷疑他的後妻有外遇，竟無緣無故的把她殺死。因此被判死刑，在獄中數年，幸得張元忭等人的奔走，才把他救出來。他鬱鬱不得志，狂病更加厲害，有時就用竹釘貫竅，左進右出，一點也不覺得痛楚，有時就拿鐵錐打擊腎囊，雖打碎了，卻也不死。有人說，那是他後妻的冤魂附體來折磨他的。後來慢慢好了，他就縱遊金陵，客上谷，居京師。他在京師住在張元汴舍旁，兩人交情很好，但他性情縱誕，元汴及其他友人則拘拘於禮法，這樣一久，他心裡很不高興，大怒道：「吾殺人當死，頸一茹刃耳；今乃碎磔吾肉！」於是舊病復發，只好返回山陰。

　　回到家鄉後，狂病時作時止，天天閉著門和幾個狎客飲酒作樂，對於富

貴人非常厭惡，連郡守求見都謝絕。曾有訪客趁機把門打開，身子已跨進了一半，文長卻用手擋住門口，說：「我不在家。」爲此得罪了許多人。元汴死，他白衣往弔，撫棺大慟，不告姓名而去。元汴諸子追上他，哭拜在地，他垂手撫慰，但終不出一語。他自從辟穀謝客，十餘年來，才出過這次門。他的生活非常窮苦，只靠賣字畫爲生，但只要手頭稍微寬裕，就是價錢再高也不肯動筆了。他原本有書數千卷，此時典賣殆盡，床帳被席都破舊不堪，也無力更易，以至於藉蒿而寢。他就這樣寂寞落拓的死去。

文長二十一歲時入贅廣東陽江潘氏，潘氏十九歲即夭折，夫妻感情甚篤，生一子，名枚。三十九歲又入贅杭州王氏，王氏性情惡劣，他在〈楊夫人樂府序〉中說楊升庵能得「才藝冠女班」的黃氏夫人是他的造化，也因而「深愧夫余婦憨戇」，所以不久就與王氏離婚。四十歲娶張氏，生子枳，四十六歲就因殺張氏下獄。枳二十五歲入贅山陰王氏，後入寧遠鎮李如松幕府。文長晚年就是寄居在枳的岳父家。他們父子同樣入贅，同樣寄食幕府，眞是「克紹箕裘」。

文長面貌修偉白皙，聲音朗然如鶴唳，據說他中夜呼嘯，有群鶴相應。讀書好深思，早年研究王學，也探究佛學，自謂有得於《首楞嚴》、《莊》、《列》、《素問》、《參同契》諸書，他盡斥注家膠戾，獨標新解。對於神仙道化，他也深爲相信。那時盛傳大學士王錫爵的女兒貞壽（曇陽子）成仙而去，他就作了一篇〈曇大師傳略〉，還寫了十首〈曇陽〉詩。他的大哥淮，更迷信修仙，死前一個月還在會稽山中鑄鼎煉丹。就因爲他的學問思想如此，「不爲儒縛」，而且憤世嫉俗，所以他在文學、藝術上的作法和看法也都能擺脫傳統的約束。他的草書奇絕奔放，畫花草竹石，超逸有致。自以爲「書第一、詩二、文三、畫四。」他死後三十年，袁宏道和陶望齡閱其殘稿，相與激賞，謂嘉靖以來第一人，於是付梓出版，盛傳於世，文長之名也因此大顯。〔註117〕

袁宏道知道有徐文長這個人，是因爲看到他的雜劇《四聲猿》，《四聲猿》在當時的評價就很高。文長一生雖然僅做了這四本短劇，但其體製、音律都具有除舊創新的魄力，文辭更直逼關馬，在我國戲曲史上是足以卓立千古的。

〔註117〕徐渭生平見《明史》卷二八八、《明史稿》卷二六八、《國朝獻徵錄》卷一一五、《皇明詞林人物考》卷十二、《本朝分省人物考》卷五十一、《明詩綜》卷四十九、《明詞綜》卷四、《明詩紀事》己十七、《明畫錄》卷六、《列朝詩集小傳》丁中、《盛明百家詩》卷二、《靜志居詩話》卷十四、〈徐文長傳〉（《袁中郎全集》卷十一）、〈徐文長傳〉（陶望齡，《徐文長文集》卷首）、《徐文長自著畸譜》、《浙江通志》卷一八〇。

二、四聲猿雜劇

　　《四聲猿》是集合四本雜劇而成，正名作「狂鼓史漁陽三弄，玉禪師翠鄉一夢，雌木蘭替父從軍，女狀元辭凰得鳳。」每一句代表一本雜劇的正名。所謂「四聲猿」是取義於《水經·江水注》「巴東三峽巫峽長，猿鳴三聲淚沾裳。」「高猿長嘯，屬引淒異；空谷傳響，哀轉久絕。」〔註118〕《雨村曲話》謂「取杜詩『聽猿實下三聲淚』而名也。」〔註119〕猿鳴三聲已不忍聞，其第四聲之淒異哀轉，必教人腸斷。顧公燮《消夏閑記》謂「猿喪子，啼四聲而腸斷。文長有感而發焉，皆不得意於時之所爲也。」〔註120〕吳梅《顧曲塵談》云：

> 或謂文長四曲，俱有寄託，余嘗考之。文長佐胡梅林（宗憲）幕時，山陰某寺僧，頗有遺行，文長曾嗾梅林以他事殺之。後頗爲屬。又文長之繼室張氏，才而美，文長以狂疾手殺之。又文長助梅林平徐海之亂，嘗結海妾翠翹，以爲內援。及事定，翠翹失志死。吾鄉秦膚雨，曾作〈翠翹歌〉以弔之，頗不直文長所爲。故所作《四聲猿》：《翠鄉夢》，弔寺僧也。《木蘭女》，悼翠翹也。《女狀元》，悲繼室張氏也。此說雖出王定桂，然無所依據，亦不可深信。且《漁陽》一劇，未嘗論及，其言亦未完全，不如勿深考之爲愈也。與其鑿空，不若闕疑。余僅喜其詞之超妙而已，它何論乎？〔註121〕

文人之好附會，莫如王定桂（見王定桂《後四聲猿·序》）。我們還是本著瞿庵的態度，「但賞其文詞之超妙，它何論焉。」文長對於自己這四本雜劇也頗爲自得。王驥德《曲律》四云：

> 徐天池先生《四聲猿》，故是天地間一種奇絕文字。木蘭之北，與黃宗嘏之南，尤奇中之奇。先生居與余僅隔一垣，作時每了一劇，輒呼過齋頭，朗歌一過，津津意得。余拈所警絕以復，則舉大白以釂，賞爲知音。中《月明度柳翠》一劇，係先生早年之筆，《木蘭》、《禰衡》，得之新創；而《女狀元》則命余更覓一事，以足四聲之數。余舉楊用脩所稱黃崇嘏《春桃記》爲對，先生遂以春桃名嘏。〔註122〕

〔註118〕〔後魏〕酈道元：《水經注》（臺北：世界書局，1983年），頁426。

〔註119〕〔清〕李調元：《雨村曲話》，《中國古典戲曲論著集成》，第8集，頁22。

〔註120〕〔清〕顧公燮：《消夏柔記摘鈔》，《法芬接秘笈》（上海：商務印書館，1917年），第2集，下冊，頁24。

〔註121〕〔清〕吳梅：《顧曲塵談》，頁172。

〔註122〕〔明〕王驥德：《曲律》，頁167～168。

這段話記載《四聲猿》寫作先後的次第,即《翠鄉夢》最早,其次《雌木蘭》、《狂鼓史》,最後才是《女狀元》。由文長的「呼過齋頭」以及「朗歌」與「嚼大白」,不難想像他寫作時的神情和自鳴得意的狂態。

以四種劇本合題一個總名,上文說過是始於成弘間沈采的《四節記》。後來《太和記》「按二十四氣,每季填詞六折,用六古人故事,每事必具始終,每人必有本末。」〔註123〕(《野獲編》卷二十五)就是《四節記》的擴充。《四聲猿》雖然也以「四」為總題,但成分不像《四節記》那樣整齊,其故事內容也完全不同類,形式結構更有折數多少及南北曲的不同。因此《四聲猿》在合劇上雖取法於《四節記》,但仍有其突破的地方。它合四本雜劇的正名於篇目,這種形式也為後來沈璟《博笑記》所取法。同時汪道昆的《大雅堂四種》,可能也是步趨《四聲猿》而來的。

(一)《狂鼓史》

《狂鼓史》演「禰衡擊鼓罵曹」,這已是家喻戶曉的掌故,但文長並未呆板的接照史實敷演。第一,根據《後漢·禰衡傳》,禰衡擊鼓時並未罵曹,罵曹時並未擊鼓,擊鼓與罵曹是兩件事。文長此劇則合為一事,而將營門的大罵,當作了擊鼓時的廷辱。在戲劇的效力上說,是剪裁布置得很允當的。第二,文長又把背景移到地獄,使曹操成為已被第五殿閻羅天子定讞的罪犯,而禰衡則是行將被上帝徵用的修文郎。地獄判官為了「留在陰司中做箇千古話靶」,因此請來禰衡,放出曹操,把舊日罵座的情狀,使他們兩下裡重新演述一番。這樣的安排也是有用意的,其一正如劇中的禰衡向判官所說:「小生罵坐之時,那曹瞞罪惡尚未如此之多,罵將來冷淡寂寞,不甚好聽;今日要罵呵,須直搗到銅雀臺,分香賣履,方痛快人心。」也因此,運筆容易開展,連女樂也可以肆意嘲弄,氣勢為之恢弘磅礴。另一方面則是「出於欲為禰衡雪生前恥辱之同情心,禰衡即作者之自況也。」〔註124〕(青木正兒)《曲海總目提要》卷五更謂:

> 嘉靖中濬人盧柟,博學強記,落筆數千言,使酒罵坐,以狂得罪,繫獄幾死。獄中作〈幽鞫放招賦〉,臨清謝榛擬之禰衡、李白,為絮泣於長安諸公。平反其獄。後終不為時所容,落魄嗜酒而卒。又會稽人沈鍊,為錦衣衛經歷,抗疏攻嚴嵩,請誅之以謝天下。杖四十,謫田保安州。與從游者,日唾罵嵩,且縛偶人為嵩射之。嵩誣其罪,

〔註123〕〔明〕沈德符:《野獲編》,卷25,頁482。
〔註124〕〔日〕青日正兒著,王吉盧譯:《中國近世戲曲史》,頁184。

　　僚死。鍊雄于文，下筆輒萬言，與徐渭交最厚，渭以此劇自寓，亦

　　兼爲盧沈兩人洩憤也。〔註125〕

這種說法是頗有可能的。而文長用以自況自寓則甚爲顯然，蓋禰衡抱經世之
大才，乃不得意於人間，其境遇正與文長相同；因此文長使之榮耀於地獄天
堂，無非藉此抒發胸中鬱結，聊以自我安慰而已。

　　但是，「這種側面的敘寫，在劇場上，其動人的力量是較之正面的描寫要
減少得多了。試想，將一個已定了罪的曹操，由囚徒而復升了高座，一無抵
抗的儘著禰衡大罵，他疲倦得不要聽了，判官還要『與他一百鐵鞭醒睡』，這
眞是那裏說起的一種滑稽的舉動。近代劇（皮黃）將這個『陰罵』改爲『陽
罵』，將陰司囚徒的曹操，改成了當年威勢顯赫的曹操，不僅場上立刻顯出緊
張的、嚴肅的生氣來，而禰衡的人格也益爲顯著了。」〔註126〕（鄭西諦〈雜
劇的轉變〉）文長這樣處理的最大毛病是使人感到在演戲，完全失去了眞實
感。因此，本劇關目的布置是利弊互見的。

　　在排場方面，則處理得極爲妥善。用判官出場而不用閻王，一則可使判
官打諢，二則也是明代法令不得扮演帝王的緣故。通劇才一折，分作兩個場
面。前半以〔仙呂・點絳唇〕套寫擊鼓罵曹，是爲正文，由生角獨唱，而間
以鼓聲，激越雄壯，曲辭聲情足以相應。〔寄生草〕之下插入女樂演唱俚曲三
支，鼓聲停止，有如滄海波濤，頓歸爲悠悠江水；其後〔六么序〕又忽地由
「間關鶯語花底滑」化作「鐵騎突出刀槍鳴」。境界的轉折極爲突兀，於高潮
之中稍作閒情，而不失嘲諷的旨趣，深得起伏變化之妙。後半場面改換，因
移宮換羽，用〔般涉・耍孩兒〕加上〔煞尾〕四支，寫禰衡奉召爲修文郎，
判官送行。〔耍孩兒〕由小生唱，〔煞尾〕前三支分由旦、生、外獨唱，末尾
由眾合唱。劇情變化，排場和演唱方法也隨著轉變，姑不論其於元劇科範如
何，這種處置在舞臺上是頗能吸引觀聽的。

　　王季重〈十種徐文長逸稿序〉謂「英雄氣大，未有敢當文長之橫者也。」
袁宏道評本劇謂「語氣雄越，擊壺和筑，同此悲歌。」祁彪佳《劇品》謂「此
千古快談，吾不知其何以入妙，第覺紙上淵淵有金石聲。」〔註127〕蓋文長藉
他人酒杯，澆自己塊壘，憤懣鬱勃，勁切淒涼，一股豪蕩之氣充塞其間，故

〔註125〕〔清〕黃文暘：《曲海總目提要》（臺北：新興書局，1967年），卷5，頁229。
〔註126〕鄭振鐸：〈雜劇的轉變〉，頁18。
〔註127〕〔明〕祁彪佳：《遠山堂劇品》，頁141。

自首至尾，翻滾騰躍，攝人魂魄。

> 第一來逼獻帝遷都，又將伏后來殺，使郗慮去拿。唉！可憐那九重天子
> 救不得一渾家。帝道后少不得你先行，咱也只在目下。更有那兩箇兒，
> 又不是別樹上花，都總是姓劉的親骨血，在宮中長大。卻怎生把龍
> 雛鳳種做一甕鮓魚蝦。（〔油葫蘆〕）〔註 128〕

> 哄他人口似蜜，害賢良只當耍。把一個楊德祖立斷在轅門下，磣可
> 可血唬零喇。孔先生是丹鼎靈砂，月邸金蟆，仙觀瓊花；易奇而法，
> 詩正而葩。他兩人嫌隙，於你只有針尖大，不過是口嘮噪有甚爭差。
> 一個爲忒聰明參透了雞肋話，一個則是一言不洽；都雙雙命掩黃沙。
> （〔六幺序〕）〔註 129〕

> 你害生靈呵！有百萬來的還添上七八。殺公卿呵！那裡查。借廒倉的大
> 斗來斛芝麻。惡心肝生就在刀鎗上挂，狠規模描不出丹青的畫，狡
> 機關我也拈不盡倉猝里罵。曹操！你怎生不再來牽犬上東門，閒聽喚
> 鶴華亭壩，卻出乖弄醜，帶鎖披枷。（〔葫蘆草混〕）〔註 130〕

本劇的曲辭一氣呵成，洶湧奔馳如長江大河。〈混江龍〉一曲所謂「一句
句鋒鋩飛劍戟，一聲聲霹靂捲風沙。」〔註 131〕正是最好的寫照。他論詩主張
「如冷水澆背，陡然一驚。」〔註 132〕（見劉體仁《七頌堂詞繹》）本劇給人的
感覺亦復如此。他論曲主張「填詞如作唐詩，文既不可，俗又不可。自有一
種妙處，要在人領解妙悟，未可言傳。」〔註 133〕又說：「曲本取於感發人心，
歌之使奴童婦女皆喻，乃爲得體。經子之談，以之爲詩且不可，況此等耶？」
〔註 134〕因此他極爲欣賞《琵琶》食糠、嘗藥、築墳、寫眞諸折，以爲「從人
心流出」〔註 135〕，而對於《香囊記》之「以時文爲南曲」〔註 136〕，則大爲不
滿（見《南詞敍錄》）。本劇用白描本色語，偶而也巧妙地鎔鑄極通俗的歷史

〔註 128〕陳萬鼐主編：《全明雜劇》，第 5 冊，頁 2484。
〔註 129〕同上註，頁 2491〜2492。
〔註 130〕同上註，頁 2495。
〔註 131〕同上註，頁 2483。
〔註 132〕〔清〕劉體仁著，王秋生校點：《士頌堂詞繹》，《士頌堂集》（合肥：黃山書
　　　　社，2008 年），頁 218。
〔註 133〕〔明〕徐渭：《南詞叙錄》，《中國古典戲曲論著集成》，第 3 集，頁 243。
〔註 134〕同上註，頁 273。
〔註 135〕同上註，頁 273。
〔註 136〕同上註，頁 273。

掌故，而句句皆從肺腑中激出，故如急流奔湍，氣勢雄蕩，感人深邃。

後來凌濛初也有《禰正平》一劇，仍用北調一折，惜已不存。《遠山堂劇品》列入雅品，謂「《漁陽弄》之傳正平也以怒罵，此劇之傳正平也以嬉笑；蓋正平所處之地之時不同耳。」〔註137〕

（二）《翠鄉夢》

《翠鄉夢》演紅蓮、柳翠的故事，是民間極為通俗的小說。故事源流非常早，本來紅蓮和柳翠是兩個各成系統的傳說，後來逐漸合併，才成為這種規模。文長大致是根據田汝成《西湖遊覽志》（卷十三）所載敷衍的。關於其故事源流以及其遞變發展的過程，張全恭在《嶺南學報》第五卷第二期〈紅蓮柳翠故事的轉變〉一文中，考述極為詳細，又青木正兒氏《中國近世戲曲史》也曾略加敘說，可以參閱，這裡不再贅述。

本劇旨在表現「空即是色，色即是空」的佛家思想。故結構排場採用因果對照的方法。「前場禪僧為妓女籠絡，後場妓女為禪僧所濟度。」〔註138〕（青木氏）。即是「色」與「空」的循環照映，同時也說明了「邪可以勝正，正也可以破邪，有真性情、真道德，終可以升天得道；點化迷途，可以不賴言詮，直指本心。」〔註139〕（梁一成〈徐渭的生平和著作〉，見《書和人》117期）。這是文長心中的信念。

全劇用兩折，篇幅亦短小，而剪裁精當，去煩芟蕪，故甚覺結構緊湊。紅蓮勾搭玉通，與柳翠自敘妓女生涯，都用賓白演述，而以全力描寫玉通之悔過與月明之點化，主題明顯，頭緒不繁。最後柳翠醒悟，和月明對唱一支長曲〔收江南〕，可能還兼有舞姿，演來頗能動人觀聽。對唱既罷，場內忽用一陣鑼聲催下，頓然收煞全篇，不禁使人有鏡花水月，江上峰青之感。青木氏謂次折月明和尚向柳翠說法一場，用無言手勢搬演，極為巧妙，並以為文長係根據杭州上元燈節演月明和尚戲柳翠之跳舞風俗（陸次雲《湖壖雜記》）潤色而成的。這種搬演情形，大概即所謂「打啞禪」，文長在文字上的敘述，固然和動作配合得很巧妙，但通折都是這種「啞」動作，觀眾的興趣未必能維持終場。不過像這樣的度化，較之雜劇中所慣用的「三度」，無論如何是趣味多了。

〔註137〕〔明〕祁彪佳：《遠山堂劇品》，頁155。
〔註138〕〔日〕青木正兒著，王吉廬譯：《中國近世戲曲史》，頁184。
〔註139〕梁一成：〈徐渭的生平和著作〉，《書和人》（臺北：國語日報社，1983年），第2輯，頁927。

（生）你又不是女琴操參戲禪，卻元來是野狐精藏機變，霎時間把竹林堂翻弄做桃花澗。紅也麼蓮，你爲誰辛苦爲誰甜，替他人虧心行按著龍泉。粉骷髏、三尺劍，花葫蘆、一個圈。西也麼天，五百尊阿羅漢，從何方見。南也麼泉。二十年水牯牛著什麼去牽。（紅）黃也麼天，五百尊阿羅漢，你自羞相見。清也麼泉，照不見釣魚鈎，你自來上我牽。（〔得勝令〕）〔註140〕

像這樣的文字雖比不上《狂鼓史》那樣的澎湃壯闊，但瀟灑雋逸，如一江春水向東流，蕩蕩漾漾，自有其可人的姿態。首折每曲之後，紅蓮接唱重複末數句，只改動幾個字眼，就別具韻味，溪落滑稽的口氣，關合得極爲巧妙。《遠山堂劇品》謂「邇來詞人依傍元曲，便誇勝場。文長一筆掃盡，直自我作祖，便覺元曲反落蹊徑。如〔收江南〕一詞，四十語藏江陽八十韻，是偈、是頌，能使天花飛墮。」〔註141〕

（旦）師兄！和你四十年好離別。（外）師弟！你一霎時做這場。（合）把奪舍投胎不當燒一寸香。（旦）師兄！俺如今要將。（外）師弟！俺如今不將。（合）把要將不將都一齊一放。（外）小臨安顯出俺黑風波浪。（旦）潑紅蓮露出俺粉糊粘糍。（合）柳家胎漏出俺血團氣象。（此下外起旦接，一人一句，（逗點表藏韻，單圈之句表外所唱，雙圈之句表旦所唱））（外）俺如今改腔、換粧。俺如今變娼、做娘。。弟所爲替虎倀、穿羊。兄所爲把馬韁、絪塵。。這滋味蔗漿、拌糖。那滋味蒜秧、擣薑。。避炎途趁太陽、早涼。設計較如海洋、斗量。。再簸舂白粱、米糠。莫笑他郭郎、袖長。。精哈哈帝皇、霸強。好胡塗平良、馬臧。。英傑們受降、納疆。吉凶事弔喪、弄璋。。任乖剌嗜菖、喫瘡。幹功德掘塘、救荒。。佐朝堂三綱、一匡。顯家聲金章、玉璫。。假神仙雲莊、月窗。眞配合鴛鴦、鳳凰。。頹行者敲鐺、打梆。苦頭陀柴扛、碓房。。這一切萬樁、百忙。都只替無常、背裝。。捷機鋒刀鎗、鬥鋩。鈍根苗螞螂、跳墻。。肚疼的假嬌、海棠。報怨的几霜、鵁鶄。。塡幾座鵲潢、寶扛。幾乎做攪來、乃堂。。費盡了啞佯、妙方。纔成就滾湯、雪煬。。兩弟兄一雙、雁行。老達摩裹糧、渡江。。腳根端蘆蔣、葉黃。霎時到西方、

〔註140〕陳萬鼐主編：《全明雜劇》，第5冊，頁2519～2520。
〔註141〕《遠山堂劇品》，頁141～142。

故鄉。。依舊嚼果筐、雁王。遙望見寶幢、法航。。撇下了一囊、
賊贓。交還他放光、洗腸。。（合唱）呀！纔好合著掌回話祖師方丈。
〔註142〕

吳梅《顧曲麈談》亦謂「余最愛其《翠鄉夢》中之〔收江南〕一曲，句句短
柱，一支有七百餘言，較虞伯生〔折桂令〕詞，其才何止十倍。且通首皆用
平聲，更難下筆。才大如海，直足俯視玉茗也。」〔註143〕這樣的批評是很令
人首肯的。文長才氣雄贍，故創作力極強，不依傍前人，自出蹊徑，其四十
語藏八十韻，而能吞吐自如，直是天衣無縫，妙筆生花。首折玉通、月明的
兩段長白，也寫得俊逸脫俗，清暢明快，見其才氣之縱橫，是一篇很好的白
話文。

文長篤信佛教，本劇正是他這方面思想的反映。

（三）《雌木蘭》

《雌木蘭》是根據〈木蘭辭〉敷演的，但也有別出心裁的地方。結構方
法和《翠鄉夢》略同，也是兩折，將故事分作兩大部分敘述。首折寫木蘭替
父從軍，著意於木蘭換裝與演習武藝。次折敘木蘭擒賊立功，歸家後嫁與王
司訓的兒子王郎為妻。在〈木蘭辭〉裡，木蘭先徵得父親同意，再去購置行
頭，本劇則改為先買軍裝、演習武藝，然後才告訴父親，由此而表現木蘭代
父從軍的決心與不讓鬚眉的氣概。這一點可以說是本劇剪裁布置上唯一的好
處。其最大毛病則莫過於將木蘭寫成一個纏足女子，用了許多賓白曲辭來形
容。作者既要將木蘭寫成能馳馬彎弓的英雄，又要使他不失黃花閨女的嬌柔，
因而摻入了當時審美「三寸金蓮」不可或缺的觀念，（梁辰魚寫《紅線女》也
有「將小腳兒挪」之句），不免自相矛盾，而木蘭也成為一個不倫不類的女子。
最後又按排木蘭與王郎成婚，也落入了以喜劇團圓的窠臼。王郎的出現，就
通劇來說是畫蛇添足的，而究其根柢，也是作者時代觀念的拘束，認為像木
蘭那樣的英雄，還是應當要有一位文學夫婿。文長不拘禮法，突破束縛為能，
不知何以寫起《雌木蘭》，卻如此的自縛手腳。

本劇首折寫改裝代父從軍，至出發為止，還算得體。次折則寫平賊、受
官、返鄉、易裝、成婚五個關目，頗嫌繁瑣，其銜接處又每失之草草。就因
為關目太繁瑣，所以只好用隻曲〔清江引〕七支來寫返鄉之前諸事，隻曲可

<hr>

〔註142〕陳萬鼐主編：《全明雜劇》，第 5 冊，頁 2539～2541。
〔註143〕〔清〕吳梅：《顧曲麈談》，頁 171。

以由各角色任唱，也可以變動排場，如此一來，還稱允當。其後改用〔耍孩兒〕加〔煞尾〕四支由旦獨唱，一脈下來，排場的處理尚屬清晰。但通劇觀之，並非好結構。

　　就曲辭來說，本劇還是非常可觀。孟稱舜《酹江集》眉批云：「雄詞老筆，追躡元人。袁中郎評云：蒼涼慷慨。此語極當。」〔註144〕《遠山堂劇品》謂「腕下具千鈞力，將脂膩詞場，作虛空粉碎。」〔註145〕

> 軍書十卷，書書卷卷把俺爺來填。他年華已老，衰病多纏。想當初搭箭追鵰穿白羽，今日呵！扶藜看雁數青天。呼雞餧狗，守堡看田。調鷹手軟，打兔腰拳。提攜嗒姊妹，梳掠嗒丫鬟。見對鏡添粧開口笑，聽提刀厮殺把眉攢。長嗟歎道兩口兒北邙近也，女孩兒東坦蕭然。（〔混江龍〕）〔註146〕

> 黑小山寇眞見淺，躲住了成何幹。花開蝶滿枝，樹倒猢猻散。你越躲著，我越尋你見。（〔清江引〕）

> 黑山小寇眞高見，左右他輸得慣。一日不害羞，三餐喫飽飯。你越尋他，他越躲著看。（〔清江引〕）〔註147〕

這樣的曲子，讀來雖不失豪氣，但所謂「腕下具千鈞力」，則覺過當。〔混江龍〕一曲「老景如畫，語語蒼秀。」〔註148〕〔清江引〕二曲，文長自評云：「四句（指花開二句與一日二句）現成話，彼此轆轤反覆，而人忽之，少見識者。」〔註149〕袁中郎也深爲許可。但這種筆法容易流於油腔滑調，譬如其第三支〔清江引〕云：「咱們元帥眞高見，算定了方纔幹。這賊假的是花開蝶滿枝，眞的是樹倒猢猻散。凱歌回，帶咱們都好看。」〔註150〕第四支也類似這種筆法，此即文長所謂轆轤反覆，少見識者。雖然這是小調，以諧諧見機趣，但總覺得太輕太滑，「算定了方才幹」，更簡直是湊韻了。不過本劇大抵如青木氏說的「曲辭藻彩煥發」，像〔寄生草〕、〔六么序〕和〔耍孩兒〕都是可諷可誦的曲子。

〔註144〕〔明〕孟稱舜編：《古今名劇合選》，第20冊，頁2。
〔註145〕〔明〕祁彪佳：《遠山堂劇品》，頁142。
〔註146〕陳萬鼐主編：《全明雜劇》，第5冊，頁2550。
〔註147〕同上註，頁2560～2561。
〔註148〕〔明〕孟稱舜編：《古今名劇合選》，第20冊，頁2。
〔註149〕同註146。
〔註150〕陳萬鼐主編：《全明雜劇》，第5冊，頁2561。

（四）《女狀元》

《女狀元》演黃崇嘏男裝應試，狀元及第事，本楊升庵《春桃記》。胡應麟《少室山房曲考》云：

> 《丹鉛總錄》云：「女侍中魏元義妻也。女學士孔貴嬪也。女校書唐薛濤也。女進士宋女郎林妙玉也。女狀元蜀黃崇嘏也。」《新錄》云：「崇嘏非女狀元，余已辨於《詩藪》雜編中。用脩之誤，蓋因元人《女狀元春桃記》而誤也。」元人《春桃記》今不傳，僅《輟耕錄》有其目，大概如《琵琶》等劇，幻設狀元之名耳。王《卮言》直作蜀司戶參軍黃崇嘏，最得之。陳氏名疑亦仍用脩之誤，似未詳考黃詩及其事始末也。〔註151〕

則黃崇嘏未必是眞狀元。本劇首折先寫述志起程，再寫科場應考。次折及四折極寫崇嘏的文才，三折寫其審案的幹才。五折寫與鳳羽成婚。關目、排場俱嫌舒緩。

本劇末下場詩有云：「世間好事屬何人，不在男兒在女子。」〔註152〕《雌木蘭》次折尾聲云：「我做女兒則十七歲，做男兒倒十二年。經過了萬千瞧，那一箇解雌雄辨。方信道辨雌雄的不靠眼。」〔註153〕可見他連寫了兩種女扮男裝的劇本是有深意的。他有意反對「女子無才便是德」的傳統觀念，認爲女子無論文才武才都未必不如男子，這種思想是超越他那個時代的。文長不拘禮法，於此又可見。

《遠山堂劇品》云：

> 南曲多拗折字樣，即具二十分才，不無減其六七。獨文長奔逸不羈，不軌於法，亦不局於法。獨鶻決雲，百鯨吸海，差可擬其魄力。〔註154〕

文長才氣縱橫，信筆所至，所謂格律自然縛他不得。也因此，即使是南曲，他也能具有「獨鶻決雲，百鯨吸海」的氣概。

> 黃天知，那據花房的蜜蜂兒也號做王，排假陣的靈龜兒也呼做將。
> （咳！這是假的呵！）豈有三分來大的店票花紋樣，好扭做九品來

〔註151〕〔明〕胡應麟：《少室山房曲考》，任中敏編：《新曲苑》，第1冊，頁120。
〔註152〕陳萬鼐主編：《全明雜劇》，第5冊，頁2643。
〔註153〕同上註，頁2569。
〔註154〕〔明〕祁彪佳：《遠山堂劇品》，頁142。

真的衙門銅印章。況他真名氏又不隱藏，扮一個大蝦蟆套著小科蚪
兒當。（古來也有這樣的事，）若不是逼勒封虞也，不過是剪桐葉為
圭戲一場。（〔紅衲襖〕）〔註155〕

琥珀濃、未了三杯，真珠船、又來一載。儼絲桐送響，出暮田黃菜。
（看音調這般淒楚呵！）真箇是清明杜宇，寒食棠梨，愁殺他春山
黛。一堆紅粉塊，（得你這一首詩呵！）恨不葬琴臺。說什麼采石江
邊弔古才。（旦）老詞宗令門生代，況文君自合吟頭白。因此上難下
筆，險做了賴詩債。（〔梁州序〕）〔註156〕

就氣勢來說，本劇和《狂鼓史》略相彷彿，而其詞藻的秀麗，則是《狂
鼓史》所沒有的。寫韻人韻事，遣詞造句如果完全用激昂慷慨的本色語就不
合適了。本劇於清綺之中，協以高風勁骨，一洗香澤柔靡的氣息，亦頗能顯
現文長兀傲不偶的風調。吳梅《顧曲塵談》又極欣賞其〈二犯江兒水〉四支，
謂其第四支尤妙：

浣花溪外，茅舍繞浣花溪外，是詩人杜老宅。何處野人扶杖，敲響扉
柴。〔註157〕況久相依不是纏。幸籬棗熟霜齋，我栽的即你栽，儘取
長竿潤袋，打撲頻來，餔餐權代。我恨不得填漫了普天饑債。〔註158〕

瞿庵云：「此詞不獨顯出老杜廣廈萬間之意，實足見文長之心。固不當僅
賞其詞也。」〔註159〕按此曲乃瞿庵截取〔二犯江兒水〕第二支之前半與第四
支之後半合併而成，並非第四支之全文。即此我們更可以看出文長清綺逸致
的一面。

（五）《四聲猿》的音律

沈德符《野獲編》卷二十五〈雜劇〉條謂「徐文長（渭）《四聲猿》盛行，
然以詞家三尺律之，猶河漢也。」〔註160〕祁彪佳《劇品》也說「不軌於法，
亦不局於法。」〔註161〕文長的曲辭固然雄放傑出，而音律則著實任意縱橫，
他和臨川一樣，都足以「拗折天下人嗓子」。雜劇中像他這樣不守律的，可以

〔註155〕陳萬鼐主編：《全明雜劇》，第 5 冊，頁 2605。
〔註156〕同上註，頁 2616～2617。
〔註157〕同上註，頁 2585。
〔註158〕同上註，頁 2589。
〔註159〕〔清〕吳梅：《顧曲塵談》，頁 171～172。
〔註160〕〔明〕沈德符：《野獲編》，卷 25，頁 486。
〔註161〕〔明〕祁彪佳，《遠山堂劇品》，頁 142。

說絕無僅有了。所以我們特地將《四聲猿》的音律單獨提出來討論。

文長在《南詞敘錄》裡說:「今南九宮不知出於何人,……最爲無稽可笑。……永嘉雜劇興,則又即村坊小曲而爲之。本無宮調,亦罕節奏,徒取其畸農市女,順口可歌而已。諺所謂隨心令者,即其技歟?間有一二叶音律,終不可以倒其餘,烏有所謂九宮?」〔註162〕又說:「南之不如北有宮調固也。然南有高處,四聲是也。北雖合律而止於三聲,非復中原先代之正,周德清區區詳訂,不過爲胡人傳譜,乃曰《中原音韻》,夏蟲井蛙之見耳。」〔註163〕又說:「凡唱最忌鄉音,吳人不辨清親侵三韻。」〔註164〕又說:「南曲固無宮調,然曲之次第須用聲相鄰,以爲一套,其間亦自有類輩,不可亂也。」〔註165〕

我們姑不論他不相信南曲九宮和《中原音韻》的見解是否正確,而他到底還承認北曲有宮調,南曲聯套「用聲相鄰」,不可零亂;同時也注意到庚青、眞文、侵尋三韻當分。可是事實上他連這幾點也沒好好遵守。

曲中的平仄句法,在文長眼中是無所謂的,因此拗句犯律隨處可見,我們不須在此舉例。我們只檢討他的聯套和韻協。

《狂鼓史》先用〔仙呂・點絳唇〕套,再用〔般涉・耍孩兒〕加四支〔煞尾〕,組成兩個場面。〔仙呂〕套中的〔葫蘆草〕一曲爲北曲譜所無,文長不知如何的把它聯在套中。〔耍孩兒〕套在元散曲中可獨立,在元劇中則僅作〔中呂〕或〔正宮〕的借宮,從不單獨使用,文長把它獨立成套,可以說是創舉,以後徐陽輝《有情癡》、陳汝元《錯轉輪》都步他的後塵。

《翠鄉夢》兩折同用〔雙調〕合套,即:〔新水令〕、〔步步嬌〕、〔折桂令〕、〔得勝令〕、〔僥僥令〕、〔收江南〕、〔清江引〕(首折)。〔新水令〕、〔步步嬌〕、〔折桂令〕、〔江兒水〕、〔得勝令〕、〔園林好〕、〔收江南〕(次折)。兩折同用〔雙調〕合套,合套的規則與常則不同,已屬可怪,而其曲調又幾乎相同,除了「自我作祖」外,實不能尋出它的根源。至於唱法採用接唱、接合唱,那只是餘事而已。

《雌木蘭》次折用〔清江引〕七支和〔耍孩兒〕加〔煞尾〕四支。疊用隻曲組場是南曲聯套的一種方法,北雜劇中是看不到的,文長大概是以北就

〔註162〕〔明〕徐渭:《南詞敘錄》,頁240。
〔註163〕同上註,頁241。
〔註164〕〔明〕徐渭:《南詞敘錄》,頁244。
〔註165〕同上註,頁241。

南，所以用這樣的小曲來演述過場。〔耍孩兒〕套之不能獨立，前面已說過，這裡對於煞尾的聯用更異常則。普通煞尾是數字大的在前，如〔五煞〕、〔四煞〕……〔尾〕，元劇中並無例外。此劇用〔二煞〕、〔三煞〕、〔四煞〕、〔尾〕，故意倒置。又兩折之韻協都混用寒山、桓歡、先天、監咸，《翠鄉夢》的首折也有此病。難道文長以爲眞文、庚青、侵尋三韻必須辨舌尖、舌根與雙唇，而寒山諸韻就可以寬容嗎？其實，文長音韻聲律的學問是很不夠的。

《女狀元》五折皆用南曲。三、四兩折都用〔南呂〕宮；二、四、五三折同協皆來韻；一、二、三、四折及第五折之前半都疊隻曲成套。其聲情鮮少變化，格律家固然忌諱，聆賞起來索然寡味，以戲劇而言，實在是一個很大的缺陷。

由以上可見文長對於音律是多麼的橫衝直突，但卻能盛行宇內，湯若士還「輒爲之唱演數通」。也許他破壞音律，有他自己另一套的聲樂見解。否則便是伶工牽強以就，甚至於添字、減字或易字了。而其「拗折天下人嗓子」是可以想見的。凌廷堪〈論曲絕句〉云：「《四聲猿》後古音乖，接踵《還魂》復《紫釵》；一自青藤開別派，更誰樂府繼誠齋。」〔註166〕（《校禮堂詩文集》）其說甚是。

（六）《四聲猿》總評

《四聲猿》因爲很出名，後人評論的很多，我們先把它抄在下面。王驥德《曲律》四云：

> 吾師徐天池先生所爲《四聲猿》，而高華爽俊，穠麗奇偉，無所不有，稱詞人極則，追躡元人。〔註167〕

又云：

> 吾師山陰徐天池先生，瑰瑋濃鬱，超邁絕塵，《木蘭》、《崇嘏》二劇，剟腸嘔心，可泣鬼神，惜不多作。〔註168〕

又徐復祚《三家村老曲談》云：

> 余嘗讀《四聲猿》雜劇，其《漁陽三撾》，有爲之作也。意氣豪俠，如其爲人，誠然傑作；然尚在元人藩籬間。餘三聲，《柳翠》猶稱彼

〔註166〕〔清〕凌廷堪：《校禮堂詩文集》，嚴一萍選輯：《安徽叢書》（臺北：藝文印書館，1971年），卷2，頁10。

〔註167〕〔明〕王驥德：《曲律》，頁167。

〔註168〕同上註，頁170。

善；其餘二聲及其書繪，俱可無作。〔註169〕

又鍾人傑〈四聲猿引〉云：

漁陽鼓快，吻於九泉；翠鄉淫毒，憤於再世。木蘭、春桃，以一女
子銘絕塞、標金閨，皆人生至奇至快之事，使世界駭咤震動也。文
長終老於逢掖，蹈死獄、負奇窮，不可遏滅之氣，得此四劇而少舒。
所謂峽猿啼夜，聲寒神泣。〔註170〕

又臧晉叔《元曲選·序》云：

山陰徐文長禰衡、玉通四北曲，非不伉俠矣，然雜出鄉語，其失也
鄙。〔註171〕

又孟稱舜《酹江集》《狂鼓史》眉批云：

文長《四聲猿》于詞曲家爲荆調，固當別存此一種。然最妙者禰衡、
木蘭兩劇耳。《翠鄉夢》係蚤年筆，微有嫩處，而《女狀元》晚成，
又多率句，曾見其改本多有所更定。至《女狀元》云：「當悉改，近
無心緒，故止。」是知作者亦未盡慊，與予所見殆略同也。〔註172〕

又陸次雲《北墅緒言》卷五〈四聲猿評〉云：

《漁陽弄》舌劍飛光，誅奸雄於既死，如天鼓發聲，震搖山岳，是
天地間一則快畫。《雌木蘭》選詞峻潔，逼似元人，從軍情事如李伯
時細畫，一一自白描中寫出，惜其結構促而未盡。《玉通禪》見文士
身，而說法幾於信手拈來，但才思淋漓，如海漲潮音，過於橫溢，
得失相半。《女狀元》不乏佳句，未免懶散如疏花吹落，小鳥徐鳴，
不甚令人擊節。然閱《盛明雜劇》中能如天池者，亦已罕矣。惟松
陵沈君庸《鞭歌妓》與《狂鼓史》相敵，《壩亭秋》在《木蘭》、《玉
通》之間，《簪花髻》意思蕭閒似《黃崇嘏》，俱屬強弩之末。〔註173〕

又張祥河《關隴輿中偶憶編》云：

明曲當以臨川、山陰爲上乘。……青藤音律間亦未不諧，然其詞如

〔註169〕〔明〕徐復祚：《三家村老曲談》，頁102。
〔註170〕明崇禎間九宜齋刻本澂道人評本《四聲猿》卷首，見俞爲民、孫蓉蓉編《歷
　　　　代曲語彙編》（明代編）第三集，（合肥：黃山書社，2008年），頁530。
〔註171〕〔明〕臧晉叔：《元曲選》，頁4。
〔註172〕〔明〕孟稱舜編：《古今名劇合選》，第20冊，頁1。
〔註173〕陸次雲：《北墅緒言》，卷5，頁23。傅斯年圖書館藏《陸雲士集》第13冊。
　　　　清康熙22年（1683）刊本。

怒龍挾雨，騰躍霄漢，千古來不可無一，不能有二。〔註174〕

又吳梅《顧曲麈談》云：

> 徐文長《四聲猿》，膾炙人口久矣！其詞雄邁豪爽，直入元人之室。

〔註175〕

又《中國戲曲概論》云：

> 徐文長《四聲猿》中，《女狀元》劇獨以南詞作劇，破雜劇定格，自
> 是以後南劇孳乳矣。其詞初出，湯臨川目爲詞壇飛將，同時詞家如
> 史叔考（槃）、王伯良（驥德）輩，莫不俯首。今讀之，猶自光芒萬
> 丈。顧與臨川之妍麗工巧不同，宜其並擅千古也。……文長詞精警
> 豪邁，如詞中之稼軒、龍洲。〔註176〕

以上各家所評，王驥德稍嫌過當，徐復祚則過苛；陸次雲分析得失，最
爲中肯。其他諸家亦各有見地。大抵說來，《狂鼓史》曲辭豪邁俊妙，結構亦
大致得體，允推第一。《翠鄉夢》結構頗佳，文字亦足以相稱，可列第二。至
於《雌木蘭》、《女狀元》二劇，於明曲中雖亦可列於佳作之林，然結構排場
音律，俱失檢舛拗過甚，故較之前二劇略遜一籌。瞿庵謂「文長詞精警豪邁，
如詞中之稼軒、龍洲。」此語最具慧眼，文長在戲曲文學上的成就，主要就
在這裡。而其詞所以能豪邁精警的原因，正如袁宏道〈徐文長傳〉所云：

> （文長）放浪麴蘗，恣情山水，走齊魯燕趙之地，窮覽朔漠，其所見
> 山奔海立，沙起雲行，風鳴樹偃，幽谷大都，人物魚鳥，一切可驚可
> 愕之狀，一一皆達之於詩。其胸中又有勃然不可磨滅之氣，英雄失路，
> 託足無門之悲，故其爲詩，如嗔如笑，如水鳴峽，如種出土，如寡婦
> 之夜哭，羈人之寒起。當其放意，平疇千里；偶而幽峭，鬼語秋墳。

〔註177〕

說的雖是他的詩，而他的《四聲猿》也正復如此；他致生命的最大精誠，將
身世遭遇的感受，一齊注入筆端，劌其腸而嘔其心，所以能寫出橫絕一世，「可
泣鬼神」的文字。

若論文長對明代劇壇的影響，則第一，他大膽肆意的突破南北曲的規律，

〔註174〕〔清〕張祥和：《開隴輿中偶憶編》，《筆記小說大觀》，第4編，頁5361～5362。
〔註175〕〔清〕吳梅：《顧曲麈談》，頁171。
〔註176〕〔清〕吳梅：《中國戲曲概論》（臺北：廣文書局，1971年），頁13～14。
〔註177〕〔明〕袁宏道《袁中郎全集》（臺北：世界書局，1964年），頁1。

而運用傳奇的體例於雜劇之中；在他之前雖王九思《中山狼》僅一折，始開短劇之端，但僅此一種，作品成就不高，影響極小，不能與《四聲猿》並論；因此，短劇的興起，應當是文長刺激而成的。第二，吳梅謂《女狀元》為南劇孳乳之始。這句話有商榷的餘地。根據王驥德《曲律》，他的《離魂》雜劇，用南調寫成，呂天成謂「自爾作祖，當一變劇體。」王是徐的學生，可見他用南曲作雜劇還在乃師之前。上文說過，王氏是狹義的南雜劇（南曲四折）之祖，而不是廣義的南雜劇（以南曲為主，不論折數）之祖。不過由於《雌木蘭》之用南北合套、《女狀元》之用南曲，從此南雜劇大興，卻是事實。所以文長對於南雜劇的創興是有很大影響力的。第三，文長以風骨勁健馳名，對於當時萎靡的曲壇，如《香囊》、《玉玦》之流，多少有振衰起弊的作用。文長在明代的劇壇，就好像一隻沒有籠頭的野馬，由於他的馳騁奔騰，使得雜劇別開一種境界；他和臨川風調雖殊，而地位卻是相同的。到了清代，像張韜《續四聲猿》，桂馥《後四聲猿》，更直以繼文長之後自居了。而《納書楹曲譜正集》卷二、《集成曲譜振集》卷三以及《遏雲閣曲譜》皆選錄〈罵曹〉一折，則文長之流風餘韻尚可見於今日之劇場。

三、附論《歌代嘯》

　　《歌代嘯》一劇，明清以來各家戲曲書目，均未見記載。現存版本有：清道光間山陰沈氏鳴野山房精鈔本，卷首標曰：「歌代嘯雜劇」，次行分署：「山陰徐文長撰」、「公安袁石公訂」；首載袁石公序文，又脫士題序、慧業髡僧題辭，以及虎林沖和居士凡例七則。民國 20 年國學圖書館有影印本。按袁石公即袁宏道，其序有云：

> 《歌代嘯》不知誰作，大率描景十七，撮詞十三，而呼照曲折，要無虛設，又一一本地風光，似欲直問王關之鼎。說者謂出自文長。昔梅禹金譜《崑崙奴》，稱典麗矣！徐猶議其白為未窺元人藩籬，謂其用南曲《浣紗》體也。據此，前說亦近似。而按以《四聲猿》，尚覺彼如王丞相談玄，未免時作吳語，此豈牙富者後出愈奇，抑諷時者之偶有所托耶？石簣云：姑另劇單行之，無深求亞如議，俟知音者。〔註178〕

據慧業華僧題辭，此劇係石公帳中所藏，則中郎已疑未必為文長之作，故取

〔註178〕陳萬鼐主編：《全明雜劇》，第 5 冊，頁 2649～2653。

石簣之議，另劇單行。又虎林沖和居士所識凡例有云：

> 今曲於傳奇之首，總序大綱曰開場。元曲於齣內或齣外，另有小令曰楔子，至曲盡又別有正名，或四句或二句，橐括劇意，亦略與開場相似。余意一劇自宜振綱，勢既不可處後，故特移正名向前，聊准楔子，亦所以存舊範也。且正名亦未必出歌者口中，今於曲盡仍作數語，若今之散場詩者，大率可有可無，至各齣末，則一照元式，不用詩。〔註179〕

又云：

> 元曲不拘正旦、正末，四齣總出一喉，蓋總敘一人事也。此曲四齣四事，原無主名，故不妨四分之。然一齣終是一人主唱，此猶存典型意乎？〔註180〕

又云：

> 齣惟一韻，俱從《中原》，其入聲派歸三聲者，自宜另有讀法，甚有有其聲無其字者，亦須想像其近似者讀之。若從休文韻，則棘喉多矣。〔註181〕

一般所謂「凡例」必出作者之手，則作者當是虎林沖和居士。沖和居士編有《新鐫出像點板抬頭百練二集》，有明崇禎三年刻本，北京圖書館善本部藏，可見他是一位從事戲曲的人。虎林即杭州，文長爲紹興府山陰縣人，籍貫不同，故沖和居士必非文長別署。又本劇雖未完全遵守元人體製，可是每折都由一角色直唱到底，所以韻部也都以《中原音韻》爲準，並特於每折之首標出：「用皆來韻」、「用江陽韻」、「用齊微韻」、「用家麻韻」，其與文長《四聲猿》之破壞格律及《南詞敘錄》之反對用《中原音韻》俱不合，且文字風格亦不相類，則本劇非出自文長之手，大概可以斷言。不過因爲世人大都誤爲文長所作，所以附帶在這裡討論。

　　本劇正目是「沒處洩憤的是冬瓜走去拏瓠子出氣，有心嫁禍的是丈母牙疼灸女婿腳根；眼迷曲直的是張禿帽子教李禿去戴，胸橫人我的是州官放火禁百姓點燈。」〔註182〕作者用這樣四句市井俗語，演爲雜劇，雖然在開場的

〔註179〕陳萬鼐主編：《全明雜劇》，第5冊，頁2669～2670。

〔註180〕同上註，頁267。

〔註181〕同上註，頁2670～2671。

〔註182〕同上註，頁2681。

〔臨江仙〕說：「憑他顛倒事，直付等閒看。」〔註183〕但對於「世界缺陷、人情刁鑽」，事實上則大為憤慨。他感到古今是非、曲直、名實之數毫無定準，「惟是是者非之，直者曲之，有其名者不必有其實，有其實者又不必有其名。」〔註184〕（脫士題辭）人情世故的冥棼瞽亂，往往如此，公理不直，一切禮教法制戒律，不過是塗飾耳目之具而已，有心人怎麼能不仰天長嘯，嘯之不盡，只好託之狂歌了。這大概就是本劇所以命名和寫作的原因。

　　沖和居士凡例第一條說：「此曲以描寫諧謔為主，一切鄙談猥事，俱可入調，故無取乎雅言。」〔註185〕因為寫作態度如此，所以劇中涉及淫穢的地方頗多，頗為衛道者所訴病，但能鎔鑄《論語》語句，時時露機趣，使人讀來尚不覺下流。所用俗語也以本色自然的居多，生硬的很少。大抵本劇是要以俚言俗語加上諧趣，來表現奸吏淫僧的荒唐、卑鄙和作惡、無恥。

　　本劇結撰極費匠心，將四個獨立的事件，穿插得血脈相連，好像故事的發展是一路子下來的。劇中的李和尚和神仙劇中的遊奕使一樣，他的作用就像織布機上的梭，往來經緯，因此線索脈絡井然分明。首折已先藉李和尚的賓白說到州太爺惲內的趣聞，於是第三折的斷案和第四折的放火便不感到突兀，而能處理自然。次折的炙女婿腳跟，是由首折李和尚偷了冬瓜之後，去和他的情婦約會而引起的。第三折則以首折李和尚偷張和尚帽子為因，再結合次折故事的自然發展（女婿從其妻手中搶得僧帽），於是行奸偷竊的李和尚反而沒罪，守分被盜的張和尚反坐其咎。第四折州官太太放火，百姓持燈往救，反而受責，則是由第三折州官調戲女犯，其妻妒火中燒引出來的。劇本最後，州官歪曲事實，責備百姓時，李和尚本來可以不出場，但為了對第三折有所交待（還俗成婚），故用特筆點出。如此首尾便很完整。另外每折之間的自然承遞，以及李和尚偷竊冬瓜用暗場處理，而於次折由王季迪妻補述，省卻許多筆墨，也是剪裁成功的地方。其排場則詼諧有趣，始終不懈；案頭、場上均宜。凡例末條云：「四事雖分四齣，而穿插埋照，俱各有致。」〔註186〕這話是當之無愧的。

　　在文辭方面，本劇最大成功處在於賓白。好像首折李和尚所編造「氣走冬瓜」的一套謊言，簡直是一篇引人入勝的平話小說。其他的賓白也相當可

〔註183〕同上註，頁 2681。
〔註184〕同上註，頁 2656～2657。
〔註185〕陳萬鼐主編：《全明雜劇》，第 5 冊，頁 2669。
〔註186〕同上註，頁 2671。

觀。曲文用白描，袁中郎謂「似欲直問王關之鼎」。

> 瓜呵！我把你做珍奇般看待，高搭架、那樣擎攜。朝澆晚溉辛勤大，
> 實承望車盈載、積盈堦。誰知道你狠心腸、化作塵埃。（〔柳葉兒〕）

> 都是你這孤精孤精德懶，把我那瓜兒送在九霄九霄雲外。我與你是
> 那一世裡冤讎解不開，你怎的不說個明白。急的我抓耳撓腮，拔起
> 你的根荄，打碎你的形骸。直至狼籍紛紛點綠苔，也解不得我愁無
> 奈。（〔青哥兒〕）〔註187〕

寫市井小民的瑣事，用這樣明白清楚的話語，真是「老嫗能解」。文字妥
溜，筆勢暢達，自有清快的韻致，但較之文長《四聲猿》，終覺氣格猶有未足。

對於音律，本劇作者極為注意，由其每折注明韻部，及書眉上標注的音
讀可見一斑。其楔子用〔臨江仙〕，劇末又綴四句八言下場詩，為傳奇體格。
第三折由旦獨唱，其餘三折由淨獨唱（分扮張和尚、李和尚、州官）。體製上
略為破壞元劇規範，本劇凡例已經說明。大概作者自知擋不住南北曲合流的
趨勢，所以寫北劇而摻入南戲的體製。

第四節　李開先及其他短劇作家

本期短劇的作家有三位，即李開先、許潮、汪道昆。李開先有一部院本
總集叫《一笑散》，雖然只剩下其中的兩種，但由此我們可以看出保留到明代
的院本體製；其價值不在文字，而在結構。許潮、汪道昆的雜劇和徐渭一樣，
也都有總名，許作叫《太和記》，汪作叫《大雅堂四種》。其內容都是文人雅
事，體製皆僅一折。所謂短劇與南雜劇，由於他們的著作，已經宣告成立，
此後南雜劇盛行，北雜劇雖然由於劇壇傲古運動的影響，尚不乏作者，但已
是南化的北劇了。

一、李開先

李開先，字伯華，自稱中麓子、中麓放客，山東章邱人（今山東章邱縣）。
孝宗弘治十五年（1502）八月二十八日生，穆宗隆慶二年（1568）二月十五
日卒，六十七歲。

他的父親名淳，字景清，號綠原，對於經學頗有研究。兩次上京赴考，

〔註187〕同上註，頁2700～2701。

均未能中式。開先「七歲善屬文，讀書一見輒成誦，又即知聲律吟詠之學。」十九歲喪父，二十一歲母高氏卒。二十二歲與張氏成婚。嘉靖七年（1528）舉山東鄉試，高中第二名。次年進士及第，授戶部雲南司主事，十二年轉吏部考功司主事，十四年遷考功員外郎，十五年陞稽勳司郎中，歷轉吏部諸司，十九年陞提督四夷館太常寺少卿。翌年夏天，就因九廟炎災，投彈劾文，忤權相夏言，辭官返鄉。他在朝爲官期間，曾經救過攻擊權貴的茅鹿門；執法公正，拒絕賄賂鑽營，和當時權奸嚴嵩輩的作風是完全相反的。也因此而被免官職，馮惟敏贈他的〔正宮・端正好〕套曲中稱他「完全名節，不降志隨邪。」並非過譽。

嘉靖十年，他奉命運金至寧夏，對於邊防日弛，外患日迫，非常憂心。回京時，路經關中，拜訪免官家居的康海和王九思。他們即席賦詞、唱曲，互相評定，半夜而寐，甚至於徹夜不眠，賡和之作，可以裝璜成冊。同時還一起登名山、訪古刹，情感之篤，有如舊交。康王對他極爲器重賞識，大爲稱譽，從此他也漸漸有文名。他在公餘之暇，和王愼中、唐順之、陳束、趙時春、熊過、任瀚、呂高等倡和，一時有「嘉靖八子」之稱。他們反對「弘治七子」「文必秦漢，詩必盛唐」的復古文風，主張學習韓、柳、曾的精神，強調作品的思想內容。可是他的散文成就不高，因此影響也不大。

他以四十歲的壯年，即謝政鄉居，從此以後的歲月只好在「治田產、蓄聲妓、徵歌度曲」中度過。他「爲新聲小令、搊彈放歌，自謂馬東籬、張小山無以過。」「爲文一篇輒萬言，詩一韻必百首，不循格律，詼諧調笑，信手放筆。」他自稱其集曰「閒居」，用以別於居官時的「苦心」。說：「中麓子屏居以來，其所著作，詞多於文，文多於詩。以嘯歌之日多，誦讀之日少，故文不及詞；又求文者多，而詩者少，故又詩不及文。」所說的「詞」是指「曲」而言。又說：「古來才士，不得乘時柄用，非以樂事繁其心，往往發狂病死，今借此以坐消歲月，暗老豪傑耳。」

四十四歲那年，中麓利用當時民間小曲〔傍粧臺〕，寫成《中麓小令》百首，王九思極爲嘆賞，也依韻和了百首，合刊爲《南曲次韻》，流傳很廣，影響很大，爲當時士林佳話。但王世貞卻說「不足道也」，王驥德更謂「盡儳父語耳，一字不足采也。」〔註188〕眞是仁智之見各有不同。嘉靖二十六年夏天，他完成了《登壇記》和《寶劍記》二部傳奇，後來又有《斷髮記》一種。《登

〔註188〕〔明〕王驥德：《曲律》，頁 180。

壇記》已無傳本，《寶劍記》有嘉靖刊本，《斷髮記》有萬曆十四年世德堂刊本，日本神田博士珍藏，爲宇內孤本。呂天成《曲品》把《斷髮記》列在〈能品〉十一，《寶劍記》列在〈具品〉一，說他「熟諳北曲，悲傳塞下之吹；間著南曲，生扭吳中之拍。」〔註189〕雖稱他爲「詞壇之雄將，曲部之美才」，但言下已說他品格不高，不協南曲音律。王世貞《曲藻》和沈德符《野獲編》也都說他不懂南曲音律，王氏更謂《寶劍》、《登壇》二記是「改其鄉先生之作。」蘇雪簑〈寶劍記序〉也說：「不知作者爲誰，予遊東國，只聞歌之者多，而章丘尤甚，無亦章人爲之耶？或曰：坦窩始之，蘭谷繼之，山泉翁正之，中麓子成之也。然哉？非哉？」〔註190〕據此《寶劍》、《登壇》二記恐怕不完全是他的創作了。〔註191〕

傳奇之外，中麓子另有六本院本，總名《一笑散》。即：《打啞禪》、《園林午夢》、《攬道場》、《喬坐衙》、《昏廝迷》、《三枝花大鬧土地堂》。他在院本短引裡說，由於借觀的人很多，把《攬道場》以下四種散失了。他恐怕僅剩下的《打啞禪》、《園林午夢》又遺失，恰好那時雕工貧甚，願減價售技，他才把它刻出來，「不然，刻不及此。」可見中麓子對於這幾本院本並不重視。然而由於這兩種院本的流傳，使我們對於院本的形式、演法，有具體的瞭解，其在戲曲文學史上的價值是很大的。中麓所不重視的，反而居於重要地位，這眞是他始料所未及。

這六本院本用意大概都在博人一笑，所以以《一笑散》爲名。按一笑散係藥名。寧獻王醫學書《活人心》卷下「王笈二十六方」條謂一笑散是治風蟲牙的藥。其意蓋是人患蟲牙，疼痛難忍，而此種藥粉，即可除去病苦，輕鬆一笑。但是，由《園林午夢》和《打啞禪》的中麓總跋，以及他的弟子崔元吉爲了「推廣師意」而作的跋，可以看出他是有所寄意的。他以爲世間的人我是非，「到頭都是夢」，因此覺得「浮名何用惱吟懷」。而黑白的倒置，又往往由於個人的主觀武斷：《打啞禪》中老和尚的自以爲是，在識者實不值一

〔註189〕〔明〕呂天成：《曲品》，頁211。

〔註190〕蔡毅編著：《中國古典戲曲序跋彙編》，頁612。

〔註191〕李開先生平見《明史》卷二八七、《明史稿》卷二六八、《國朝獻徵錄》卷七十、《皇明詞林人物考》卷八、《本朝分省人物考》卷九十四、《明詩綜》卷四十一、《明詩紀事》戊九、《列朝詩集小傳》丁上、《靜志居詩話》卷十二、〈李公墓誌銘〉（《瀨秋堂文集》卷十二）、〈李開先年譜〉（《明代劇作家研究》）、《李開先集》。

笑。他歸潛林下，雖有如《園林午夢》中漁人忘機的胸懷，但對於國家大事卻還時時關心，倭寇進犯浙江寧波，他就寫了〈夏日聞倭報〉、〈聞倭寇殺傷山東民兵〉等詩篇來揭露倭寇的罪行。當時西北邊防危急，異族入侵，他又寫了〈塞上曲〉、〈邊報行〉、〈邊事〉等百首憂國憂民的詩篇。這種情形，在他看來還是修養得不透澈，撇不下功名與是非，因此做這兩種院本以寄意。而事實上，他的心境已經相當沈潛澈悟了。

　　《園林午夢》和《打啞禪》一向被認爲是兩本雜劇。《遠山堂劇品》便把《園林午夢》列在最下一等「具品」，注明「北一折」，並謂「崔之《長恨》傳，曷若《李娃》，何必呶呶，詞甚寂寥，無足取也。」〔註192〕他誤認爲是雜劇的一折，同時不明瞭院本結構的方法，所以才有那樣外行的評語。按本劇演漁翁在園林午睡，夢見崔鶯鶯、紅娘和李亞仙、秋桂就對方的行爲互相譏刺鬥嘴，後來因社鼓一聲而夢醒。其結構是這樣的：開和六言四句。末扮漁翁上唱〔清江引〕二支，各自爲韻，協皆來與齊微。其後七言四句，緊接自白。漁翁入睡，夢見鶯鶯上唱〔寄生草〕一支，協眞文韻，其後七言四句，緊接自白。然後亞仙上場唱〔雁兒落〕過〔得勝令〕一支，協蕭豪韻，再念七言四句，自白，形式皆同前者。於是崔李兩人開始鬥口，兩人的婢女紅娘、秋桂也上來幫腔。最後以漁翁被社鼓驚醒，念一段賓白和七言四句，結束全篇。此七言四句即所謂「收住」。

　　《打啞禪》敘一老和尚與一小和尚。小和尚不願念佛，成天胡作非爲。老和尚乃出啞禪，意在感化小和尚，謂如能猜到，以十兩黃金爲賞。結果一個屠夫來應徵，用各種手勢對答，老和尚認爲他猜對，就把金子賞他。小和尚在屠夫走後，問老和尚啞禪是怎麼回事，老和尚乃根據佛理說明，小和尚認爲屠夫比老和尚還懂得佛法，就到屠夫家去當徒弟，並問老和尚出什麼啞禪，你回答什麼。屠夫告訴他老和尚所做的手勢是想賣豬給他，又嫌價錢太便宜，他回答的手勢也完全對此而發。其結構是：開和五言八句，末扮長老上唱〔朝天子〕一支，協齊微韻，念駢文一段，七言四句，自白。丑扮小僧上唱〔醉太平〕一支，協家麻韻，念駢文一段，七言四句，自白。末丑相見後對白，末使丑張貼廣告徵求打啞禪者，丑唱〔浪淘沙〕二支，協江陽韻。淨扮屠子上唱〔滿庭芳〕一支，協尤侯韻，念駢文一段，七言四句，自白。淨丑相見，丑引淨見末，於是做手勢打啞禪。末令丑以十金賞淨，淨辭歸。

〔註192〕〔明〕祁彪佳：《遠山堂劇品》，頁193。

丑問末啞禪之意，末說明之。丑訪淨，求爲弟子，丑又問淨啞禪之意，淨以己意告之，皆用賓白。最後以八言二句、七言二句「收住」，係作者口吻。

像這樣以隻曲、詩句、賓白組場的形式，斷非雜劇。中麓既自稱院本，則其爲院本無疑。開和亦作開呵或開喝，現在的俗話：「信口開呵」，即從此來，作「開合」或「開河」，是不對的。本來是用做伎藝人在開演前的自我介紹。徐文長《南詞敘錄》云：

> 宋人凡勾欄未出，一老者先出，誇說大意以求賞，謂之開呵，今戲
> 文首一出，謂之開場，亦遺意也。〔註193〕

開和目的在「誇說大意以求賞」，所以都用賓白。中麓雖改用詩句，但作用未變，其內容仍是自述意志。開和之後便是院本正式開始，形式都是由兩個角色互相打念，這也是宋雜劇蒼鶻、參軍對演的遺意。最後結束的數句韻語是「收住」，亦即總結全劇的贊導語。關於院本的結構、形式，及其材料，詳見胡忌《宋金雜劇考》，這裡不再多說了。

就戲劇文學的觀點來說，《園林午夢》結撰得很精巧，很夠案頭清玩的味道。漁翁入夢而正文開場，夢醒而戛然結束，毫不拖泥帶水。〔清江引〕頭一字都嵌用「漁」字，〔寄生草〕句句都用上曲牌名，〔雁兒落〕過〔得勝令〕每句都套上諺語，雖是文字遊戲，但寫得很自然，不顯露痕跡，正合乎「小玩意兒」的風趣。鶯鶯和亞仙、紅娘和秋桂的鬥嘴全用對仗，更見心思之細巧。試舉一段如下：

> 鶯鶯云：你有什麼強似我？
>
> 亞仙云：我有什麼不如你？
>
> 鶯云：你在曲江池上，過客留情。
>
> 仙云：你在普救寺中，遊僧掛目。
>
> 鶯云：你在洞房前，眼挫裡把情郎抹。
>
> 仙云：你在迴廊下，腳蹤兒將心事傳。
>
> 鶯云：你哄鄭元和馬上投策。
>
> 仙云：你引張君瑞月下彈琴。
>
> 鶯云：你爲衣食迎新棄舊。
>
> 仙云：你害相思廢寢忘餐。
>
> 鶯云：你請那幫閒的燎花頭，喫了些許多酒肉。

〔註193〕〔明〕徐渭：《南詞敘錄》，頁246。

　　仙云：你央那撮合的俏紅娘，許了些無數釵環。〔註194〕

這種作法和敦煌俗講話本中的茶酒爭奇、花鳥爭奇等是相同的，其在民間文
學的淵源已經相當的久遠。明人如鄧志謨也曾寫了山水、風月、花鳥、梅雪、
蔬菜等的「爭奇」，許潮《同甲會》寫松梅相爭也是同此筆法。中麓之作妙在
將《鶯鶯》、《亞仙》二傳，運用得如許工整，而具針鋒相對，語語鏗鏘，可
見他的「才原敏贍」（《曲品》）。青木正兒云：

　　《園林午夢》為極短一齣之北曲，……情節類兒戲，曲辭亦無足觀

　　者，殆不足傳也。〔註195〕

青木氏因為不知其為院本，以鑒賞北雜劇的眼光來批評，所以才有這種不正
確的見解。

　　《打啞禪》比起《園林午夢》來，其院本的功能似乎要強些，因為它把
啞禪處理得很機趣巧妙，所用的幾支曲子也都能合乎角色的身分口吻，觀閱
者無不噴飯。但是它的結構稍微失之煩冗，沒有《園林午夢》緊湊，前半所
用賓白，即使淨丑也全用駢文，不免教人生厭。所以總合來說，《園林午夢》
比《打啞禪》來得完整。《野獲編》卷二十五云：

　　本朝能雜劇者不數人，自周憲王以至關中康王諸公稍稱當行，其後

　　則山東馮李亦近之。然如《小尼下山》、《園林午夢》、《皮匠參禪》

　　等劇俱太單薄，可供笑謔，亦教坊耍樂院本之類耳。〔註196〕

沈氏的批評是很正確的。中麓只傳下這樣「單薄」的兩種院本，除了供人笑
謔外，在曲辭方面根本談不上，其在戲劇史上，如果不是因為體裁特殊，單
就雜劇、傳奇而言，是數不到他的。不過，他對於金元詞曲確曾下過很大的
功夫，這一點我們不應當把他湮沒。《閒居集》卷六〈南北插科詞序〉云：

　　予少時綜理文翰之餘，頗究心金元詞曲，凡《中原》、《燕山》、《瓊

　　林》、《務頭》四韻書，《太和正音》、《詞話》、《錄鬼》、《十譜格》、

　　《漁隱》、《太平》、《陽春白雪》、《詩酒餘音》二十四散套；張可

　　久、馬致遠、喬夢符、查德卿等八百三十二名家；《芙蓉》、《雙題》、

　　《多月》、《倩女》等千七百五十餘雜劇，靡不辨其品類，識其當

　　行：音調合否？字面生熟，舉目如辨素蒼、開口如數一二。甚至

〔註194〕陳萬鼐主編：《全明雜劇》，第 5 冊，頁 2458～2459。
〔註195〕〔日〕青木正兒著，王吉盧譯：《中國近世戲曲史》，頁 180。
〔註196〕〔明〕沈德符：《野獲編》，卷 25，頁 486。

> 歌者纔一發聲，則按而止之曰：「開端有誤，不必歌竟矣！」坐客
> 無不屈伏。〔註197〕

這些話雖然近於誇大，但其藏書爲山東第一，素有萬卷之稱，藏曲尤富，故能博覽曲中群籍。他的南曲音律，被王世貞、王驥德、呂天成諸人所譏，可是對於北曲卻有十分把握，因此他能糾正王九思《遊春記》的錯誤。他曾和弟子從事「改定元賢傳奇」的編輯工作，第一輯選刊了十六種，據說殘存六種，可惜不知現藏何處。又據道光《章邱縣志》卷十三〈藝文志·書目〉條及道光《濟南府志》卷六十四，李中麓的著作都有《梧桐雨》一卷，這應當是北雜劇作品，因爲早已散佚，又未見著錄，故不爲世人所知。這惟一的雜劇既未能流傳下來，我們也就無法探討他在雜劇方面的成就。

最後要附帶一提的是章邱、商河一帶的其他曲家。王士禎《池北偶談》云：

> 袁崇冕字西野，……工金元詞曲，所著〈春遊〉、〈秋懷〉諸曲足參
> 康王之座。……同時有高應玘者，中麓弟子，亦工詞曲，……其《北
> 門鎖鑰》雜劇，論者以爲詞人之雄。又有張國壽者，以貢仕爲行唐
> 日縣，善金元詞曲，所著《脫穎》、《茅廬》、《章臺柳》、《韋蘇州》、
> 《申包胥》等劇在袁西野、李中麓伯仲間，皆章丘人，與太常同時。
> 又有張自慎者，字敬叔，商河人，遊中麓之門。著金元樂府三十餘
> 種，太原萬伯修曰：「北曲一派，海內索解人不得，眼中獨見張就山
> 耳。」〔註198〕

可見中麓同時的山東北曲作家，不乏其人。尤其張自慎作劇三十餘種，足爲「大家」。可惜作品俱不傳世。

二、許潮的《太和記》及其作者問題

沈泰編的《盛明雜劇二集》，卷二至卷十，選輯了八種雜劇，其作者或題許潮，或題楊愼，自相矛盾。據著者考定，應屬於許潮。這個問題，留待下文詳論，現在先說這八劇的內容。這八種雜劇，每一種僅一折，它們是：

《武陵春》：本陶淵明〈桃花源記〉敷演。時令屬桃花競放二月。〔北商

〔註197〕〔明〕李開先著，路工輯校：《李開先集》，頁 320。
〔註198〕〔清〕王士禎著，勒斯仁點校：《池北偶談》（北京：中華書局，1982 年），
　　　　頁 336～337。

調〕套正末獨唱，其餘南曲四套眾唱。

《蘭亭會》：事本王羲之〈蘭亭集序〉。時令屬三月上巳。眾唱南曲二套、〔北雙調〕一套。

《寫風情》：根據唐宋遺史，演劉禹錫爲蘇州刺史，李司空紳慕劉名邀飲，命妓侑酒侍寢，劉徹夜鼾睡事。時令屬四月梅雨季節。副末以賓白開場。旦、貼分唱〔賞花時〕及〔么〕篇。〔仙呂〕北套〔勝葫蘆〕以前旦獨唱，〔後庭花〕以下生獨唱。南曲二套旦、貼分唱。

《午日吟》：敘嚴武爲劍南節度使，端午具酒肴音樂，約諸貴公子訪杜子美於草堂，關目純係虛構。生唱〔南呂〕北套，其後南曲眾唱，〔黃鐘〕北套生、末遞唱。最後南曲眾唱。

《赤壁遊》：合蘇軾前後〈赤壁賦〉演之。時令爲七月既望。南曲一套，眾唱。

《南樓月》：本《晉書・庾亮傳》及《世說新語》，演庾亮在武昌與諸僚佐中秋南樓賞月事。副末以賓白開場，南曲眾唱，小旦舞唱〔北折桂令〕一支終場。

《龍山宴》：本《世說補》敘桓溫重九集僚佐登高，孟嘉落帽事。連用〔金瓏璁〕等引子五支。〔南排歌〕、〔北寄生草〕各四支構成合套的子母調，生獨唱南曲，眾分唱北曲。〔駐雲飛〕五支眾唱。〔南楚江秋〕、〔孝白歌〕各二支，構成子母調，旦舞唱。

《同甲會》：敘宋文彥博退休居洛陽，與致仕諸官，同年七十八歲者程珦、司馬旦及席汝言，創爲同生甲會，伏臘宴笑，以樂天年。彥博曾有詩云：「四人三百二十歲，況是同生甲午年。」此劇就情景點染，將此會放在十月小陽春。南曲二套眾唱。

《盛明雜劇二集》是崇禎間刻本，沈泰在總目中將這八種標爲許時泉（潮）之作，他選輯時應當是有所根據，而認爲全部確是許作。可是各劇署名並不一致，第二種《蘭亭會》署名「升庵楊愼」，其餘七種署名「時泉許潮」。而第一種《武陵春》，其眉批上，竟然有這樣的話語：「弇州誚升庵多川調，不甚諧南北本腔，說者謂此論似出于妒。今特遴數劇，以商之知音者。」〔註199〕據此，又似《武陵春》以下八種，都是楊升庵的作品了。同見於一部選集，居然如此自相矛盾不是很奇怪嗎？由此也可見沈泰編書時，對於所選的八

種，究竟屬楊或屬許，已經弄不清楚了。

原來，楊慎和許潮都有作《太和記》的記錄，《盛明雜劇》所選的八種都出於《太和記》，以致發生作者歸屬的問題。茲先將有關材料抄錄於後，再做合理的推論。

沈德符《萬曆野獲編》卷二十五〈太和記〉條云：「向年曾見刻本《太和記》，按二十四氣，每季填詞六折，用六古人故事，每事必具始終，每人必有本末。齣既曼衍，詞復冗長，若當場演之，一折可了一更漏。雖似出博洽人手，然非本色當行。又南曲居十之八，不可入絃索。後聞之一先輩云，是楊升庵太史筆，未知然否？然翊國公郭勛亦刻有《太和傳》，郭以科道聚劾，下鎮撫司究問，尋奉世宗聖旨，勛曾贊大禮，並刻《太和傳》等勞，合釋刑具，即問候處分。夫刻書至與贊禮並稱，似非傳奇可知。予未見郭書，不敢臆斷。然北詞《九宮譜》本名《太和正音》，又似與音律相關，俱未可曉也。楊升庵生平填詞甚工，遠出太和之上。今所傳具小令，而大套則失之矣。」〔註200〕

呂天成《曲品》著錄許潮《泰和記》（泰同太）云：「每齣一事，似劇體，接歲月，選佳事；裁製新異，詞調充雅，可謂滿志。」〔註201〕

焦循《劇說》卷三云：「余嘗憾元人曲不及東方曼倩事，或有之而不傳也。明楊升庵有〈割肉遺細君〉一折。」〔註202〕又卷四云：「近伶人所演〈陳仲子〉一折，向疑出《東郭記》，乃檢之，實無是也。今得楊升庵所撰《太和記》，是折乃出其中，甚矣，博物之難也。」〔註203〕

《揚州畫舫錄》卷五載黃文暘《曲海》目，其中《武陵春》、《龍山宴》、《午日吟》、《南樓月》、《赤壁遊》、《同甲會》、《寫風情》七種題「許潮作」。《蘭亭會》、《太和記》二種，題「楊慎作」，《太和記》下注：「二十四齣，故事六種，每事四折。」〔註204〕

《直隸靖州志》卷十二：「許潮，嘉靖甲午舉人，字時泉。出忠烈宋以方門下。風流灑落，博洽多聞，言根經史。當任河南新安知縣時，猶手不釋卷，著有《易解》、《史學續紹》等集，又作《《太和元氣記》諸詞曲》，至今猶艷

〔註200〕〔明〕沈德符：《野獲編》，卷25，頁482。
〔註201〕〔明〕呂天成：《曲品》，頁240。
〔註202〕〔清〕焦循：《劇說》，頁142。
〔註203〕同上註，頁151。
〔註204〕〔清〕李斗著，汪北平、涂雨公點校：《揚州畫舫錄》（北京：中華書局，1960年），頁113。

稱之。」〔註205〕（《太和元氣記》既云是詞曲，自與《太和記》爲一書。）

　　從以上所引述的材料，可見楊愼和許潮都有撰作《太和記》的記錄。《盛明雜劇》中的八種，從內容體製各方面看，其爲沈德符等所說《太和記》二十四折中的八折，也沒有問題。但眞作者究竟爲楊爲許，最早的沈德符竟已採取懷疑態度；以後諸家更是紛歧，而又語焉不詳，殊難從其中尋出結論。其所以如此，不外是：楊許各有《太和記》；或者是一人作，另一人改竄，以致署名混淆，其例有如《洞天玄記》。我想後者的可能性較大。因爲根據上舉的記載，除了黃文暘之說我們採保留的態度之外，其他認定是楊作或許作的《太和記》，幾乎沒有分別，如果楊許各有所作，多少是會有所差異的。那麼究竟是誰原作、誰竄改的呢？我想應當是許潮原作，楊愼竄改。許潮位不過縣令，輩分較楊愼爲小，名氣更差得遠，恐怕不敢冒昧的竄改升庵的作品。而升庵就不同了，負才玩世，沈德符說他「曾見楊親筆改定祝枝山詠月玉盤金餅一套，竄易甚多。」〔註206〕名氣頗大的祝枝山，他都毫不客氣的大動手術，何況是許潮呢？大概就因爲他刪定過許潮的《太和記》，他的名氣又大，所以有人就誤傳《太和記》是他所作，而許氏之名反而湮沒。但許氏畢竟是確實的作者，所以《靖州直隸州志》著錄他的作品時，便特地提出《太和記》來，而在楊氏的一些傳記裡是根本沒記錄的。高奕、焦循就所見所聞記載，無暇考訂，而沈泰則直墮入五里霧中，自己也弄迷糊了。所以我們總結一句話：《盛明雜劇》這八種應當是許潮原作，楊愼不過竄改而已。

　　作者既已辨明，回頭再討論其內容。這八本雜劇，由於取材都是節令中的文人雅事，目的也僅在於樂事賞心，自然只合於紅氍毹上或案頭清供。就結構來說，沈德符所指責的「曼衍」是深中其弊的。除《南樓月》、《赤壁遊》、《同甲會》外，排場俱屢經轉換，移宮換調往往至四五次之多，如果分開來就可以成爲幾折；而硬塞於一折中，怎不令人感到曼衍冗煩？關目有時也欠剪裁。如《武陵春》之插入天臺仙女托漁郎寄劉阮書，頗覺無謂。寫風情之穢語連篇，幸沈泰已大刪之（見《盛明雜劇》眉批）。《赤壁遊》爲了湊合儒釋道，硬將張志和化作道人來共同清談。《同甲會》以插演之雜劇爲主，正文反爲陪襯，未免本末倒置之譏。

〔註205〕〔清〕呂宣曾修，張開車纂：《直隸靖州志》；《故宮珍本叢刊》（海口：海南出版社，2001年），第162冊，卷12。

〔註206〕〔明〕沈德符：《野獲編》，卷25，頁483。

但是作者也有頗具匠心的地方。最成功的是每劇的結束都非常瀟灑，一點也不拖泥帶水，有餘音嫋繞之致。其他如將〈蘭亭序〉的文字隱括到幾支曲中，《午日吟》的曲文、說白多用杜詩牽合成文，《龍山宴》寫孟嘉而入他人之事，本來這些安排都是極不易討好的，但作者卻能處理得很自然，不露痕跡，可以說巧於經營。寫風情描述劉禹錫「洞房鼾眠」，青木正兒謂：

> 此劇關目平凡，反於無用處費筆墨，不用力寫劉禹錫之癡態，淡然無味。〔註207〕

青木氏之意，蓋以為禹錫鼾睡時，用極長的曲文由旦貼輪唱〔嘆五更〕為「於無用處費筆墨」，而禹錫之癡態反無一語道及。但是，〔嘆五更〕的文字音調非常優美，由旦、貼從旁演唱，述其幽怨之情，不是更可以見出禹錫「洞房鼾睡」之大殺風景嗎？以正筆寫其癡態不過主其動，以旁筆寫其鼾睡，則主其靜，此時此際，動不如靜，靜尤覺其韻味悠長。《同甲會》以插演之雜劇為主，雖然覺其本末倒置，但所插演之雜劇卻是很成功的結撰。它將歲寒三友予以人格化，再用柳、荷、桃、李等烘托，以見吉祥祝壽之意，而松梅的互相嘲弄，以及典故的巧妙鎔鑄，使乾枯的關目變得生動活潑，曲白又取其本色，在雜劇中確是很精緻的小品。

由於題材的限制和寫作的目的在於應景歡賞，所以在結構上，這八本雜劇沒有一本是完整無缺的。作者著重的是文辭的表現，所謂「典雅工麗」，正是它們的共同特色。而造作無生氣卻是它們的弊病，清新雋逸則是它們的長處。

> 譙樓上鼓兒一點敲，花影縱橫月半高。月半高，碧紗廚，人靜悄。
> 將燈照，玉人兒，睡正著。（〔字字金〕）
>
> 醉酕醄，玉人兒，睡正著。這睡何時覺，空留待月心，辜負偷花約。
> 二更鼓兒又轉了。（〔清江引〕）
>
> 譙樓上鼓兒二點敲，寶鴨沈煙香漸消。香漸消，聽驚鴉，鬧柳稍。
> 將燈照，玉人兒，睡正牢。（〔字字金〕）
>
> 醉酕醄，玉人兒，睡正牢。可惜如花貌，襄王夢裡求，神女床邊笑。
> 不覺三更交得早。（〔清江引〕）
>
> 譙樓上鼓兒三點敲，翦翦輕風窗外颭。窗外颭，搵啼紅，濕絳綃。
> 將燈照，玉人兒，睡得喬。（〔字字金〕）

〔註207〕〔日〕青木正兒著，王吉廬譯：《中國近世戲曲史》，頁272。

醉酕醄，玉人兒，睡正喬。怎的般歪做作，全無下惠和，到有元龍
傲。四更鼓兒又聒躁。（〔清江引〕）

譙樓上鼓兒四點敲，涼月侵門夜寂寥。夜寂寥，寒扃冷翠翹。將燈
照，玉人兒，夢未消。（〔字字金〕）

醉酕醄，玉人兒，夢未消。廁守得無著落，空勤犬馬勞，卻惹鶯花
笑。不覺五更天又曉。（〔清江引〕）

譙樓上鼓兒五點敲，雞唱蟲飛斗半杓。斗半杓，峭寒生，衣較薄。
將燈照，玉人兒，鼾尚哮。（〔字字金〕）

醉酕醄，玉人兒，鼾尚哮。這早晚還昏眊，春風笑二喬，明月羞雙
妙。把千金夜兒空過了。（〔清江引〕）〔註208〕

上舉子母調即寫風情二妓侍劉禹錫寢時所唱。所用的曲調屬小調，寫民間流
行的所謂〔嘆五更〕，但其風情之旖旎與民間之粗鄙不同。讀來瀏亮清新，別
有一種快人的感覺。其他像《武陵春》漁郎上溯桃源時所唱的〔茶歌聲〕，以
及《同甲會》中的〔臘梅花〕、〔竹枝詞〕，也都有同樣的韻味。

青嶂吐蟾光，雲漢澄江一練長。那更凄凄荻韻，脈脈蘅香。對皓彩，
人在冰壺泝流光，船行天上。一航，操向中流放，恍疑是羽化飛揚。
（〔畫眉序〕）〔註209〕

秋光如淨，銀河冷畫屏。聽孤鴻碧落，老鶴蒼冥，蟋蟀鳴古磴。看
樓臺倒影，看樓臺倒影，半入洲汀，半落江聲。四面玲瓏，八窗虛
靜，酬不了登臨興。嚓！撫景法森森，赤縣神州，雲擾誰為黌。願
明公秋月形，吾儕秋桂影。年年此月，馨香皎潔，兩交相稱。（〔風
雲會四朝元〕）〔註210〕

〔畫眉序〕寫赤壁泛舟，〔風雲會四朝元〕寫南樓賞月。寫情寫得很雋美，韻
味疏暢，是可以拿來諷誦的。

木落驚秋，萬簇煙林赤葉稠；戎務侵眉皺，詩思羈身瘦。嚓！登眺
暫舒眸，赤縣神州，一個金甌，玷缺誰之咎。具共對斜陽笑楚囚。（〔駐
雲飛〕）〔註211〕

〔註208〕陳萬鼐主編：《全明雜劇》，第 9 冊，頁 4069～4071。
〔註209〕同上註，頁 4115。
〔註210〕同上註，頁 4104。
〔註211〕同上註，頁 4143。

登臨遠眺，山河擾攘，無限清秋，《龍山宴》較之其他諸劇是顯得悲壯的。

> 自從辭卻大夫來，到而今二千餘載。看那九棘與三槐，怎耐得、時移歲改。嘆牡丹、惟有荒臺，海棠嬌斷、送在塵埃。算來誰是棟梁材，那有欒柯的節概。怎如我手足摩雲黛，布十里、清陰如蓋，晴時候、風月滿懷，霜雪裡、越精彩。玄猿白鶴兩無猜，菟絲瓜葛，纏綿依附掛蒼巖，幾回向、街前貨賣。換明堂、棟宇斜歪，非比他、那樗櫟之材。有時許許出徂徠，把群材壓似蒿矮。饒他日邊紅杏春風藹。碧桃樹、天上高栽。大都來不是虬龍脈，也難結構柏梁臺。（〔風入松〕）〔註212〕

沈士俊的眉批說：「沈休文松賦、謝惠連松贊，無此風雅。」曲辭而拿賦、贊來比擬，也可見這類的戲劇，只好讓文人去作案頭清供了。〔風入松〕之後必帶〔急三鎗〕一支或二支，交互循環以成套數；但有時將〔急三鎗〕直接連在〔風入松〕之後，不另列名，此曲即具例。

三、汪道昆

汪道昆，字伯玉，一字玉卿，號南溟，一號南明，又號太涵，晚號涵翁。安徽歙縣人（今安徽歙縣）。嘉靖四年（1525）生，萬曆二十一年（1593）卒。六十九歲。登嘉靖二十六年（1547）進士，除義烏知縣。歷官襄陽知府、福建副使、按察使，擢右僉都御史，巡撫福建，改鄖陽，進右副都御史，巡撫湖廣，官至兵部侍郎。明雜劇作家中，以他的官職最顯。

伯玉頗有武功，當他做義烏知縣時，練了一支「人人能投石超距」的「義烏兵」。備兵閩海時，又能平息兵變，「單騎入軍門，斬首事者以徇，一軍皆肅。」他和戚繼光合力抗倭，他主謀，繼光主戰，於是「諸賊次第削平」。他為兵部侍郎時，奉命巡邊，「裁革冒濫兵餉，歲省浮費二十餘萬。」可見伯玉是個相當傑出的軍事人才。但《明史》卻僅及其文章，而事實上，他的文章並不怎麼高明。

他和張居正、王世貞都是同年進士。萬曆初，居正為權相，他的父親七十歲生日，朝士都爭相為文頌美。居正最欣賞伯玉的文章，「以此得幸」。世貞為了遷就居正之意，在他的《藝苑卮言》中說：「文繁而法，且有委，吾得其人曰李于鱗；文簡而法，且有致，吾得其人曰汪伯玉。」〔註213〕伯玉的名氣也從此

〔註212〕陳萬鼐主編：《全明雜劇》，第7冊，頁4162。
〔註213〕〔明〕王世貞：《藝苑卮言》，周維德集校：《全明詩話》（濟南：齊魯書社，

大起來，和世貞等並稱爲「後五子」。他雖然未能預於「後七子」之列，可是七子相繼凋謝後，他和世貞便並稱爲「兩司馬」，儼然執文壇牛耳，這本是幸得的虛名，他卻爲此自命不凡，曾有〈謁白嶽詩〉，其落句云：「聖主若論封禪事，老臣才力勝相如。」又曾酒後大言，謂「蜀人如蘇軾者，文章一字不通，此等秀才，當以劣等處之。」這種狂妄的態度，深爲時人所詬病。世貞和他名位既相當，聲名又相軋，晚年對他非常不滿，說：「予心服江陵之功，而口不敢言，以世所曹惡也；予心誹太函之文，而口不敢言，以世所曹好也。無奈此二屈事何？」〔註214〕（《野獲編》卷二十五）伯玉著有《太涵集》一百二十卷。雜劇則有《大雅堂樂府四種》。〔註215〕

《大雅堂四種》的總目是：楚襄王陽臺入夢，陶朱公五湖泛舟，張京兆戲作遠山，陳思王悲生洛水。共四折，每折敘一故事，各自獨立，體製和《四聲猿》、《太和記》相同。

這四個故事都是文人所熟知而喜好的，伯玉僅是據實敷演一番。故事本身已經很單薄，寫作時又不知剪裁，也談不上什麼情感寄託。有人說伯玉在詩裡既自誇才勝相如，因此也想以宋玉、曹植自擬，同時又夢想有范蠡、張敞那樣適意的生活。這樣推測並非沒道理，起碼和他的狂妄頗相吻合。徐翽《盛明雜劇·序》有云：

> 若康對山、汪南溟、梁伯龍、王辰玉諸君子，胸中各有磊磊者，故
> 借長嘯以發舒其不平，應自不可磨滅。〔註216〕

康對山、王辰玉確實胸中各有磊磊，也眞借長嘯發舒其不平。伯龍在《浣紗記》裡多少有點以范蠡自居，他的生平行事也有些相像，至於汪伯玉就不知何由見得了。他作這四本雜劇，不過把它當作四篇小品文來處理，目的是要文人案頭諷誦，讚美他的文辭。也因此，他對於題材的選擇、關目的布置、排場的安排，以及文字的運用，便不太考慮到場上的效果和平民觀眾了。雜

2005年），第3冊，卷7，頁1963。

〔註214〕〔明〕沈德符：《野獲編》，卷25，頁4730。

〔註215〕汪道昆生平見《明史》卷二八七、《明史稿》卷二六八、《皇明詞林人物考》卷九、《本朝分省人物考》卷三十七、《明詩綜》卷四十七、《明詩紀事》己三、《列朝詩集小傳》丁上、《盛明百家詩》卷十三、〈少司馬新安汪公五袠序〉（《皇甫司勳集》卷四十六）、〈少司馬公汪伯子五十序〉（《弇州山人四部稿》卷六十二）、〈壽左司馬南明汪公六十序〉（《弇州山人續稿》卷三十四）、〈汪南明先生墓誌銘〉（《山居文稿》卷七）、《江南通志》卷一四七、《義烏縣志》卷十三。

〔註216〕〔明〕沈泰編：《盛明雜劇》，初集，頁3。

劇的轉變，至此更加分明，許潮之後，伯玉是最致力於創作南雜劇的人。以他的身分地位，對雜劇的影響，應當比許氏大得多。

在體製格律上，這四本雜劇其實就等於傳奇的一齣，只不過多加了頭尾而已。因爲它們是南雜劇的典型，所以特以《高唐夢》爲例，將其結構分析一下。

《高唐夢》開場由末念〔如夢令〕詞一闋，其後問答如傳奇家門。宋玉扮生衝場唱商調過曲〔高陽臺〕一支，以爲全劇之導引。其後小生扮襄王唱〔黃鐘〕過曲〔出隊子〕一支，〔出隊子〕爲可粗可細之曲，可兼引子用。接著用〔高陽臺〕四支，生唱二支，小生與扮華陽大夫之末各唱一支，演述宋玉向襄王說起懷王夢覓巫山神女的往事，而以襄王就寢告一段落。此下排場轉換，故移宮換調，旦扮神女唱〔仙呂〕引子〔鵲橋仙〕，接著用過曲〔香羅帶〕二支由旦主唱，演述神女會襄王，而以辭別告一段落。此下排場再轉換，襄王夢醒，故以〔仙呂〕集曲〔醉羅袍〕二支，〔南呂〕過曲〔香柳娘〕二支加上〔尾聲〕一支，由小生獨唱，演述繫戀惆悵之情。通劇協皆來韻。

其他三劇結構的方法也大抵如此。由此可見這樣的雜劇，比起傳奇來，不過是長短的差別而已，謂「短劇」實在是很適當的名稱。《高唐夢》排場的轉換極爲分明得體，唯衝場曲用〔高陽臺〕，其後又以〔高陽臺〕四支組場，略嫌重複。生爲劇中主角，理應扮演襄王，今以小生任之，未免輕重倒置。〔仙呂〕集曲〔醉羅袍〕緊接〔南呂〕過曲〔香柳娘〕，宮調改變，而排場未轉換，但以集曲可以單獨使用，故尚無妨礙。《五湖遊》用合套，生北旦南，合乎體法，排場結構最爲簡單。《遠山戲》場面與曲調的配搭亦極得體。《洛水悲》則頗有可議。生旦相見之後，雖關目有所發展，而場面略無更改。且移宮換調至四次之多，連同旦之引場，計五次，傳奇一齣之中，宮調之轉換，不宜過三，本劇之弊，正與《琵琶》相同。論結構以《遠山眉》最佳，情節雖簡，而插入淨丑打諢，間用歌舞，使場面顯得熱鬧可觀；論關目，以《五湖遊》情景取勝，逸趣沖遠，可以曠人胸懷。《高唐夢》、《洛水悲》，皆以不盡爲無盡，給人以惆悵浩渺之感，餘味最足。

因爲形式內容是案頭小品，所以《大雅堂》四劇的賓白是整飭雅潔的，曲文更是典雅藻麗。只是不該將〔高唐賦〕、〔洛神賦〕整段抄到劇裡來，弄得累贅不堪。《野獲編》卷二十五云：

> 北雜劇已爲金元大手擅勝場，令人不復能措手。曾見汪太涵四作，

為宋玉高唐夢、唐明皇七夕長生殿、范少伯西子五湖、陳思王遇洛
神，都非當行。〔註217〕

王驥德《曲律》四亦謂「世所謂才士之曲：如王弇州、汪南溟、屠赤水輩，皆非當行。」〔註218〕沈氏所舉汪氏四劇，中有《長生殿》而無《遠山眉》。考萬曆刻本《大雅堂四種》與《盛明雜劇》本，四劇皆無《長生殿》而有《遠山眉》，且其他明清戲曲書目，亦未見有著錄《長生殿》者，姚燮《今樂考證》從沈說著錄而別無佐證。因此，《長生殿》一劇，恐係沈氏誤記。又「都非當行」乃文人撰作劇曲的共同特點。無論雜劇、傳奇，此時都已逐漸納入臨川、吳江的系統，音律、辭藻成了劇作家們較長論短的對象了。

空山人境絕，松樞桂闥。歸來珮聲空夜月，東風無主自傷嗟也。可惜春花後送鶗鴂，舉首平臨河漢接，待學他織錦天孫也。月照流黃心百結。(《高唐夢》〔香羅帶〕) 〔註219〕

去國逢青眼，還家尚黑頭。東皇有主花如舊，蝦菜忘歸今已久。芙蓉出水依然秀，柳色青青在手。眉黛勞君雅，似吳山雲岫。(《五湖遊》〔江兒水〕) 〔註220〕

淡粧濃抹兩相宜，閣筆平章有所思，可憐顰處似西施。試看兩山排闥青於洗，爭似卿卿翠羽眉。(《遠山眉》〔懶畫眉〕) 〔註221〕

結綺窗、流蘇帳，羈棲五夜長。無端惹得惹得風流況。半晌恩私，千迴思想。(想那洛神臨去之時呵！)顰翠眉、掩玉襦、增惆悵。(他既去呵！)好似天邊牛女遙相望，一葦難杭，無如河廣。(《洛水悲》〔五更轉前腔〕) 〔註222〕

像這樣的文字真是綺麗如繡，或者得其翩翩雅趣，或者出以淒清宛轉，但正如臧晉叔《元曲選・序》所云：「非不藻麗矣！然純作綺語，其失也靡。」〔註223〕呂天成《曲品》把他列在「不作傳奇而作南劇」的「上品」，並下評語：「汪司馬一代鉅公，千秋文侶，所著大雅樂府，清新俊逸之音、調笑詼諧之致，餘雖

〔註217〕〔明〕沈德符：《野獲編》，卷25，頁485～486。
〔註218〕〔明〕王驥德：《曲律》，頁180。
〔註219〕陳萬鼐主編：《全明雜劇》，第5冊，頁2859。
〔註220〕同上註，頁2898。
〔註221〕同上註，頁2909。
〔註222〕同上註，頁2884。
〔註223〕〔明〕臧晉叔：《元曲選》，頁4。

染指於斯道,未肯爭雄於篇中,雖片臠味長,一斑各見,允爲上品。」〔註224〕汪司馬誠然未以此道爭雄,清新俊逸也是他曲中的好處,但是失之華靡,無論如何是掩飾不了的。《遠山堂劇品》則將此四劇列入雅品,並分別下評語云:「名公鉅筆,偶作小技,自是莊雅不群。他人記夢,以曲盡爲妙,不知《高唐》一夢,正以不盡爲妙耳。」〔註225〕「五湖之遊,是英雄退步,正不可作寂寞無聊之語。此劇以冷眼寫出熱心,自是俗腸針砭。」〔註226〕「他人傳張夫人不免嫵媚,此則轉覺貞靜。所以遠山一畫,樂而不淫。」〔註227〕「陳思王覿面晤言,卻有一水相望之意,正乃巧於傳情處。只此朗朗數語,擺脫多少濃鹽赤醬之病。」〔註228〕都能道出汪氏四劇的長處和特色。

在賓白方面,雖大抵整飭雅潔,但也不免像沈德符批評他的文章那樣「刻意摹古」、「時援古語」。譬如《高唐夢》淨丑的諢語,誠然可以刪除。

〔註224〕〔明〕呂天成:《曲品》,頁220。
〔註225〕〔明〕祁彪佳:《遠山堂劇品》,頁1530。
〔註226〕同上註,頁154。
〔註227〕同上註,頁154。
〔註228〕同上註,頁154。

第五章　後期雜劇

後期開始於嘉靖末年，極盛於萬曆以後，餘勢入清未息，明雜劇的體製及風格，到這一時期才算完備。劇本的題材內容較以前廣泛，作家及作品的數量較以前增加。無論是創新的南雜劇及短劇，或是復古的北雜劇，都是作家輩出，盡態極妍，形成明雜劇的鼎盛時期。因此，本章也就成為本書的主要部分，篇幅多於以前各章。

第一節　陳與郊與徐復祚

陳與郊與徐復祚都是傳奇兼雜劇作家，陳氏的《義犬記》和徐氏的《一文錢》，體製相近，又同是諷刺劇。其時代也只相差十七年，所以將他們合在一節討論。

一、陳與郊

陳與郊的先世本姓高，籍貫不詳，永樂年間，有位名叫諒的，徙海寧，入贅為陳氏之婿，因從其姓，遂為浙江海寧人（今同）。與郊的字和號很多，據八木澤元考定，其字有廣野、隅陽（又作禺陽、嵎陽、虞陽）等；號有：隅園、玉陽（玉陽仙史）、蒨川等，別署有高漫卿、任誕軒等，稱謂有奉常（太常）、黃門等。世宗嘉靖二十三年（1544）二月二十三日生，神宗萬曆三十八年（1610）十二月四日卒，六十七歲。

與郊的父親名中漸，為郡諸生，性情豪放不羈，重然諾，好施與。他雖是當地首屈一指的富戶，但因常常過於熱心濟困憐貧，致使家產傾覆。母嚴

氏。與郊是長子。他在這樣的家庭教育之下，自然養成寬和平正的性格。

萬曆元年（1573），與郊舉江南鄉試，次年成進士，獲第四名。授河間府推官。當時宰相張居正，屬行法治，他卻以寬和待民，對於部屬的小過小錯，皆置而不問。又於閑時引見諸生，教授經書，講論文藝。四方之人，傳聞他的德政，多負笈從遊。萬曆六年，徵調爲吏科散給事中，離任時，民眾泣攔去路，二三百里中，排成行列，高呼「陳佛」。

到了北京，他以耿介爲懷，減私奉公，一心爲君國計。遷工科右給事中、左給事中。萬曆十六年（1588），晉任吏部都給事中。其間他曾上疏請嚴禁賄賂，肅正綱紀。曾二度兼禮闈同考官。萬曆十八年春，被拔擢爲提督四夷館太常寺少卿。以母老，懇請歸省；途中，接獲訃報。過了三年，卻被加以莫須有的罪名，說他當考試官時，「考選過濫」，而遭免官。從此，他便在海寧縣城北隅，構築「隅園」，悠然以度餘年。

與郊喜愛把玩名家字帖，種植花木，將閑居之年，寄情於書法與園藝。同時也喜好從事傳奇、雜劇和小令的創作。他著有《陳奉常集》、《樂府古題考》、《檀弓、考工記輯注》、《三禮廣義》、《文選章句》、《杜律評註》、《廣修辭指南》、《方言類聚》、《葬錄》、《晉書鉤元》等。傳奇作品是：《櫻桃夢》、《靈寶刀》、《麒麟罽》、《鸚鵡洲》，四種俱存，總稱《詅癡符》。雜劇作品是：《昭君出塞》、《文姬入塞》、《義犬記》、《題紅葉》、《淮陰侯》、《中山狼》，僅存前三種。可見他的著述遍及經學、文學、語言學、歷史學，而以文學的創作爲主。〔註1〕傳奇不在本書範圍之內，自可不談，以下討論他的雜劇。

昭君故事和西施、楊妃一樣，非常膾炙人口，是賦詩作文的好材料。元人以昭君故事敷演爲雜劇的，據《錄鬼簿》所載，有關漢卿《漢元帝哭昭君》、吳昌齡《月夜走昭君》、馬致遠《漢宮秋》、張時起《昭君出塞》。明人則有無名氏傳奇《青冢記》、《和戎記》和與郊的《昭君出塞》雜劇。清人薛旦也有《昭君夢》，皮黃中更有尚小雲演的《昭君出塞》，可見其歷久不衰。

馬致遠的《漢宮秋》以文字取勝，幾乎有口皆碑。但是在表現上以漢元帝爲主，尤其是著重昭君去後，元帝回宮聞孤雁哀感悽楚的場面。如此，昭君變成了無關緊要的附庸，其戲劇的影像非常薄弱。禺陽則擺脫了這一切，使昭君恢復她在《西京雜記》中的面目，以精簡的一折來描寫她的心理，尤

〔註1〕陳與郊生平見《大泌山房集》卷七十八〈太常寺卿陳公墓誌銘〉、《海寧縣志》卷十、八木澤元《明代劇作家研究》。

其是出塞時離別祖國，投身異域的惶恐與淒切之感，他拈題為「昭君出塞」是非常貼切的。這樣的文字，也正合乎小品的意境。《劇說》卷五云：

> 陳玉陽《昭君出塞》一折，一本《西京雜記》，不言其死，亦不言其嫁，寫至出玉門關即止，最為高妙。〔註2〕

以前途茫茫，不結束為結束，在感受上是更富餘味的。只是沒有元帝與昭君纏綿悱惻的情感，在關目上難免平舖直敘，其情趣似乎也短少些。

　　本劇用三套曲子組成三個場面。〔商調〕〔二郎神〕前腔以前，敘元帝按圖指派，擬將昭君遣嫁匈奴。其次仍用〔商調〕之〔遶池遊〕套，敘昭君陛辭時，元帝驚其美麗，但不欲失信單于，仍以昭君遣嫁。以上可以說是本劇的引場，此下用〔雙調〕〔新水令〕合套組成群戲大場。且唱北曲，二貼及外、末等眾角色唱南曲，以敷演出塞景況，為本劇主題所在。《遠山堂劇品》列入雅品，謂「此劇僅一齣，便覺無限低迴。」〔註3〕

> 征袍生改漢家粧，看昭君可是畫圖模樣。舊恩金勒短，新恨玉鞭長，迤逗春光，旂旌下，塞垣上。（〔新水令〕）〔註4〕

> 呀！恁便是鴻雁秋來斷八行，誰一會把六宮忘。儘著他箜篌馬上漢家腔，央及煞愁腸。俺自料西施北方，料西施北方，百不學東風笑倚玉欄床。（〔望江南〕）〔註5〕

〔新水令〕首四句襲取《漢宮秋》原句。文字雖然清麗可觀，但比起《漢宮秋》來終覺不如，尤其缺少的是遒勁之致。難怪青木正兒要說《漢宮秋》最為絕唱，「則陳之此作未足於戲曲史上放光彩也。」〔註6〕

　　《昭君出塞》演至玉門關為止，《文姬入塞》也演文姬入至玉門關為止。其運用題材的方法完全一樣。文姬的故事本來也動人，但敘寫的人卻不多。與郊似乎有意取來做為「出塞」的匹對，使之成為「雙璧」。其劇情是根據〔悲憤詩〕，毫無增飾的予以敷演，因此，對於母子離別那一場，也特別用力的加以描述，情景慘切，文字悽絕，讀來非常感人。

> 我待把孽根兒拋棄者，淚珠兒搵住些，爭奈母子心腸自盤曲。也知道生得胡兒羞漢妾。話到舌尖兒，又待說，又軟怯。待要歇，怎忍

〔註2〕　〔清〕焦循：《劇說》，頁190。
〔註3〕　〔明〕祁彪佳：《遠山堂劇品》，頁156。
〔註4〕　陳萬鼐主編：《全明雜劇》，第7冊，頁3913。
〔註5〕　同上註，頁3916。
〔註6〕　〔日〕青木正兒著，王吉盧譯：《中國近世戲曲史》，頁268。

歇。一寸柔腸便一寸鐵，也痛的似癡絕。（〔青衲襖〕）〔註7〕

歸朝者！歎嬰兒、向龍荒割捨，我一霎地哀腸亂似雪。這地北天南，可是等閒離別。渺渺關山千萬疊，便是夢魂兒飛不到也。（蔡夫人！你是南國名家，小王子是北胡孽子，那里苦苦戀他？）任胡越，手中十指，長短總疼熱。（〔二郎兒慢〕）〔註8〕

（小旦）卻纏的說，待傷嗟，野鹿心腸斷絕，母子們東西生死別。（旦：你自有爹爹在哩！）（小旦）父子每覺嚴慈差迭，娘娘腹生手養，一步步難離，怎向前程歇。明夜冷蕭蕭，是風耶？雨耶？教我娘兒怎寧貼？（〔鶯集御林春〕）〔註9〕

《遠山堂劇品》亦列本劇於雅品，並謂「略具小境，以此《入塞》，配《昭君出塞》耳。〔胡笳十八拍〕何不一併演之。」〔註10〕〔胡笳十八拍〕非蔡琰所作，與郊割去，正得其實。而這樣的小題目，「略具小境」也就夠了。像上列這樣鮮活動人的曲子，主要是深得白描的筆致，同時又用入聲車遮韻，以增加聲調的淒切。而且全劇別無倚傍，故其成就在《出塞》之上。

本劇分場稍嫌過多，曲牌亦嫌重複。開首由生扮小黃門唱〔南呂‧紅衲襖〕二支，敘奉旨讀取蔡夫人還朝，是爲引場。其下旦、貼唱〔正宮〕引〔齊天樂〕上場，旦、貼又各唱一支〔南呂‧紅衲襖〕，敘文姬改易漢裝。前後兩場用相同的曲牌，是戲劇寫作的大忌諱。接著生又上場唱〔越調〕引〔霜天曉角，與旦各唱一支〔南呂‧青衲襖〕，敘奉文姬歸國之意。生第一次上場不念引子，第二次上場才念，在南曲規矩中是少見的。又〔青衲襖〕亦屬〔南呂〕，與前兩場所用〔宮調〕相同，也是音律上的大毛病。最後一場爲主題所在，故用〔商調‧二郎兒慢〕套、疊〔鶯集御林春〕四支與〔四犯黃鶯兒〕二支加〔尾聲〕一曲，寫入塞生別景況。總之，本劇聯套及排場，就曲家規律來說，是頗欠考究的。

《袁氏義犬》和《出塞》、《入塞》一樣，也是以史實爲素材。按《南史》卷二十六列傳第六〈袁粲傳〉，粲在宋末爲尙書令，加待中，與蕭道成、褚淵、劉彥節等同輔政。道成篡位，粲不欲事二姓，密有所圖，爲道成所覺，遣人斬

〔註7〕 陳萬鼐主編：《全明雜劇》，第7冊，頁3931。
〔註8〕 陳萬鼐主編：《全明雜劇》，第7冊，頁3932～3933。
〔註9〕 同上註，頁3933。
〔註10〕 〔明〕祁彪佳：《遠山堂劇品》，頁156。

之。粲有小兒數歲，乳母將投粲門生狄靈慶，靈慶曰：「吾聞出郎君者有厚賞，今袁氏已滅，汝匿之尚誰爲乎？」遂抱以首。乳母號泣呼天曰：「公昔于汝有恩，故冒難歸汝，奈何欲殺郎君以求小利？若天地鬼神有知，我見汝滅門！」此兒死後，靈慶常見兒騎大氈狗戲如平常。經年餘，鬥場忽見一狗走入其家，遇靈慶于庭，嚙殺之，少時妻子皆歿。此狗即袁郎所常騎看也。〔註11〕

　　本劇除插演「葫蘆先生」及地獄中對狄靈慶的審判，爲作者杜撰點染外，俱依據史實。與郊此劇，據說是有用意的。《野獲編》卷十六〈陳祖皐〉條有云：

> 浙之海寧太學生陳祖皐，治《春秋》最有聲。其應辛卯（萬曆十九年）順天鄉試，已舉榜首。時乃父史垣都諫，方以聚劾去位。比拆榜，知爲都諫子，遂寘之，而別以他卷登賢書。後頻擯場屋。至乙巳歲（萬曆三十三年），以妻母歿，其僕治奠，于途有悞殺滿指揮事，陳時實在家，不與知也。當事者憎之，拷掠楚毒，羅織致大辟。都諫有己丑（萬曆十七年）春秋房門生二人，時同在詞林顯重，並有相望，都諫哀懇其道地，勿能得，因恚恨甚，作雜劇名《詅癡符》者，中有狄靈慶一段，以比二詞林，而身擬袁粲。都諫歿後，祖皐事得白，且還其諸生，出獄未幾病卒。其得白，又二門生力云。〔註12〕

對於祖皐的冤枉，沈瓚的《近事叢殘記》述得更爲詳細，而清馬如龍的《杭州府志》（卷二十九）也認爲與郊「家難起，門人多顯官在浙，無援手救之者。與郊不能平，作樂府以諷。」〔註13〕另外《曲海總目提要》卷七別有說云：

> 與郊爲給事中，議論皆附時相，其時言路多攻許宰相。張居正柄國，御史劉臺、傅應禎、翰林吳中行、趙用賢先後參劾，皆居正門生。久之，大學士王錫爵赴召，將入京，上密揭一封，痛詆言路。淮撫李三才探得之，御史段然等遂交攻錫爵，錫爵因臥不出。三才，錫爵門生也；與郊亦錫爵門生。作此記者，蓋詆臺及三才等，故以義犬噉門生事標題。〔註14〕

傳說如此，很難斷定是非。可能以前說成分爲大，後者雖也說是與郊借題發揮，

〔註11〕　〔唐〕李延壽：《南史》（北京：中華書局，1975年），第3冊，頁706～707。
〔註12〕　〔明〕沈德符：《野獲編》，卷16，頁318～319。
〔註13〕　〔清〕馬如龍：《杭州府志》，清康熙二十五年序刊本，影印自日本內閣文庫，卷29，頁31。
〔註14〕　〔清〕黃文暘：《曲海總目提要》，卷7，頁324。

終嫌不甚切合。而本劇意在懲忘恩負義的門生，則是很顯然的。其第五齣中有這樣的話：「中山狼一案，既已處分；袁氏義犬一招，未經判斷。」〔註15〕又其下場詩云：「世上寧無狄爾巢，生前未必遇盧獒；師恩友義猶存者，大抵山林勝市朝。」〔註16〕《遠山堂劇品》雅品亦謂「先生林居時，大不得意，作此以愧門牆之負心者。」〔註17〕與郊既作了《中山狼》，又作《義犬記》，對於狄靈慶在地獄的處置是「打鐵鞭一百，然後拔舌抽腸。」可見他對於忘恩負義的人是多麼的痛恨。

　　本劇計五齣，除第五齣用〔雙調‧新水令〕合套外，皆用南曲。體製排場與傳奇不殊。首折與三折前半，及四折後半屢用〔南呂〕宮，其病與《文姬入塞》同。第五齣以地獄做排場，大概與郊認為即使「生前未必遇盧獒」，死後也逃不掉地獄審判一關。但是其第四齣盧獒咬殺負恩的狄靈慶和他的妻兒，已足大快人心，負恩者既已得到報應，而必欲再將陰曹的賞罰表現於場上，便成了「疊床架屋」了。這是畫蛇添足的一大錯失。此外曲文不分角色口脗，一味清麗舒徐，百口同聲，也是未諳戲劇三昧的地方。不過寫狄靈慶的諂媚，頗能曲盡其態；插入弋陽弟子搬演王衡的〈沒奈何〉，亦能與原劇情搭稱。次折乳母托孤，悲憤激楚，都是極可觀的地方。

　　　見你趨門下，盡日侍觥籌。（這血塊是老相公的愛子），不想道相看如敝箒。你只貪圖紫袍今日顯，竟不顧青史他年臭。衣冠笑殺楚之猴。（殺我小郎，換你官爵，天地鬼神有靈）當見汝滅門滅戶看驅兜。〔太平歌〕〔註18〕

　　　為師弟難道仇讎，不是仇讎，如何下毒手。（狄官人！君親師一樣的，豈不聞蜂蟻也有君臣，虎狼也有父子。）人間暴戾無如獸，他父子也相救。真個是獸心人面人難托，到不如獸面人心獸可投。冤冤相湊，冤冤相湊，是我把袁家塊肉，送入他虎口。〔大聖樂〕〔註19〕

　　縱觀與郊三劇，當以《文姬入塞》為最勝，在《曲律》排場方面，三劇俱未能臻妥貼，曲白以雅潔見長，亦能出以本色語。在明雜劇中不失為中駟之作。

〔註15〕陳萬鼐主編：《全明雜劇》，第7冊，頁3981。
〔註16〕同上註，頁3987。
〔註17〕〔明〕祁彪佳：《遠山堂劇品》，頁156。
〔註18〕陳萬鼐主編：《全明雜劇》，第7冊，頁3968～3969。
〔註19〕同上註，頁3971～3972。

此外已佚的《淮陰侯》一劇，據《遠山堂劇品》，是南北四折，並云：「曲第四折，已悉淮陰生平大概，可以補千金之未盡者矣。詞近自然，若無意爲詞而詞愈佳。」〔註20〕另《中山狼》一劇，南北五折，云：「借中山狼唾罵世人，說得痛快，當爲醒世一編，勿復作詞曲觀也。」〔註21〕此二劇亦入雅品。可見與郊除傳奇外，也是一位致力於南雜劇的作者。上文說過他的傳奇總名《詅癡符》（《曲海總目提要》），但據前引《野獲編》，沈氏之意似乎《詅癡符》還包括雜劇在內，不知是否沈氏誤記。所謂「詅癡符」一語，出《顏氏家訓》。其意義爲可笑的詩賦，乃與郊對於自己劇作的謙稱。他對《詅癡符》諸劇署名作高漫卿、任誕軒，也是別具意義的。

二、徐復祚

徐復祚，原名篤儒，字陽初，改字訥川，號暮竹，別署破慳道人、陽初子、洛誦生、休休生、三家村老、忍辱頭陀、慳吝道人。江蘇常熟人（今同）。南京刑部尚書徐栻之孫。博學能文，著有《三家村老曲談》、《花當閣叢談》、《家兒私語》。尤工詞曲，錢謙益曾題他的小令，比作高則誠。他自己說張鳳翼爲其妻之世交，往往向他請教曲學。臧晉叔對他的戲曲頗爲喜愛。他生於嘉靖三十九年（1560），梁廷枏《藤花亭曲話》卷一謂「國朝徐復祚亦有《梧桐雨》傳奇」〔註22〕，如其說可靠，則陽初尚及入清，享年八十以上。他有傳奇四種：《紅梨花》、《投梭記》、《宵光劍》、《題橋記》，雜劇二種：《一文錢》、《梧桐雨》。《題橋記》和《梧桐雨》已佚。張大復《梅花草堂集》卷十一〈徐陽初〉條云：

> 虞才多弘偉而少靈異。其靈異者，往往力就弘偉，未盡其才，而求助于學，卒見弘偉，不見靈異。此非學之故也。余所交者，無非眞正靈異之人，而乃失之徐陽初，甚矣！予之不靈不異也。舟中閱《宵光》、《題橋》、《紅梨花》、《一文錢》諸傳，自愧十年遊虞。書此。
>
> 徐陽初杜門嘔血，不求諧世，世人競欲殺之，不爲動。然則能盡其才，所從來矣。〔註23〕

張氏很欣賞陽初的劇作，認爲既弘偉又靈異；由他所附記的幾句話，不難看

〔註20〕　〔明〕祁彪佳：《遠山堂劇品》，頁155。
〔註21〕　同上註，頁156。
〔註22〕　〔清〕梁廷枏：《曲話》，頁248。
〔註23〕　〔明〕張大復：《梅花草堂集》，《筆記小說大觀》，第39編，頁3452。

出陽初的爲人。陽初不知什麼緣故杜門嘔血，但他不爲世人所容則是事實。由他的別號休休生、忍辱頭陀等，也可以看出他的心情和遭遇。〔註24〕

《一文錢》的故事，出於佛經（《曲海總目提要》）。雖亦爲了悟的宗教劇，卻頗有詼諧的趣味，形容慳吝的富人，淋漓盡致。盧至員外，家財億萬，生性慳吝，一文不耗，不捨得穿，不捨得喫，妻兒老小，日日凍餒，而他卻怡然自得。他的妻頗不以他爲然，勸了他一頓，他仍淡然不以爲意。這時，正是阿蘭節會，他爲了要省自家的飯，便出去走走，預備吃別人的。在途中拾著了一文銅錢（一折）。幾個乞兒約齊了一同遊玩，飲酒吃肉，殊爲歡樂。行令時，頗譏嘲慳吝的盧員外，爲盧所聞，他發一願心，說道，且將拾得的一文錢，把來撒漫吧，省得被人嘲笑。沉吟了許久，便去買了些芝麻吃（二折）。這時，帝釋化身僧人，要度盧至回頭，他與盧至見面時，盧正喫飽了芝麻，欣然而來。他向盧求布施，盧任他如何勸說，只是不肯給錢。帝釋便遞酒給他喫，使他醉倒在地（三折）。一面，他自己卻幻化盧至的形狀，到他家中，將他的家私，全部施捨淨了（四折）。十日之後，盧至酒醒過來，蹣跚的回家，途中卻見三三兩兩的人推車而過，有的是米，有的是銀子，他向他們問起時，卻都說是盧至員外家的，如今布施了給他們。他慌慌忙忙的到了家，卻爲帝釋指揮眾人給驅逐（五折）。盧至沒奈何，只得去奏聞國王，又被釋迦佛廣布神通，令宮門上人堅不許通，他不得已而去取決於佛，佛喚眾徒弟，幻化了十個盧至以待他來。他來時，乃爲世尊所點悟，立證菩提，與其妻俱入西方極樂世界（六折）。——以上錄自〈雜劇的轉變〉。

據說陽初作這本雜劇是在諷刺族人中的一個慳吝者。《柳南隨筆》卷二云：

> 予所居徐市。在縣東五十里，徐大司空栻聚族處也。前明之季，其族有二人並擅高貲。而一最豪奢爲太學欽寰，余前既敘其事矣。一最客嗇者，則爲諸生啓新。……其書室與竈，僅隔一垣，嘗以緡繫脂，則於當竈，而緡之操縱，懸於書室中。每菽乳下釜，則執爨者呼曰：「腐下釜矣。」乃以緡放下，繞著釜，聞油爆聲，則又收緡起。恐其過用也。……又嘗以試事至白門，居逆旅月餘。而日用簿所記每日止「腐一文，菜一文」，同學魏叔子（冲）見之，爲諧語曰：「君不特費紙，並費筆墨矣！何不總記云，自某日至某日，每日買腐菜各一文乎？」啓新方以爲然，初不知其譃己也。其可笑，多類此。……

〔註24〕徐復祚生平見《梅花草堂集》卷十一。

其族人陽初爲作《一文錢》傳奇以誚之。所謂盧至員外者，蓋即指
啓新也。〔註25〕

大概陽初對於啓新的爲人頗爲不齒，因此取佛經中的故事演爲雜劇，以諷刺
他的貪吝，署名「破慳道人編」，顯然可以看出他的意旨。此劇排場結構俱佳，
每折各有獨特的情景，而血脈針線又穿插得自然成理，絕無迤沓冗煩之病，
故能透過滑稽諷刺的趣味，層層引人入勝。但作者不能忘懷的是點化度脫的
思想（他自號頭陀、道人），因此第三折帝釋點化與第六折返道升天，未免落
俗，倘能將此佛經故事予以淨化，純寫貪吝情態，則必更能始終不懈。

本劇六折，前五折爲南曲，後一折爲〔雙調〕北套，次折、三折俱用〔仙
呂〕宮，四折前半與五折俱用〔中呂〕宮，宮調失之重複，然次折開場用〔越
調〕快曲〔水底魚兒〕由淨丑衝場，第四折後半改用〔商調・黃鶯兒〕套，
以應排場轉換。第五折以〔不是路〕爲轉折。曲調與排場的配搭都很得法。
第六折更以大套北曲收束，使聲情一振，收豹尾之效。

《遠山堂劇品》列本劇於「逸品」，謂「世間能大富人，決非凡輩，不必
假盧至散財破慳，吾已知臭員外具有佛性矣。此劇南曲較勝北曲，白更勝於
曲。至搆局之靈變，已至不可思議。」〔註26〕祁氏這段話，頗爲中肯，尤其
「白更勝於曲」，更有見地。

（生）好省儉時須省儉，得便宜處且便宜。正好喫碗飯，不想被娘
子絮絮叨叨，說了半日，如今他去了，這碗飯吃得自在。且住，今
日阿蘭節會，郊外遊人必盛，我也只做看會去走走，倘或撞見相熟
朋友，喫他一碗飯，可不省了自家的。（走介看地介）呀！前面地上
甚麼東西！（拾起看介笑介）可不是造化，到是一箇好錢，快活！
快活。（又看又笑介）我且藏過了，倘或掉的人來撞見，被他認去，
不是當耍的。（做藏介）且住，藏在那裏好？藏在袖子裏，恐怕洒掉
了，藏在襪桶裡，我的襪又是沒底的，藏在巾兒裏，巾上又有許多
窟籠，也罷！只是緊緊的挐在手裏罷。（內做乞兒叫介）（生）你看，
你看！莫不是掉錢的人，我只是躲過便了。（下）〔註27〕

（生笑上）原來一起乞兒，起初說我許多富貴，後來卻說我不如他。

〔註25〕〔清〕王應奎：《柳南隨筆》，《筆記小說大觀》，第18編，頁4398～4401。
〔註26〕〔明〕祁彪佳：《遠山堂劇品》，頁169～170。
〔註27〕陳萬鼐主編：《全明雜劇》，第6冊，頁3484～3485。

其實小子雖有家私，孔方是我命根，一些也不曾受用，怪他們說不得。也罷！方纔拾得一文錢，把來撒漫罷，省得被人嘲笑。（取錢看介）好錢！好錢！天下有這樣人，錢財在手，不小心照顧，容得他掉在街上。若是小子掉了這一文錢，夢裏也睡不去。（又看錢笑介）不是你不小心，還是我有造化。〔註28〕

像這樣的賓白，真是神采活現。描寫貪癡慳吝，淋漓盡致，教人忍俊不禁。從乞兒口中寫出盧員外家產連城，亦善用烘托之法，使人覺此巨富，尚不如乞兒。陽初論曲注重本色，調諧音律，故頗賞《拜月亭》「宮調極明，平仄極叶，自始至終，無一板一折非當行本色語。」〔註29〕而對於駢儷一派的作品，如梅禹金的《玉合記》，便大肆攻擊，即使《琵琶記》亦以宮雜韻亂譏之。因此，本劇的曲辭，亦以白描本色見長。

（員外！你聽見麼！）那嗷嗷黃口斷飢腸，你百萬陳陳貯別倉。便分升斗活兒娘，也是你前生欠下妻孥帳，今世須當剜肉償。（〔嬾畫眉〕）

我豈是看財童子守錢郎，但只是來路艱難不可忘。（古人云：財便是命，命便是財）從來財命兩相當，既然入手寧輕放，有日須思沒日糧。（〔前腔〕）〔註30〕

前支為旦唱，後支為生唱，明白得好像對話一般。再看他的北曲。

我心兒裏茫然，告世尊可憐。五十載夢魂顛，幸開雲快睹如來面。

這是非人我妙通玄，不由人不皈依稽首圓明殿。（〔七弟兄〕）〔註31〕

還是用白描的手法，但是讀了這樣的曲子，卻使人覺得過於順溜，缺少騰挪曲折。這大概是陽初筆力不足的緣故吧！張大復稱讚他既弘偉且靈異，在本劇裏，我們是看不到弘偉的氣象的。

另外值得一提的是，又別有題「一文錢」的傳奇，一稱《兩生天》。《傳奇彙考》卷八謂此傳奇即合《元人百種》的《來生債》和本劇而成。王國維《曲錄》和蔣瑞藻《小說考證》卷六俱以「一文錢傳奇」為徐氏之作，事實上是毫無關係的。這一點，青木正兒已經予以辨明。

〔註28〕同上註，頁3492。
〔註29〕〔明〕徐復祚：《三家村點曲談》，頁96。
〔註30〕陳萬鼐主編：《全明雜劇》，第6冊，頁3483。
〔註31〕同上註，頁3537。

第二節　沈璟及吳江派諸家

萬曆年間，戲劇界分成兩大壁壘，即是所謂臨川派與吳江派。臨川派以湯顯祖爲中堅，吳江派以沈璟爲領袖。他們的主張正好相反。湯氏天分甚高，縱筆自如，認爲「予意所至，不妨拗折天下人嗓子。」（《曲律》四，《曲品》卷上）沈氏則妙解音律，守法甚嚴，認爲「甯律協而詞不工，讀之不成句，而謳之始叶，是曲中之工巧。」〔註32〕（《曲品》卷上）王驥德《曲律》批評他們說：「臨川之於吳江，故自冰炭。吳江守法，斤斤三尺，不欲令一字乖律，而毫鋒殊拙。臨川尙趣，直是橫行，組織之工，幾與天孫爭巧，而屈曲聲牙，多使歌者齚舌。」〔註33〕極爲中肯。蓋臨川的成就在文辭，而吳江的成就在格律。有明一代，曲學之精，似無更出沈氏之右者。同時或稍後的顧大典、葉憲祖、卜世臣、呂天成、王驥德，都是他的羽翼。另外他的侄兒沈自徵、和自徵的甥女葉小紈，也屬於這個範圍。其中卜世臣沒有雜劇作品，顧大典所作已佚，故不予討論。葉憲祖所作多達二十四種，特另爲一節論述。

一、沈　璟

沈璟，字伯英，號寧庵，別署詞隱生。晚年習爲和光忍辱，因字聘和。江蘇吳江人（今同）。世宗嘉靖三十二年（1553）二月十四日生，神宗萬曆三十八年（1610）正月十六日卒。五十八歲。

詞隱天生「韶秀玉立，穎悟絕人。」數歲時屬對，「應聲如雷」。讀書則「日誦千餘言」，有「神童」之稱。長大後，「頎晳靚俊，眉目如畫。」是個美男子。

萬曆二年（1574），考中進士，除兵部主事，改禮部，轉員外郎，又改吏部。十四年，因上疏請立儲，及爲王恭妃請封號，忤旨，降爲行人司正。十六年，復陞光祿丞。翌年告病歸里。

從此他便「屏迹郊居，放情詞曲。」和同里的顧大典並蓄聲伎，選優伶，演戲曲，「爲香山洛社之遊」。生活過得很寫意，他又精於文字學，喜好誦讀，一個字的音讀也不馬虎。也常做詩寫文章，尤善行草書。著述很多，詩文有《屬玉堂稿》，其他都是有關戲曲和曲學的著作：傳奇有《屬玉堂十九種》及《改訂還魂記》、《考定琵琶記》；散曲有《情癡寱語》、《詞隱新詞》、《曲海青

〔註32〕〔明〕呂天成：《曲品》，頁 213。
〔註33〕〔明〕王驥德：《曲律》，頁 165。

水》、《南詞韻選》；詞譜及曲論則有《增定南詞全譜》、《古今詞譜》、《正吳編》、《論詞六則》、《唱曲當知》、《評點時齋樂府指迷》等。詞隱家境本非富有，晚年更加窮困，著作半由呂天成刊行，未刊的尚多，所以流傳不廣。

沈氏一門曲風很盛，曲成就沈氏的「家學」。尤西堂曾說：「吳江沈氏，詞人之淵藪也。」詞隱而外，可考者十七人。他們是：弟沈瓚（子勺）、從子自晉（伯明）、自繼（君善）、自徵（君庸）、女靜尊（倩君）、孫繡裳（長文）。從弟珂（祥止）、珂女惠端（幽馨）、自晉子永隆（治佐）、自繼子永啟（方思）、從弟瑾孫永令（聞人）、姪孫保昌（子言）、瓚孫永馨（建芳）、從弟珺孫永瑞（雲裏）、從弟琦曾孫世楙（旂美）、永伶侄辛梣（龍媒）。在南曲新譜中，都有他們的散曲。〔註34〕

《屬玉堂傳奇》十九種，今存《紅蕖》、《埋劍》、《雙魚》、《義俠》、《桃符》、《墜釵》、《博笑》等七種。殘存《分錢》、《十孝》二種。其他《合衫》、《鴛衾》、《分柑》、《四異》、《鑿井》、《珠串》、《奇節》、《結髮》、《同夢》、《新釵》等十種均散佚不存。呂天成《曲品》云：

> 《十孝》，有關風化，每事以三齣，似劇體，此自先生創之。末段徐
> 庶返漢，曹操被擒，大快人意。〔註35〕

又云：

> 《博笑》，體與《十孝》類，雜取《耳談》中事譜之，輒令人絕倒。
> 先生游戲，至此神化極矣。〔註36〕

沈自晉亦說：

> 《十孝記》係先詞隱作，如雜劇體十段。

可見《十孝》、《博笑》事實上是雜劇的合集，也就是以相類的故事十種，每種數齣，合為一帙，而題一個總名。體例和《四節記》、《太和記》相似。

《十孝記》據《博笑記·序》，是演黃香、郭巨、緹縈、閔子、王祥、韓伯俞、薛苞、張孝、張禮、徐庶等十人的孝行故事。所敘徐庶初則別母歸曹，終則返漢擒操，大似清周樂清《補天石》與夏綸《南陽樂》。他們雖然補了歷史上的缺憾，但在戲劇上則是失敗的。今本劇可於沈自晉《廣輯詞隱先生增

〔註34〕沈璟生平見《明史》卷二〇六、《明史稿》卷一九〇、《明詩綜》卷五十二、凌景埏〈詞隱先生年譜及其著述〉（《燕京大學文學年報》第5期）、《江南通志》卷一四〇。

〔註35〕〔明〕呂天成：《曲品》，頁229。

〔註36〕同上註，頁230。

定南九宮譜》中見其殘文,《群音類選》亦尚存其散折曲文。

　　《博笑記》包含十種雜劇,共二十七齣,其第一齣將這十件事一一舉出,各繫七字,有如小說的回目。正戲從第二齣開始,齣目相連,這十種是:(數目字表示第幾齣至第幾齣,括號中表示簡稱)

　　巫舉人癡心得妾:二——四,(巫孝廉)。
　　乜縣佐竟日昏眠:五——六,(乜縣佐)。
　　邪心婦開門遇虎:七——八,(虎扣門)。
　　起復官邁難身全:九——十一,(假活佛)。
　　惡少年誤鬻妻室:十二——十四,(叔賣嫂)。
　　諸蕩子計賺金錢:十五——十七,(假婦人)。
　　安處善臨危禍免:十八——廿一,(義虎)。
　　穿窬人隱德辨冤:廿二——廿三,(賊救人)。
　　賣臉客擒妖得婦:廿四——廿五,(賣臉人捉鬼)。
　　英雄將出獵行權:廿六——廿七,(出獵治盜)。

　　每劇演完時,便有兩句,如「巫孝廉演過,乜縣丞事登場」,或「賣嫂事演過,戲文暫歇;下卷又有假婦人事登場」作為前後的聯屬。只有「假活佛」一劇演完之後沒有,那是因為恰好版面終結,因而刻書時予以省略。鄭西諦跋本劇云:

　　　　《博笑》所載故事十則,頗多諷勸,不僅意在解頤而已。其中「惡
　　　　少年誤鬻妻室」一則,夢覺道人曾演為平話,見其所著《幻影》中;
　　　　「起復官邁難身全」一則,敘僧人陷官為活佛事,「安處善臨危禍免」
　　　　一則,敘船人謀財害命為虎所殺事,並見於明人小說中。其他諸作,
　　　　殆皆詞隱寓言也。〔註37〕

本劇之取材,既然有些已見諸明人小說中,則必有所本。呂天成謂「雜取《耳談》中事譜之」,可知《博笑》與後來傅一臣的《蘇門嘯》性質完全相同,因為《蘇門嘯》完全取材自《拍案驚奇》,且用意亦在諷諭。《博笑》十種中,《義虎》一劇,不僅見諸小說,且見諸明顏茂猷《迪吉錄》卷五〈宣淫門〉,其標題云:「歷陽船長謀人妻不遂為虎所殺」〔註38〕,謂係成化十九年發生

───────────────

〔註37〕 蔡毅編著:《中國古典戲曲序跋彙編》,頁1209。
〔註38〕 〔明〕顏茂猷:《迪吉錄》,《四庫全書存目叢書》(臺南:莊嚴文化事業有限
　　　　公司,1995年),子部第150冊,卷5,頁539。

於歷陽之實事。此劇最後下場詩云:「舊迹於今總未湮,一番提起一番新;無論野史眞和假,且樂樽前幻化身。」說是「舊迹」,明非新創,而是根據舊聞改編的。又《乜縣佐》故事,原見浮白齋主人《雅謔》,《巫孝廉》與《拍案驚奇》卷十六「張溜兒熟布迷魂局」也很相似。而就此十劇的內容來觀察,鄭氏所謂「諷勸」,確是其本旨。沈氏在開場的〔西江月〕已經點明了這層意思:

> 未必談言微中,醉頤亦自忘勞;豈云珠玉在揮毫,但可名揚爲博笑。

〔註39〕

可見作者是希望於博人一笑之中,達到諷勸目的。

作者所明白揭櫫的是善有善報,惡有惡報;因此他一方面表彰了人們的善行、誠信,同時也暴露了人類的貪狠與惡毒。而獎善懲惡,便是他寫作的目的。以髮妻爲餌,作爲詐財手段的劣夫,終於人財兩空,羞憤而死。淫蕩的寡婦終於爲虎所食。陷害人的惡僧,不免在法律的面前伏罪。意想賣嫂的惡少年,到底誤鬻了自己的妻室。以紮火囤爲手段騙取道人金錢的諸蕩子,也沒有一個得到好結果。謀人妻、劫人財的船長,落得爲虎所殺。劫掠美人的強盜,個個爲豺狼所食。而另一方面,安處善由於孝順誠信,赴死反而得生,而且得天賜的錢財。去偷盜反救了人的小偷,終於受賞而改過。解救美人的將軍,終得美人爲眷屬。就比例來說,作者在懲惡方面是大過於表善的。他所強調的現世現報,絲毫不爽。事實上,獎善懲惡是我國戲曲小說的共同指標,只是沈氏的表現,更爲明顯而已。

十劇中眞正以博笑爲目的的是《乜縣佐》和《賣臉人》。當然,像這樣竟日貪眠的官吏,以及見了比自己更兇惡的嘴臉就跪下求憐的黑魚精,作者諷刺的意味並非沒有,只是被其詼諧幽默的濃厚氣氛給蓋住了。

爲了諷諭,作者在人物的命名上已經有所寄寓。譬如將癡情得美妾的孝廉名作巫來春。夜宿草堆,不爲色心所動的過路人叫常循理。孝順誠信的農夫叫安處善。因出獵而解救美女的將軍叫祁遇將軍。糊塗貪眠的縣佐叫乜縣佐。其他如小火囤爲以女色詐財的俗語,老虔相爲能曲盡人情以誘人利己的諢稱。當然,元明戲劇中這種情形也常見,不過大都用在惡人身上,像這樣善惡皆有寓意的不多。

在結構方面,十劇都非常緊湊,毫不拖泥帶水。其原因就是對劇情高潮

〔註39〕〔明〕沈璟:《博笑記》,《全明傳奇》(臺北:天一出版社,1983年),頁1。

處理的得法。每劇高潮都安排在尾聲部分，高潮一過，便趨向平淡，迅即結束。譬如《巫孝廉》一劇的高潮即在夜逃，夜逃之後，劣夫隨即羞憤而死。《乜縣佐》一劇的高潮即在拜訪鄉宦，相對打盹，等到乜縣佐醒來，發現鄉宦正睡著，說：「我去吧！改日再來。」全劇便此結束。《虎扣門》一劇，寡婦聞虎扣門，以為有人向他求愛，心中洶湧著熱情，而未開門時是本劇的頂點，等門一打開，老虎把她銜走了，於是便趨平淡，迅即結束。《博笑》的每一篇，差不多都是這樣的情緻。

因為劇情大半演詼諧諷諭之事，故所用曲牌也以淨丑當場的小調居多。其聯套的一個特色是好重疊隻曲，如《乜縣佐》用〔普賢歌〕二支、〔梨花兒〕二支、〔清江引〕三支、《虎扣門》用〔秋夜月〕三支、〔劉袞〕六支。《假活佛》用〔中呂駐馬聽〕四支、〔頌子〕二支、〔金字經〕二支。《叔賣嫂》用〔六么令〕八支。《假婦人》用〔水紅花〕二支、〔駐雲飛〕六支。《義虎》用〔刮鼓令〕四支、〔鎖南枝〕六支。《賣臉人》用〔好姐姐〕三支、〔一江風〕二支、〔奈子花〕二支。這些重疊的曲牌所構成的套數，大都表現單獨的場面。除此而外，諸如《巫孝廉》首折用〔仙呂〕入〔雙調〕十一曲，次折用〔仙呂〕八曲、〔黃鐘〕四曲。《出獵治盜首折》用〔雙調〕合套，以這些曲調來表現較複雜的場面的例子是少之又少的。另外宮調之重複，如《巫孝廉》首折用〔仙呂〕入〔雙調〕，次折用〔仙呂〕，三折又用〔仙呂〕入〔雙調〕；《虎扣門》兩折俱用〔南呂〕；音樂毫無變化，也是毛病。其次《義虎》一劇首折後半，以〔仙呂〕引子〔鷓鴣天〕一支組成場面，不接聯過曲，這種情形在傳奇中幾乎是唯一的例子。至於第三折只用賓白不用歌曲，那就和王衡的《鬱輪袍》相同了。

詞隱嚴格講求音律是眾所熟知的，在《博笑》之前，附有一套南曲《二郎神》。他說：「名為樂府，須教合律依腔；寧使時人不鑒賞，無使人撓喉捩嗓。」〔註40〕接著論平仄四聲協調的方法：「倘平音窘處，須巧將入韻埋藏，這是詞隱先生獨秘方，與自古詞人不爽。若遇調飛揚，把去聲兒填他幾字相當。」〔註41〕其次又論及韻協，謂：「東嘉已誤，安可襲為常。」〔註42〕最後很感嘆的說：「奈獨力怎隄防，講得口唇乾，空鬧攘，當筵幾度添惆悵。怎得詞人當行，歌客守腔，大家細把音律講，自心傷，蕭蕭白髮，誰與共雌黃。」

〔註40〕〔明〕沈璟：《博笑記》，頁1。
〔註41〕同上註，頁1。
〔註42〕同上註，頁2。

〔註43〕就因為他的關係，使得後代的詞人有規矩可循。我們看這本《博笑記》每曲都點上板眼，也可見他的用心了。只是他雖重視四聲的平仄陰陽及韻協的調配，對於聯套排場卻似乎不太措意。王驥德《曲律》四亦云：

> （詞隱）生平於聲韻、宮調，言之甚悉，顧於己作，更韻、更調，
>
> 每折而是，良多自恕，殆不可曉耳。〔註44〕

他這種情形，不能說不是白璧微瑕，美中不足。

鄭西諦跋謂「詞隱論曲貴本色而貶繁縟，故《博笑》曲白並明白如話，無一艱深之語。是蓋場上之劇曲，而非僅案頭之讀物也。」〔註45〕這樣批評是對的。但是曲文明白如話，常常流入平實，缺少生動的機趣，因此《博笑》十劇中，鮮有令人感動的語句。倒是賓白諧趣橫生，充滿著濃厚的幽默感。如乜縣佐拜訪鄉宦：（丑扮鄉宦，小丑扮乜縣佐，末扮聽差，淨扮家人）

（丑）前廳請坐，待我進去穿大衣服。（下）

（淨）嗄！請老爺前廳請坐，家主穿了大衣服出來。

（小丑）曉得了！從容些。（坐介，打盹介）

（小丑）他是尹字少半撇，我是也字少一豎，若逢副末拿磕瓜，兩
　　　　個大家沒躲處。請了。

（淨搖手白）乜老爺睡著了。

（丑）不要驚他，有興，我也對了他打盹。（介）

（末淨隨意閒話介）

（小丑醒）這是那裏？我怎麼倒在此間呀！對面是誰？

（末）對面是鄉宦老爺，這是他家裡。老爺坐著，候他出來，就睡
　　　著了。他又不敢驚動，也在此打盹。

（小丑）既如此，我怎麼好驚動他，再睡。

（丑醒白）呀，昨日那乜老爺來拜，怎麼今日還在這裡。

（淨）如今酉牌時分，還是今日哩！

（丑）他既睡著，怎麼打動他，我也再睡。

（小丑醒白）呀！天晚了。

（末）晚了。

〔註43〕同上註，頁2。

〔註44〕〔明〕王驥德：《曲律》，頁164。

〔註45〕蔡毅編著：《中國古典戲曲序跋彙編》，頁1209。

（小丑）鄉宦老爺正睡著，我去吧！改日再來。〔註46〕

又如年輕的的寡婦，收容過客在門外草堆過宿，虎來扣門，她以為客人又來了。

（小丑）哎！你這天殺的！好意容你投宿，免落虎口，卻這等立心不端，就來敲門。我這樣一個貞潔婦人，你敢近前來覷一覷兒？（聽介）呀！這廝被我說了幾句，也就住了。（虎又回兩下介）（小丑）你休要來老虎頭上做窠，明早婆婆回來，說與他知道，決不與你干休。（聽介）呀！這廝被我一唬，想是去睡了。（虎又扣三下介）（小丑笑白）客官，你果然有心在我身上麼？（虎連扣十來下介）（小丑起身唱）萍水遭，應是天緣巧，急性郎君休焦燥，多情自合相傾倒，快開門便了！快開門便了。〔註47〕

這樣的賓白不是機趣橫生，活潑得教人喜愛嗎？《博笑》十種的成功處，便是在此。

二、王驥德

王驥德，字伯良，一字伯驥，號方諸生，別署玉陽仙史、秦樓外史。浙江會稽人（今浙江紹興）。

他的祖父爐峰公，曾作《紅葉記》傳奇。家藏元雜劇數百種。他自小就喜愛歌樂，於是精心研究詞曲，數十年如一日，至老不衰。以散曲負盛名於當時。他起先拜同里徐渭為師，就以知音互賞，接著和沈璟討論音律，更受沈氏的推服。他又和孫鑛、孫如法、呂天成等結為詞友。而以呂氏相交最早，尤稱莫逆。他曾說：「（天成）與余交，垂二十年，每抵掌談詞，日昃不休。」同時曲家和他「相善」的，尚有顧大典、史槃、王澹翁、葉憲祖等人，連湯顯祖也在「知好」之列。他曾在山陰署中設席，和毛以燧研討詞曲。又曾經到北京，許多愛好詞曲的人，集會於米氏湛園，邀請他去講習《西廂記》，並賦詩以傳，當時視為奇事。他卒於天啟三年（1623），生年未詳。

他著有傳奇《題紅記》一種，他自己說，那是秉父命，修改他祖父的《紅葉記》而成的。雜劇有《男王后》，及《離魂》、《救友》、《雙鬟》、《招魂》共五種。散曲有《方諸館樂府》二卷。曾校注《西廂記》、《琵琶記》二種，又補沈璟所著《墜釵記》傳奇又二十七折一折，另有新製南詞過曲三十三章，

〔註46〕〔明〕沈璟：《博笑記》，頁 20～21。
〔註47〕同上註，頁 23。

曲學的著作有《曲律》四卷、《南曲正韻》若干卷、《聲韻分合之圖》一種。
又擬譜唐玉潛、林景曦事,爲《義陵記》傳記,並藉記當時劇曲與所傳散套,
以存一代典型,均未果。只是贊可呂天成撰《曲品》,加以參閱而已。詩文有
《方諸館集》。〔註48〕

任中敏《曲諧》卷一〈方諸館小令〉條云:

> 余嘗謂明代曲家,最不可少者,爲魏良輔與王氏兩人。無良輔,則
> 今日無崑曲,即謂今日無雅樂可也;無驥德,則譜律之精微,品藻
> 之宏達,皆無以見,即謂今日無曲學可也。〔註49〕

又卷三〈王驥德傳略〉云:

> 伯良《曲律》一書,爲自來評曲論曲之最完備者。沈璟之《譜韻》,
> 呂天成之《品藻》,王氏皆能得其精微,其人實明代曲家中最不可少
> 者也。〔註50〕

可是伯良「言之了了,行之未必佳。」他終其生雖然是個純粹的戲曲家,但
是他並不能像韓愈或黃庭堅對於詩那樣,有高超的作品來作爲理論的後盾。
所以他是明代數一數二的戲曲理論家,而不能說是第一流作家,他的劇作大
多散佚,僅存《男王后》一種而已。

《男王后》演江南人陳子高,字瓊花,年十六,美容儀,宛如女子。梁
末避侯景亂,與父作草履過活。適臨川王陳蒨平亂凱旋,部下小校,途中捉
子高,將斬之,因見他貌美,獻給王。王一見大悅,令爲女粧,權充後宮(一
折)。不久立爲王后,專斷袖寵(二折)。王有妹玉華公主,知道王后是男子,
就向他挑逗,終致苟合(三折)。有一侍女密告王,王大怒,欲斬二人,忽然
想到正要替妹選駙馬,不如將就現實,給他們兩人成婚(四折)。

趙旭初《讀曲隨筆‧盛明雜劇的初集》中謂本劇有一部分受祝英台故事
的影響。劇中有云:「你須不是祝英台喬裝艷質」。又第三折〔金蕉葉〕後一
大段的對白,玉華公主借著牡丹、鴛鴦、孔雀、蝴蝶等來勾引陳子高,說了
許多雙關的謎語,這種情形和梁祝〔十八相送〕中以景物譬喻的手法很相似。
趙氏這種見解是言之成理的。

伯良自己說:「好事者以《女狀元》并余舊所譜《陳子高傳》稱爲《男皇

〔註48〕王驥德生平見《曲律》、〈王驥德傳略〉(任訥《曲諧》卷三)。
〔註49〕任中敏《曲譜》,任中敏編:《散曲叢刊》,第 15 種,第 25 冊,頁 7。
〔註50〕同上註,第 27 冊,頁 17。

后》，並刻以傳，亦一的對。」〔註51〕《男皇后》和《女狀元》誠然一的對。
《男皇后》男扮女裝，《女狀元》就女扮男裝；《男皇后》為后得妻，《女狀元》
則「辭凰得鳳」。所不同的是寄意有別。文長旨在表彰彼脂粉巾幗之才能，不
下於堂堂鬚眉；而伯良則在於「發揮些才情，寄寓些嘲諷。」縱觀全劇，其
嘲諷的目的多少總算達到了。

　　本劇四折一楔子，俱北曲。楔子含在首折中，然旦角唱完〔賞花時么篇〕
即下場，尚合乎元人體法。〔仙呂〕套旦獨唱，〔中呂〕套除貼唱〔三煞〕、
小旦唱〔二煞〕外，亦均由旦獨唱。〔越調〕套小旦獨唱。〔雙調〕套除〔清
江引〕一曲眾合唱外，均由旦獨唱。因之，雖用北曲與四折二者遵守元人成
規，然唱法已見踰越，惟大致尚不失「旦本」科範。關目之發展在人意料中，
失之平凡，即排場亦稍嫌板滯。次折由貼旦、小旦演習歌舞，作者意在調劑
場面，以娛觀聽，乃安排於臨川王下場之後。旦云：「女侍們！大王爺吩咐，
準備夜宴，少不得要一班歌舞的供奉，你們不要生疏了，試演習一回兒者。」
〔註52〕此時本折理應結束，演習歌舞，猶如拖條尾巴，反成蛇足；倘能演於
儂情蜜意、酒酣耳熱之際，豈不貼切可觀？劇本最後，更由淨角說了這樣的
話：「我看那做戲劇的，也不過是借我和你（指臨川王和陳子高）這件事發
揮他些才情，寄寓他些嘲諷。今日座中君子，卻認不得真哩！」鄭西諦〈雜
劇的轉變〉，對於這一點說：

> 作者竟以戲為戲，大見減色。……這種「自己喊采」的空氣最為惡
> 劣，最容易將劇場上嚴肅真摯的氣氛為之打破無遺。……《男王后》
> 虧得點出時已在劇末，故還不十分影響到全劇的戲劇力。〔註53〕

但是筆者以為，僅最後這幾段賓白和曲辭，就已足夠抹煞全劇的戲劇力了。
試想連劇本的作者、台上的演員都「以戲為戲」，在那裏囑咐觀眾千萬認不得
真，觀眾縱使有「忘此身之有我」之感，至此豈不有受騙的感覺嗎？

　　對於音律和造語，伯良的法禁非常森嚴，其《曲律》三〈曲禁第二十三〉，
謂「曲律以律曲也；律則有禁，具列以當約法。」〔註54〕他共列舉四十禁，
其中有關北雜劇的是：借韻、犯韻、犯聲、平頭、合腳、上上疊用、上去、

〔註51〕〔明〕王驥德：《曲律》，頁168。
〔註52〕陳萬鼐主編：《全明雜劇》，第6冊，頁3191。
〔註53〕鄭振鐸：〈雜劇的轉變〉，頁45。
〔註54〕〔明〕王驥德：《曲律》，頁129。

去上倒用、一聲四用、閉口疊用、疊用雙聲、疊用疊韻、開閉口韻同押、語病、沾唇、拗嗓、宮調亂用、緊慢失次（以上聲律）。陳腐、生造、俚俗、蹇澀、粗鄙、錯亂、蹈襲、方言、請客、太文語、太晦語、經史語、學究語、書生語、重字多、襯字多、堆積學問、錯用故事、對偶不整（以上造語）。這樣的「約法」，雖不免有商榷餘地，但大體有其見解。我們且來看看他自己的作品。

> 改抹著鬢兒丫，權做個宮姬迓，只怕見嬪妃羞人答答。準備著強歛雙蛾入絳紗，謾說道消受豪華。愁只愁嫩蕊嬌葩，難告消乏，拚則個咬破紅衾一幅霞。且將櫻桃淺搭，遠山輕畫，謝你箇倩東皇錯粧點做海棠花下。（〔賺煞〕）〔註55〕

> 我俏龐兒原似娘行，難道這些時便勝閒常。只近新來略慣梳粧，比乍見時覺增些嬌樣。（〔脫布衫〕）〔註56〕

> 記那日荼蘼架邊，憶當時翡翠簾前，瞥見他如花面。恰深深再拜嫣然，就隔斷巫陽小洞天，自難問行雲近遠。（〔沈醉東風〕）〔註57〕

在音律方面，伯良可以說做得很到家，所以給人的第一印象就是清麗鏗鏘，朗朗上口，四十禁中，有關造語的，他自己也都沒犯禁。《曲諧》卷三〈方諸館套曲〉條云：

> 王伯良所作套曲，動摹艷情，其中確有蘊藉之作，非明人俗濫淫詞可擬者。〔註58〕

套曲如此，本劇亦復如此，婉約處極見嫵媚之致。但也因為太容易上口，未免略傷甜熟。

《遠山堂劇品》列入雅品，並云：

> 取境亦奇，詞甚工美，有大雅韻度。但此等曲，玩之不厭，過眼亦不令人思。以此配《女狀元》，未免有天巧人工之別。〔註59〕

吳梅《中國戲曲概論》卷中云：

> 守吳江之法，而復出以都雅者，王伯良、范香令是也。〔註60〕

〔註55〕陳萬鼐主編：《全明雜劇》，第 6 冊，頁 3178。
〔註56〕同上註，頁 3182。
〔註57〕同上註，頁 3213。
〔註58〕任中敏：《曲諧》，第 27 冊，頁 16。
〔註59〕〔明〕祁彪佳：《遠山堂劇品》，頁 161。
〔註60〕〔清〕吳梅：《中國戲曲概論》，頁 220。

青木正兒云：

> 其曲詞用本色而流麗，頗有逼眞元人之處者，然以氣魄論之，終難
> 免依樣葫蘆之譏。〔註61〕

俱能道中其長短。本劇正如劇中的陳子高一樣，虛有其表，骨氣軟弱，尤不
耐人尋味。

伯良其他散佚四劇，《遠山堂劇品》亦俱列入「雅品」。茲錄其評述如下：

> 《棄官救友》：南北四折。石中郎以忠致其君；穆考功以義全其友；
> 鄭夫人以節報其夫。此等事在眼前已邈焉若千古矣。方諸爲穆內史
> 慷慨歌之，原不欲以詞藻見奇，固自洒洒可觀。南曲向無四出作劇
> 體者，自方諸與一二同志創之，今則已數十百種矣。

> 《倩女離魂》：南四折。方諸生精於曲律，其於宮韻平仄，不錯一黍，
> 若是而復能作本色之詞，遂使鄭德輝《離魂》北劇，不能專美於前
> 矣。白香山作詩，必令老嫗能解，此方諸之所以不欲曲爲案頭書也。

> 《兩旦雙鬟》：南四折。天然情景，不假安排，而別離會合，事事巧
> 湊。然其詞備別離之苦，即會合終是不快，奈何？

> 《金屋招魂》：南北四折。方諸生遵詞隱功令，嚴於法者也，而曲猶
> 能婉麗如許。蓋其詞筆天成，豈盡繇推敲中得耶？此劇雖不足寫李
> 夫人之生面，而姍姍一歌，幾於滿紙是淚矣。〔註62〕

第一章〈總論〉中說過，四折的南雜劇是伯良創始的。那麼他不僅在曲
學方面立下了不朽的「功業」，同時在雜劇的體製上也開創了一個格局了。

三、呂天成

呂天成，原名文，字勤之，號棘津，別署鬱藍生。浙江餘姚人（今同）。
文淵閣大學士呂本曾孫，吏部呂姜山子。他的舅祖孫月峰，表伯父孫如法，
皆深於曲學，他從小受到他們的教誨，所以「童年便有聲律之嗜」。既而爲諸
生有名，兼工古文詞。他的祖母孫太夫人喜好藏書，對於古今戲劇索購尤多，
因此他「汎瀾極博」。他生平最服膺沈璟，璟也視他爲最可傳衣鉢的人，把生
平著述全部交給他，他也盡量替沈刊行傳播。王伯良是他最好的「文字交」，
二十年間，時時共研詞曲。伯良稱他「風貌玉立，才名藉甚，青雲在襟袖間。

〔註61〕〔日〕青木正兒著，王吉廬譯：《中國近世戲曲史》，頁 229。
〔註62〕〔明〕祁彪佳：《遠山堂劇品》，頁 161～162。

而如此人曾不得四十，一夕溘逝，風流頓盡。」他大約生於神宗萬曆五年（1577）前後，卒於萬曆四十二年（1614）左右，是個短命文人。

他的著作相當豐富，「摹寫麗情褻語，尤稱絕技。」兩部猥褻小說《繡揚野史》、《閒情別傳》，據說是他少年遊戲之筆。所著傳奇有《烟鬟閣》十三種，即：《神鏡記》、《金合記》、《神女記》、《李丹記》、《雙棲記》、《三星記》、《戒珠記》、《藍橋記》、《神劍記》、《二窯記》、《四元記》、《四相記》、《畫扇記》。另存疑者三種：《玉符記》、《碎琴記》、《金谷記》。雜劇有：《齊東絕倒》、《秀才送妾》、《勝山大會》、《夫人大》、《兒女債》、《耍風情》、《纏夜帳》、《姻緣帳》等八種。《曲律》四謂勤之所著傳奇以及小劇，「共二三十種」。但這二三十種中，卻只剩下《齊東絕倒》一種而已。

鬱藍生在戲曲上佔一席的地位，並非由於他的劇作，而是由於他的《曲品》二卷。此書品評元末至當時的「古今戲文」，著錄甚博，可以看出明代戲曲的大概。他自己說他的至友王伯良已著《曲律》，詳論曲法，而品評劇本的地方很少，所以急整理舊稿成此書。其序署萬曆三十八年，與《曲律》同時，都是初稿，以後還陸續有增補。伯良《曲律》四云：

> 勤之《曲品》所載，蒐羅頗博，而門戶太多。……復於諸人，概飾
> 四六美辭，如鄉會舉主批評舉子卷牘，人人珠玉，略無甄別。蓋勤
> 之雅欲獎飾此道，誇炫一時，故多和光之論。〔註63〕

所論深中勤之之弊。因為他所用的字句過於虛泛，使人無從辨別好壞與高下。即如列在最下等的「具品」，也批評得天花亂墜，簡直與「神品」相伯仲。但就保存曲學之重要材料來說，其功已自不小了。〔註64〕

他惟一剩下的雜劇《齊東絕倒》，《重訂曲海目》、《今樂考證》、《曲錄》著錄此劇，俱題竹癡居士撰。《盛明雜劇》亦然。新近發現之《遠山堂劇品》，著錄此劇作《海濱樂》，註云「即《齊東絕倒》」，且題為呂天成作，列入「逸品」。至此始知此劇屬於勤之。

本劇末開場念〔西江月〕一闋及九言四句。四折俱用合套，依次為〔雙調〕、〔中呂〕、〔黃鐘〕、〔仙呂〕，生唱北曲，其他角色唱南曲，最後六言四句下場。完全是傳奇合套的體製。演敘帝堯禪位，虞舜攝居。帝父瞽瞍，因細故殺死胄子，皋陶必欲伸法，舜無可奈何，只得說道：「全父者我之心，執法

〔註63〕〔明〕王驥德：《曲律》，頁 172～173。
〔註64〕呂天成生平見《曲品》、王驥德《曲律》。

者爾之職，且自憑你。」〔註65〕（一折）皋陶即去追拿瞽瞍，他逃入宮中躲避，舜無法庇護，只得棄了天下，竊負他逃到海濱去（二折）。這時朝中無主，三國作亂，由堯作主，率群臣去迎舜歸。舜逃到山中；丹朱奉了堯命領兵來追他們，也追不上。但在離海濱不遠處，卻爲象及商均所尋到，他們力勸舜歸，說皋陶已經答應不殺瞽瞍了。舜卻決意要侍父不回（三折）。群臣與娥皇、女英商議，要囂母去請，料他們不會不歸。果然由於囂母的且鬧且勸，舜便不得已偕父歸朝。堯率群臣去迎接，皋陶也自行請罪，叛逆諸國，聞舜復歸，便都臣服。全劇便在父母夫妻團圓中結束（四折）。（以上據〈雜劇的轉變〉）竹笑居士評云：

> 此劇幾於謗毀聖賢矣。然子輿已開唐人小說之祖，小說復開元人雜
> 劇之祖，何妨附此一種詼諧，聊作四書一笑。〔註66〕

像這樣拿聖人開玩笑的劇作，在我國的戲劇作品中，眞是絕無僅有。不過劇中所寫的堯、舜、皋陶，以及支伯、善卷諸隱士，仍極爲嚴肅；惟對於丹朱、象、商均及囂母、瞽瞍等未免戲謔太甚，連帶著就覺得有「謗毀聖賢」之嫌了。

　　通劇關目之佈置、排場之處理均得體。首折先出以詼諧語，舜帝出場，轉爲雍容莊重，最後結以追補瞽瞍，場面又趨向緊張。次折於舜帝躊躇委決不下之際，由場內用鑼聲催逼，報稱「追拿瞽瞍」，亦能於虛處傳神，故作頓跌。三折支伯、善卷諸隱者穿插，以及象、商均的糾纏，都能使排場爲之生動。最後一折囂母的既勸且罵，使全劇達到最高潮，然後緩緩而下，終於結束全篇。四折無一冷場，故能使觀閱者不覺終卷。《遠山堂劇品》云：

> 傳虞舜竊負瞽瞍，爲桃應實謊，爲咸丘蒙附會。錯綜唐虞時人物事
> 蹟，盡供文人玩弄。大奇！大奇！〔註67〕

「錯綜唐虞時人物事蹟」，而能穿插得這麼詼諧俊妙，鬱藍生的手法應當是不弱的。

　　劇末四句六言云：「咸丘說謊有因，桃應譬喻無謂。偶然弄出神奇，只得略加傅會。」可見本劇一方面雖然出之於戲謔，另方面還是有其寄意的。譬如首折借唐虞說「後世也有擁篲迎門的」〔註68〕、「今人儘有同姓通姦的」〔註69〕、

〔註65〕陳萬鼐主編：《全明雜劇》，第6冊，頁3242。

〔註66〕同上註，頁3327～3328。

〔註67〕〔明〕祁彪佳：《遠山堂劇品》，頁169。

〔註68〕陳萬鼐主編：《全明雜劇》，第6冊，頁3231。

〔註69〕同上註，頁3231。

「後代儘有藥死前主的」〔註70〕。舜爲救其父，不惜棄天下，比起爲爭帝位而致骨肉相殘的，何啻霄壤之隔？所以竹笑居士說：「談笑中，煞有痛哭流涕。」〔註71〕

> 早知恁法司權沒有青天的這枷鎖，卻須念死囚悲怕黃泉也自吟哦。
> 這時節逆風兒悔殺放火。你也可恁的急鳴鑼，等著我爲君的去升座，
> 便把老頭兒認罪儘憑他。（〔北十二月〕）〔註72〕

> 盲奴瞎老，笑一枝聊寄，自比鶺鴒。我雞皮蛾黛，全不想共樂昏朝。
> 你空知殺人還自殺，誰信逃形沒處逃。你一箇活老饕勸親兒怎不回
> 朝。（〔南八聲甘州〕）〔註73〕

本劇大概是勤之服膺詞隱以後的作品，所以字句平仄，恪守韻律，而文字則雅麗中雜以平易，惜氣魄不足，其病有如伯良。但關目排場俱佳，仍不失爲佳作。

勤之其他七本散佚的雜劇，茲據《遠山堂劇品》列述如下：

《秀才送妾》：雅品。南八折。輟耕錄載，維揚秀士爲部主事致一妾，自邘關達於燕邸。時天漸暄，多蟲蚋，乃納之帳中。部主事初疑之，既而謝曰：「君真長者也。」相與痛飲，盡歡而散。劇中水仙作合，以配於焉支公主，則勤之增之，以爲柳下叔子之輩，必獲美報若斯耳。〔註74〕

《兒女債》：雅品。南北四折。向見有傳子平二折，第碌碌完兒女債耳，閱之殊悶。勤之盡易前二折之詞，而於禽子夏北調，大闡玄機，有眼空一世之想。末折變幻，尤足令癡人警醒。乃知向所見，非全劇也。〔註75〕

《勝山大會》：雅品。南北四折。此必實有其事。鬱藍以險韻譜之，意想無出人頭地。若詞之瑩潤，則非作家不能。〔註77〕

《夫人大》：雅品。南北四折。此勤之初筆也。填實梁冀、孫壽事，

〔註70〕同上註，頁 3231。
〔註71〕同上註，頁 3231。
〔註72〕陳萬鼐主編：《全明雜劇》，第 6 冊，頁 3249。
〔註73〕同上註，頁 3276～3277。
〔註74〕〔明〕祁彪佳：《遠山堂劇品》，頁 162～163。
〔註75〕同上註，頁 163。
〔註77〕同上註，頁 163。

及友通期冥訴，而冀、壽卒無恙，何耶？詞惟濃整而已。〔註78〕

《耍風情》：逸品。南北四折。傳婢僕之私，取境未甚佳，而描寫已逼肖矣。披襟讀之，良爲一快。〔註79〕

《纏夜帳》：逸品。南四折。以俊僕狎小鬟，生出許多情致。寫至刻露之極，無乃傷雅。然境不刻不現，詞不刻不爽，難與俗筆道也。〔註80〕

《姻緣帳》：逸品。南北四折。瑤靈仙何預人事，而喋喋爲閨閣饒舌，疎者令之親，懼者動以怒，畢竟疎者不終疎，懼者乃終懼，兒女之情，固如是耳。瑤靈仙何事而饒舌哉？〔註81〕

　　上七種據《劇品》所述推測其內容，莫不是寫兒女私情，恐怕勤之是在逞其「摹寫麗情藝語」的「絕技」吧？

四、沈自徵

　　沈自徵，字君庸，以著有《漁陽三弄》雜劇，故學者稱爲漁陽先生。江蘇吳江人，沈璟之姪。神宗萬曆十九年（1591）十月一日生，思宗崇禎十四年（1641）十月二十日卒。五十一歲。

　　君庸父名玒，字季玉，號懋所，是沈璟的胞弟。萬曆二十三年進士，官至山東按察副使。爲政清廉，據說每到任，「必輿櫬自隨」，布衣袍、食蔬食、連俸金也獻入公庫。母親顧氏，並非原配。兄弟十一人，君庸行三；姊妹六人，葉小紈的母親沈宜修（見下）是他的胞姊。萬曆三十九年，也就是君庸二十一歲的時候，他娶同邑張氏倩倩爲妻，倩倩字無爲，是他姑母的女兒，生得明眸皓齒，說禮敦詩，是個很出色的閨秀。可是君庸少年喪馬，揮斥千金，自負縱橫捭闔之才，遍遊京師塞外，倩倩幽居食貧，抑鬱不堪，終於在天啓七年（1627）十月二十二日含怨而歿，才三十四歲。崇禎四年（1631），他在京師娶繼室會稽李氏玉照，亦能詩。玉照二十五歲時，君庸即去世，她守節三十八年。生二子，長子永卿，字鴻章，邑庠生；次子永群，字煥吉，秀水縣庠生。

〔註78〕同上註，頁163。
〔註79〕同上註，頁168。
〔註80〕同上註，頁169。
〔註81〕同上註，頁169。

　　少年時代的君庸即磊落自負，大言雄辯無所愧。他的父親授給他五十畝田，他笑著說：「吾家祖業恒豐，自父筮仕，以冰蘗自屬，載家祖往餉官廚，先業遂隳，焉有世上男子，可祿以五十畝者耶？」於是他把田賣掉，得二百金，贈送親戚、宴饗賓客，傾刻而盡。他家裏沒半本書，每次訪友不遇，就直入其室，取書批點，看完之後，就能記憶，所以未嘗入學，而能淹通今古。

　　君庸懷才負氣，慕魯仲達為人，天啓末入京師，遂歷遊西北邊塞，對於「九邊」形勢，瞭如指掌。所以在京師十年，替諸大臣籌畫兵事，皆能中機宜，名聲大振。

　　四十二歲時，他囊中已積有數千金，就回到蘇州構築園亭，「層甍疊棟，雕欄危石，殫力營繕。」同時又買了良田千畝，並把數百金分散給宗族故交。不久，因想念到他的母親早亡，未嘗盡一日之養，就將新建、新置的房屋，全部捐給寺廟，替他母親求冥福。他自己則「仍作隸人，隱於邑之西鄉，茆屋躬耕，豀如也。」

　　崇禎十三年（1640），國子祭酒某向朝廷推薦他，朝廷以賢良方正徵召，他說：「吾肆志已久，豈能帶腰冠首，受墨吏縛耶？」因推辭不就。那時他的一個同鄉葉紹顒，以御史巡按廣東，正值海寇縱橫擾亂，向他請教策略，他屢次授計，終於誘使海寇自相殘殺，平定兩廣。而他則一直隱居吳江西鄉，以至終老。

　　君庸著述，戲曲有《霸亭秋》、《簪花髻》、《鞭歌妓》，合稱《漁陽三弄》。《遠山堂劇品》列為妙品。鄒漪〈沈文學傳〉謂尚有《多青樹》一種，早佚。《吳江縣志》謂著有《膾殘篇》，亦佚。詩文詞散曲等著作，後人輯為《沈君庸先生集》。君庸雖然才氣橫溢，但詩文則稍嫌粗疏未醇。他的成就是在雜劇《漁陽三弄》。
〔註82〕

　　《漁陽三弄》顯然是取名於徐文長的《狂鼓史》，「三弄」也含有三本雜劇的意思。又此三劇都是悲憤之作，其性質也與《狂鼓史》的撾罵相同。

（一）《霸亭秋》

　　《霸亭秋》敘杜默落第而歸，痛哭於項王廟，泥人亦為之落淚。本事見《山堂肆考》。蓋自徵落拓不羈，故借杜默以自喻。其白云：

〔註82〕沈自徵生平見《明詩綜》卷八十一上、《小腆紀年》卷十、《明詞綜》卷九、《小腆紀傳》卷四十六、《靜志居詩話》卷二十二、《啓禎野乘》卷六、凌景埏〈漁陽先生年譜及其著述〉（《燕京大學文學年報》第7期）。

三場文字，那一字不筆奪天孫之巧，那一句不文補造化之虛。直經
他剝落一場，滿四海無人識得，只得袖了卷子回來，當藏之名山石
室，以俟百世聖人而不惑，永不與世人觀看。〔註83〕

恃才自負和悲憤不遇，充滿其間，大概是君庸下第後所作。本劇事既單純，
故僅用〔北仙宮〕套一折，然境界雄奇，屈抑悲涼，足以令人衷腸迴絕。「奈
何以大王之英雄不得為天子，以杜默之才學不得作狀元。」所有的悲憤怨屈，
都由此而發，英雄的失路與文士的落拓互相陪襯，同時以奚童的俗見來烘托
杜生的悲憤，其感人之深，不禁有不欲速盡之感。《遠山堂劇品》云：「傳奇
取人笑易，取人哭難。有杜秀才之哭，而項王帳下之泣，千載再見；有沈居
士之哭，即閱者亦唏噓欲絕矣。長歌可以當哭，信然。」〔註84〕

（俫）相公！咱開口論閒話。想您秀才每科舉，就如俺賭錢法門，
稍長的膽壯，那窮的不濟事也。（末唱）投至得文場比較，都不用賈
生文、馬卿賦，衝一味屈原騷。見如今鶹鵬掩翅，斥鷃摩霄。梟爭
鸞食，鵲讓鳩巢。隋珠黯色，魚目光搖。駑駘伏軛，老驥長號。捐
棄周鼎，而寶康瓢。啞鄒生談天館、爭頭鼓腦，髶毛施明光宮、炫
服稱妖。野水渡、春波拍拍，無媒徑、荒草蕭蕭。題名記是一篇募
修雁塔，泥金緘是一紙抄化題橋。猛聽得鑪傳聲，彤墀頭齊唱白銅
鞮，近新來浪桃花、禹門關、收納鴉青鈔，出落得一個個鮮衣怒馬，
簇仗鳴鑣。（〔混江龍〕）〔註85〕

破題兒是鉅鹿初交，大股是彭城一著。（不惑于宋義之邪說）真叫做
直寫心苗，不寄籬巢。（看他破王離時）墨落煙飄，聲震雲霄。心折
目搖，魄唬魂消。那眾諸侯一箇箇躬身請教。（七十餘戰未嘗敗北），
一篇篇奪錦標。（日不移影連斬漢將數十），不弱如倚馬揮毫，橫棚
推敲，塗抹盡千古英豪。（那區區樊噲何足道哉）！一個透關節莽樊
噲來巡綽，唬得他屁滾煙逃。甫能箇主了縱橫約，（以兵家之氣行文，
方為至文；以文家之氣行兵，則兵可無敵。）大古里軍稱儒將，筆
重文豪。（〔六么序么篇〕）〔註86〕

〔註83〕陳萬鼐主編：《全明雜劇》，第8冊，頁4417。
〔註84〕〔明〕祁彪佳：《遠山堂劇品》，頁143。
〔註85〕陳萬鼐主編：《全明雜劇》，第8冊，頁4406～4407。
〔註86〕同上註，頁4414～4415。

其運筆之奇幻，有如風生雲湧，灑落的是文士的憤慨與英雄的叱咤，而挾持
的是飆風雷雨與長江大河之勢，通劇大都是這樣的滔滔滾滾。只是略嫌繁複，
本色恨少。

> 岸曲初銜照，江深未上潮。寒山一派聲如嘯，楓林一帶紅如燒，征
> 帆一點疾如鳥。問靈均蕭瑟怨何深，到江潭搖落愁堪老。（〔寄生草〕）
> 〔註87〕

於淒涼之中透露清倩之致。劇中偶然加入寫景的句子，也都是很豪儁可喜的。
鄭西諦以為〔青哥兒〕一曲，「連泥人也要論文評詩，直寫得太窮形極相了。」
殊不知這正是憤懣之極的表現，一個人在天道衰微的時候，只要抓住一點什
麼，都禁不住牢愁怨艾的。後來嵇永仁也有《泥神廟》，張韜更有《霸亭廟》，
尤侗《鈞天樂》中亦有〈哭廟〉一折，都是寫此事，惟改易姓名，共同的特
色依然是悲壯，發抒的仍舊是文士的牢騷。

（二）《簪花髻》

《簪花髻》譜楊愼醉後作雙丫髻插花遊行事。君庸題〈五兄祝髮像詩序〉
有云：

> 昔楊用修在滇南，嘗作雙丫髻簪花，門人舁之。諸妓捧觴，遊行城
> 市，了不為怍。有客于王元美座舉此曰：「此公故自污耳。」王曰：
> 「不然，一措大裹赭衣，何所不可？特以壯心不堪牢落，故磨耗之
> 耳。」嗟呼！讀書至此，每拊膺欲絕，當浮白一斗，嘔血數升，憤
> 而後止。

由此可見君庸作此劇的用意，無非在借升庵之簪花跌宕以自況，以「裂其風景，
耗其壯心，遣其餘年耳。」他在京師時的生活，據〈沈文學傳〉是這樣的：

> 其寓月遷日改，友訪之，或見其名媛麗姬數十環侍，極綺羅珍錯；
> 或見其獨臥敗席，竈上惟鹽虀數莖；又或見其峨冠大蓋，三公九卿
> 前席請教；又或見其呼盧唱籌，窮市井諺詈以為歡；終莫定其何如
> 人。〔註88〕

這樣的性行和升庵是很相像的。君庸夫人倩倩，曾寄以〔憶秦娥〕云：

> 風雨咽，鷓鴣啼破清明節，清明節，杏花零落，悶懷千疊。　　情

〔註87〕 同上註，頁4411。

〔註88〕 〔清〕鄒漪：《啟禎野乘》，周駿富轉：《明代傳記叢刊·綜錄類》（臺北：明
　　　　文書局，1991年），卷6，頁246。

惊依舊和誰說，眉山闘鎖空愁絕，空愁絕、雨聲和淚，問誰淒切。

〔註89〕

其才可比升庵夫人黃氏，故自徵於劇中亦采黃氏之詩。總而言之，君庸隱然是以升庵的才學和遭遇自比的。

本劇僅一折，用〔北正宮〕套，共十七曲，極寫升庵之無賴與癡絕，而將憤慨化爲嬉笑，但字裏行間仍然充滿著無可奈何的痛苦和放浪形骸的嗚咽。

我欲摘那酒星兒懷揣搦戲，拍得那酒池兒波飛浪起。（大古裏中酒謂之中聖），休猜做米汁糠皮。中藏著聖人意。死呵死做了陶家器，爛呵爛做了竈頭泥，這是俺醉翁樂矣。（〔倘秀才〕）〔註90〕

我將禿鷹兒挽一個雙丫髻，恐夜來風雨重，葬送著傾國，因此著游絲兒鉤惹住芳菲。我只愁脂粉淡搭不紅我這冷臉子，繡帔窄遮不來我這寬肚皮。我比踏陽春的士女圖多了些虬髯如戟。我比歌迴風的翠盤女略覺些舞態癡肥。我不待閒吟夜月詩千首，子這細看春風玉一圍，教人道是個胡種的明妃。（〔滾繡毬〕）〔註91〕

酒常被才人用來寄慨抒憤、銷毀形體，升庵既已放懷於斯矣，乃再以喬扮內家粧，改頭換面，遊戲人間。古今才人狂放者有之，但沒有一個像他這樣要易形爲女子的，他雖然笑，但笑聲中不知含有多少的淚水。君庸以白描的手法，表現升庵輕狂的舉動，尤能淋漓盡致。其次諸妓擁升庵遊春一段，在寫景抒懷方面，君庸也表現得很成功。

日漾金波碎，山列屏帷翠，煖風薰得遊人醉。黔江新漲連天起，家家布穀鳴春氣，一步步詩題。（〔伴讀書〕）

響咮咮玉虹嘶，推敲得音律齊，廝琅琅落紅雨，飄漾出春聯麗。囀嚦嚦纖柳音，撺拍得歌喉絮。暖茸茸軟苔茵著地隨，笑吟吟行一步酒一杯。石醋醋姊妹行把花神酹。（〔笑和尚〕）

被這杜翁雨，洗滌得吟情細；少女風，撩搯將詩句催。趲逼得我浩蕩襟懷，江山秀氣，古昔悲愁，一刻兒都憤懣成堆。我欲借峰巒作筆，把大地爲縑，寫不盡我寄慨淋漓。誰道虬枝百尺，卻被你偷影

〔註89〕〔清〕徐釚輯：《詞苑叢談》（臺北：廣文書局，1968年），下冊，頁232。
〔註90〕陳萬鼐主編：《全明雜劇》，第8冊，頁4379～4380。
〔註91〕同上註，頁4381～4382。

入清池。（〔三煞〕）〔註92〕

寫景用麗筆，於溫暖明媚中，透露自家幽懷與古今悲愁。在行文造句上是大見作者苦心經營的。《遠山堂劇品》云：

> 楊升庵戍滇時，每簪花塗面，令門生舁之以遊。人謂於寂寥中能豪爽，不知於歌笑中見哭泣耳。曲白指東扯西，點點是英雄之淚。曲至此，妙入神矣。〔註93〕

青木正兒謂「此劇描寫升庵癡態，盡無餘蘊，覺三種中，以舞臺上劇而言，此劇爲有趣。」〔註94〕本劇寄感寫意，雖不如《霸亭秋》與《鞭歌妓》之明顯，但其深度絕不下於二劇，而其舞台上的效果，也確實是較二劇更有興味的。

（三）《鞭歌妓》

《鞭歌妓》演張建封鞭打尙書裴寬所贈歌妓事。青木正兒云：「閱《唐書》，⋯⋯建封曾爲節度使，當其返任時，帝賦詩餞之，曾賜之以鞭，作者或發現於此歟？」〔註95〕上文說過君庸好兵家言，九邊形勢，瞭如指掌，又懷奇負氣，慕魯仲達爲人。那麼他以張建封自擬也是很自然的。劇中張建封所表現的意氣昂然，縱談古今，憤世疾俗，事實上也正是君庸的自我寫照。當張建封潦倒不堪，舉目無知音的時候，遇上了一見即極爲傾倒的裴尙書，他破口大罵俗世炎涼，以名利爲重的卑鄙，裴尙書隨即贈送坐舟及所有的歌妓珍寶，自己卻上岸步行而去，而張建封於鞭打歌妓之後，也灑然「從此逝焉」。裴尙書的慷慨義氣，其實也是君庸兩次散家財接濟親友的反映。本劇在三劇中最爲豪邁，雖然仍充滿著憤懣牢騷，但其結局到底是令人快意的。君庸是多麼希冀這樣快意的遭遇，可是終其生，竟未能遇上一個眞正欣賞傾倒他的裴尙書，他的內心始終是黯然抑鬱的。《遠山堂劇品》云：「裴尙書舉舟贈張本立，即鞭笞奴妓之僨蹇者，了無愧色；此其寄牢騷不平之意耳。劇中妙在深得此意，不然，與小人得意一旦誇張者何辨？」〔註96〕

本劇用〔雙調〕套十七曲，僅一折。自首至尾，痛快淋漓，蓋由於放膽

〔註92〕陳萬鼐主編：《全明雜劇》，第 8 冊，頁 4393～4394。
〔註93〕〔明〕祁彪佳：《遠山堂劇品》，頁 144。
〔註94〕〔日〕青通正兒著，王吉廬譯：《中國近世戲曲史》，頁 362。
〔註95〕同上註，頁 362。
〔註96〕〔明〕祁彪佳：《遠山堂劇品》，頁 144。

磊落，故能將淒咽之感與豪勃之氣一灑盡致。

> 只落得四海無家，因此上每日登臨嘆落霞。兀的五湖那搭，問秋來
> 何處有蘋花，映離愁遞遠戍，一曲暮天笳。訴興亡風唧留，幾葉疎
> 林話，可憐他舊江山擺滿在斜陽下。（〔駐馬聽〕）〔註97〕

> 吾生醉鄉日月是家，幹了些不明白殘編斷簡生涯。交遊在齒牙間，
> 儆居在眉睫下。盤問我屈曲根芽，好教我俛首無言指落花。知我的
> 問隨行荷鍤。（〔沈醉東風〕）〔註98〕

> 既不沙，試著麼，怎頑愚的倒把長籌拔。到如今手拍胸脯自悔咱，
> 悔不向天公給一箇癡呆假。大古里籠殺鸚鵡，饑殺絛鷹，飽殺蜘蛛，
> 鬧殺鳴蛙，索甚麼問天來占卦。（〔撥不斷〕）〔註99〕

寫景之悽楚動人，不減杜甫〈秋興〉八首，雄奇不平之氣，鬱鬱勃勃，風力
之勁健亦不愧元人。

　　縱觀君庸三劇，杜默之哭，升庵之笑，建封之罵，無一不是用來寄託胸
中的悲憤。三劇均爲一折短劇，全用北曲，守元人獨唱的規律。其悲壯激越，
可與徐文長《四聲猿》並駕，而沈鬱則又過之。卓人月序孟稱舜《殘唐再創》
雜劇，推君庸與孟氏爲當時北劇泰斗。沈自南〈鞠通樂府序〉引郭彥深語，
謂「音律名家，自昔希覯，近於子吳江而得二人焉。一即子家君庸氏，讀其
《漁陽三弄》，眞北調之雄乎？朱彝尊《靜志居詩話》亦謂君庸三劇「慨當
以慷，世有續《錄鬼簿》者，當目之爲第一流。」〔註100〕王士禎《古夫于亭
雜錄》更謂「瀏灕悲壯，其才不在徐文長下。」〔註101〕這些批評都是很中肯
的。

五、葉小紈

　　葉小紈，字蕙綢，江蘇吳江人（今同）。工部虞衡司主事葉紹袁的次女，
適同縣沈永楨。明神宗萬曆四十一年（1613）四月生，約卒於清世祖順治十
七年（1660）前後，享年四十八歲左右。

　　他的母親沈宜修，字宛君，是明代七大才女之一。吳江派領袖沈璟是她

〔註97〕陳萬鼐主編：《全明雜劇》，第8冊，頁4351～4352。
〔註98〕同上註，頁4354。
〔註99〕同上註，頁4358。
〔註100〕〔清〕朱彝尊：《靜志居詩話》，卷22，頁702。
〔註101〕〔清〕王士禎著，趙伯陶點校。《古夫于亭雜錄》，頁123。

母親的伯父，也是她丈夫的祖父，以《漁陽三弄》聞名的沈自徵，即是她的母舅。大姊紈紈，三妹小鸞，也都是當世有名的閨閣詩人。兄弟八人，亦皆能詩。她在這樣的環境裏，培養出高超的文學素養，是很自然的。八木澤元《明代劇作家研究》統計其遺作，計有詩八十五首，詞一闋，而雜劇作品則僅有《鴛鴦夢》一種。〔註102〕

《鴛鴦夢》四折一楔子，俱爲北曲。在楔子之前，又有一段西王母和呂洞賓的道白，云：

> 前者因蟠桃會返，群仙邀遊林屋洞天，其時有子童侍女文琴，上元夫人侍女飛瓊，碧霞元君侍女苣香，三人偶語相得，松柏縮絲，結爲兄弟，指笠澤爲盟，雖非同世因緣，未免凡心少動。湖神報來，子童遂謫罰三人降生松陵地方，汾水湖濱，以信指水之誓，使他見人寰中離合聚散、悲歡愁恨，有同夢幻泡影。那時子童先將文琴、飛瓊攝歸瑤京，然後使呂純陽指點苣香，使恍知前果，不昧本因，使三仙子齊歸正道，不負子童一片化導之心也。〔註103〕

這種體例不似南戲的開場，更不似北劇的楔子，但以其所敘爲全劇關目之張本，且言及作劇之本意，作用與南戲家門中二詞之「虛籠大意」、「檃括本事」者相同，蓋爲家門之變體。

本劇敘蕙百芳（字苣香）午睡中，池中一朵並蒂蓮被狂風吹折，一對鴛鴦冲天而去。醒來時遊於鳳凰台，與夢中所見一樣，此時適有昭綦成（字文琴）與瓊龍雕（字飛瓊）迎面而來，三人相談甚歡，結爲兄弟。次日爲中秋佳節，相約同遊鳳凰臺，飲酒賦詩爲樂。翌年中秋，風雨陰晦，蕙氏苦念昭瓊二友，秋燈孤影，益增惆悵。是夜百芳夢見龍雕來訪，情景悽慘。次日傳來龍雕噩耗，趕去弔唁，正撫棺慟哭，蒼頭又報綦成因獲知此訊，病體轉劇，一痛而絕。百芳於是大悟人世無常，乃訪道終南，得遇呂純陽指點，悟道之餘，又與綦成、龍雕相聚，同往瑤池爲西王母獻壽。

就所敷演的關目看來，本劇著實無聊，仙女降凡，歷經塵世，然後再經神仙點化，復昇仙界，可以說陳腐爛套之極。但是，如果瞭解本劇的寫作背

〔註102〕葉小紈生平見《列朝詩集小傳》閏、〈葉小紈年譜〉（《明代劇作家研究》）、《乾隆吳江縣志》卷三十四。

〔註103〕〔明〕葉天寥纂輯，洪葭卿校點：《午夢堂全集》，《中國文學珍本叢書》（上海：貝葉山居，1936年），上集，頁1。

景，則又當別論。沈自徵〈鴛鴦夢雜劇序〉云：

> 《鴛鴦夢》，余甥蕙綢所作也。諸甥姬皆具逸才，謝庭詠絮，璧月聯
> 輝，洵爲盛矣。迨夫瓊摧昭折，人琴痛深。本蘇子卿「昔爲鴛與鴦」
> 之句，既以感慨在原，而瓊章殞珠，又當于飛之候，故寓言匹鳥，
> 託情夢幻，良可悲哉！〔註104〕

可見小紈此劇爲悲其姊妹的夭折而作。自徵序文自署「崇禎丙子秋日」，則此
劇成於崇禎九年，那時小紈二十四歲，亦即其姊妹亡後之第四年。她的姊姊
紈紈，「字昭齊，其相端妍，金輝玉潤。生三歲，能朗誦〈長恨歌〉，十三能
詩，書法遒勁，有晉風。歸趙田袁氏七載，悒悒不得志。戊申（應作壬申，
即崇禎五年，1632）秋，幼妹將嫁，作催粧詩，甫就而訃至，歸哭妹過哀，
發病而卒。昭齊皈心法門，日誦梵筴，精專自課。病亟，抗身危坐，念佛而
逝，年二十有三。」〔註105〕（《列朝詩集小傳·閏集》）他的妹妹小鸞，「字瓊
章，一字瑤期。……四歲能誦楚辭。十歲，與其母初寒夜坐，母云：桂寒清
露溼。即應云：楓冷亂紅凋。……十二歲，髮已覆額，姣好如玉人，工詩，
多佳句。十四能奕。十六善琴，能模山水，寫落花飛蝶，皆有韻致。……（十
七歲）亡，後七日乃就木，舉體輕軟。母朱書瓊章二字於右臂，臂如削藕，
冰雕雪成，家人咸以爲仙去未死也。」〔註106〕（《列朝詩集小傳·閏集》）就
因爲小紈的姊妹皆高才早逝，他們又虔信佛法，小鸞之死又被認爲仙去，當
時人也紛紛傳說小鸞的靈異。那麼，假托爲仙女謫世，歷經「人寰中離合聚
散悲歡愁恨」也就很自然了。劇中的蕙百芳係小紈自指，昭綦成爲紈紈，瓊
龍雕爲小鸞。很顯然，他們是以別字的第一字爲姓。又所云綦成二十三、百
芳二十、龍雕十七，也正是他們姊妹崇禎五年時的年齡。以這樣眞實的寫作
背景，加上發自中心的情感，自然沈痛俳惻，感人極深。

　　因爲本劇純是悼念懷舊的寫實之作，所以僅能就文字觀之，若就劇場的
結構而言，是無可取的。

> 村醪相奉，笑談今古月明中。只見那彩雲飛畫閣，清露滴芳叢。聲
> 唧唧驚棲宿鳥，絮叨叨催織寒蛩。今夜連朋共友，對月臨風：都是
> 些山疏野菜，那裏有炮鳳烹龍。只有那磁甌色淡，那裏討琥珀光紅。

〔註104〕葉紹袁編：冀勤輯校《午夢堂集》（北京：中華書局，1998），頁387。
〔註105〕〔清〕錢謙益：《列朝詩集小傳》（臺北：世界書局，1961年）下冊，頁755。
〔註106〕同上註，頁755。

看扶疎桂影，寂寞秋容；露迷堤柳，霜剪江楓。猛然間愁懷頓起，酒興偏濃。抵多少賈誼遠竄，李廣難封。可憐英雄撥盡冷爐灰，休休，男兒死守酸虀甕。枉相思，留名麟閣，飛步蟾宮。(〔混江龍〕)〔註107〕

本待學翻書釋悶消寒漏，卻教我對景無言憶舊遊。則被那鐵馬兒聲廝鬥，怪殺啼蛩四壁啾，一盞孤燈兀自留。香霧濛濛籠畫幬，玉漏迢迢二更候。一夜西風已涼透，細雨絲絲如重九，蕉柳蕭蕭不奈秋。我可也腸斷還從春去後，那其間更比這往日的淒涼今最陡。(〔煞尾〕)〔註108〕

（我三人呵！）似連枝花萼照春朝，怎知一夜西風葉盡凋。容才卻恨乾坤小，想著坐花陰命濁醪，教我鳳臺上空憶吹簫。只期牙盡去知音少，從今後淒斷〈廣陵散〉，難將絕調操，只索將鶴煮琴燒。(〔水仙子〕)〔註109〕

響淙淙泉韻長，高聳聳山如障。俺可也長嘯一聲天地廣。不甫能絕紅塵，沒揣的休妄想。似這般水色山光，煞強是他翠圍羅帳。(〔迎仙客〕)〔註110〕

沈自徵稱「其俊語韻腳，不讓酸齋、夢符諸君；即其下里，尚猶是周憲王金梁橋下之聲，實可與語此道者，將以陰陽務頭，從來詞家所昧，行與商之。」揄揚雖稍嫌過分，但此劇音律之諧穩，實不愧詞隱衣鉢。吳梅《中國戲曲概論》卷中云：

葉小紈《鴛鴦夢》寄情棣萼，詞亦楚楚，惟筆力略孱弱，一望而知女子翰墨。第頗工雅。〔註111〕

楚楚工雅誠然是小紈文字的風格，但「筆力略孱弱，一望而知女子翰墨」，恐是瞿庵先生先入為主的觀感。因為明人北曲，除周憲王、對山、文長、海浮、君庸外，很少不是孱弱庸俗的。女子之詞而有小紈的筆力，已算得頗具風骨了。

　　元明清三朝是我國戲曲最盛行的時代，但女劇作家極少。因此小紈雖然僅此一劇，但在劇曲史上卻是很貴重的。她的舅父沈君庸在序文上便特別強

〔註107〕〔明〕葉天寥纂輯，洪葭卿校點：《午夢堂集》，頁 4。
〔註108〕同上註，頁 9。
〔註109〕〔明〕葉天寥纂輯，洪葭卿點校：《午夢堂集》，頁 12。
〔註110〕同上註，頁 13。
〔註111〕〔清〕吳梅：《中國戲曲概論》，頁 16。

調了這一點：

> 若夫詞曲一派，最盛于金元，未聞有擅能閨秀者。即國朝楊升庵亦
> 多諸劇，然其夫人第有〔黃鶯兒〕數闋，未見染指北調。綢甥獨出
> 俊才，補從來閨秀所未有。〔註112〕

我們所以特別把小紈此劇加以細說，也是爲了這個緣故。

第三節　葉憲祖

　　葉憲祖，字美度，一字相攸，號桐柏，又號六桐，別署：檞園居士、檞園
外史、紫金道人。浙江餘姚人（今同）。宋葉夢得之後。世宗嘉靖四十五年（1566）
生，思宗崇禎十四年（1641）八月六日卒，七十六歲。

　　他的祖父名選，嘉靖十七年進士，官工部郎中。父名逢春，嘉靖四十四年
進士，官廬州知府，母吳氏，贈恭人。他小時很聰明，未冠即入太學，萬曆二
十二年（1594）考中舉人，但直到四十七年（1619）才中進士，那時他已經五
十四歲。授新會知縣，頗有政聲。考選入京時，黃尊素劾逆璫魏忠賢，他以尊
素姻家，左遷大理評事，轉工部主事。忠賢建祠，適在同巷，他徙寓而去。又
建祠臨長安街，他笑謂同官說：「此天子走辟雍道也，土偶豈能起立乎？」忠賢
聞知後，大怒，他就此被削籍遣歸。崇禎元年（1628），起復爲南京刑部主事，
出守順慶。擢陞爲湖廣副使，備兵辰沅。後轉四川參政，廣西按察使，都未涖
任。回到家鄉，又過了五年林下的生活，才得病而卒。〔註113〕

　　憲祖與同邑孫鑛，以古文辭相期許。又曾與同邑沈應文、楊文煥、邵圭同
修邑志。尤工詞曲，製有雜劇二十四種，存十二種；傳奇七種，存二種。黃宗
羲〈外舅廣西按察使六桐葉公改葬墓誌銘〉（《南雷集·吾悔集》卷一）有云：

> 公之至處自在填詞，一時玉茗、太乙，人所膾炙，而粉筐黛器，高
> 張絃索，其佳者亦是搜牢元人成句。公古淡本色，街頭巷語，亦化
> 神奇，得元人之髓。如《鸞鎞》借賈島以發舒二十餘年公車之苦，
> 固有明第一手矣。吳石渠、袁令昭，詞家名手；石渠院本，求公詆
> 詞，然後敢出，令昭則檞園弟子也。（原注：檞園，公填詞別號）花

〔註112〕沈自徵〈鴛鴦夢雜劇序〉，葉紹袁編，冀勤輯校：《午夢堂集》（北京：中華書
　　　　局，1998），頁387。

〔註113〕葉憲祖生平見《明詩綜》卷六十一、黃宗羲《南雷集·吾悔集》卷一〈葉公
　　　　改葬墓誌銘〉、《浙江通志》卷一八〇。

晨月夕，微歌按拍，一詞脫稿，即令伶人習之，刻日呈技，使人猶

見唐宋士大夫之風流也。〔註114〕

石渠即吳炳，著有《粲花傳奇五種》：令昭即袁于令，以《西樓記》聞名。據墓誌所敘，可見憲祖在當日劇壇地位的崇高，而他對於戲曲文學又是多麼喜好和認真。他的七種傳奇，現存的是《鸞鎞記》、《金鎖記》。存目的是《玉麟》、《雙卿》、《雙修》、《寶鈴》四記，另知一種係演關公事，未詳名目。雜劇二十四種，以下就現存的十二種加以討論；依其內容，可分為三類。

一、戀愛劇

這一類雜劇最多，有《夭桃紈扇》、《碧蓮繡符》、《丹桂鈿合》、《素梅玉蟾》、《團花鳳》、《寒衣記》、《琴心雅調》、《三義成姻》、《渭塘夢》等九種。前四種合稱《四艷記》，所謂四艷即合春、夏、秋、冬四艷，而以夭桃、碧蓮、丹桂、素梅為應節氣之名花。取材、內容、手法都差不多，即以一物件為戀愛定情之媒介，如石生之題紈扇、章生之拾繡符、權生之買得鈿合、鳳生私贈玉蟾蜍，後來都因某種事故引起許多波瀾，而終以這種信物之縮合，才子佳人得償宿願。這種關目的安排方法，在我國戲曲中是屢見不鮮的，葉氏的傳奇，像現存的《鸞鎞》、《金鎖》莫不如是，存目的《玉麟》、《寶鈴》，觀其標名也極可能屬這一類。可見葉氏是喜好以這種方法來寫作戲曲的。但其成功的地方是同中有異，且極盡曲折奇巧之能事。

《四艷記》與《四節記》、《太和記》、《大雅堂四種》……等一樣，都是合同類的雜劇為一總集。有明崇禎間原刻本和《盛明雜劇》本。崇禎原刻本首標曰「四艷記」，分署「古姚櫟園外史編著，同社苗蘭居士批評。」《盛明雜劇》本，則四劇分散於二集第十二、二十一、二十二、二十三卷，無總題，批評的人也不一致。崇禎原刻本著者未見，但根據任中敏《曲海揚波》卷五〈四艷記〉條的記載，四劇各為九齣，開場分別有〈種桃歌〉、〈愛蓮歌〉、〈折桂歌〉、〈尋梅歌〉來隸括本事，算是一齣。《盛明雜劇》本四劇都沒有這一齣開場，按理應該都是八齣，但是《丹桂鈿合》一劇卻只有七齣，未知何故。四劇除《碧蓮繡符》第五折後半用三支〔北清江引〕外，皆用南曲。

《夭桃紈扇》，沈泰批評此劇謂「閱此劇如入武陵源，但見落英繽紛，不

〔註114〕〔明〕黃宗羲：《吾悔集》，《四部叢刊初編》（臺北：臺灣商務印書館，1967年），卷1，頁140。

知從何問渡。」〔註115〕其實本劇的關目頗覺迤沓，第六、七兩折夢桃與責劉，對於關目的發展沒有什麼必要，都可以刪除。而且此劇隱隱約約是關漢卿《錢大尹智寵謝天香》的化身。劇中劉令公之迎夭桃母女至其邸中，以激石生赴考，和《謝天香》劇如出一轍。其後石生中狀元與夭桃得遂宿願，也和《夭香劇》中柳耆卿的行徑相彷彿。此劇所用套數俱甚簡短，使人有匆匆寫過之感。首折用四支引子，其中生就唱了兩支，這種體例嚴格來說也是不可以的。沈氏所謂「如入武陵源」未知何所見而云然？

　　《碧蓮繡符》，本劇故事似有來源，關目也較《夭桃紈扇》爲曲折。演述「章斌，越郡人也。落第歸鄉，路過揚州，適值端午節，與舊友至江邊，觀競渡之戲。雜沓中與友相失，獨自閑步，偶過一豪家樓，有美女，偷窺之，其女避入內。斯時樓上墮下一繡符。章生拾之，正尋思如何可得此美女時，遇其家僮僕歸來，探詢之，則此爲秦侍中邸，侍中死後，夫人與公子居焉。美女則爲故侍中嬖妾陳碧蓮云。章生托其僮僕，入邸爲書記，得公子寵。居二年，嘗爲公子頂替鄉試，益得其信用。然後托邸中一老嫗，以繡符返還碧蓮以致其意。碧蓮亦以其爲一見即不能忘懷之男子，欲嫁之。章生又欲打動公子，故意請辭歸。公子忖度彼得良配必可留，乃說其母，終以碧蓮與章生。」〔註116〕（據青木氏正兒簡述）

　　這則故事顯然和唐伯虎娶秋香相似。只是華府改爲秦府，唐寅改爲章斌，婢女秋香改爲寡妾碧蓮，賣身投靠改爲傭書秦府（這一點則與孟稱舜《花前一笑》相同）。唐寅生於憲宗成化六年（1470），卒於世宗嘉靖二年（1523），其卒距憲祖之生四十四年，是否因爲時代相距不遠，不便直指其事，所以故意隱約其辭呢？但是伯虎與秋香事，後人頗疑其不實，或謂純出虛構，或謂冒名頂替（詳下文《花前一笑》劇）。若果如此，我們不難體會到，《花前一笑》這個故事還是慢慢演進而成的。元石君寶《李太白匹配金錢記》，演韓翃在宴會中見美女而逃席，又爲追求此美女而捨身爲記室，情節與此類似；也許這就是本故事的根源吧！而憲祖此劇則是本故事發展中很重要的一環，至於後來附會成伯虎事，那大概是由於伯虎風流倜儻的緣故吧！其情形就和天下滑稽事皆歸於東方朔一樣。本劇故事較《花前一笑》更富詩意，一位被幽禁的寡妾，空閨寂寞，年華不再，突遇青年書生，爲她之故，屈身傭書於豪

〔註115〕〔明〕沈泰編：《盛明雜劇》，二集，卷12，頁1。
〔註116〕〔日〕青木正兒著，王吉廬譯：《中國近世戲曲史》，頁224。

府，其真摯深切，自較「一笑」更能動人。

> 空房獨守，頻顧影，最難消一種淒清。奴是檻鳳囚鸞難自騁，好風
> 光誰待閒行。柔腸自省，任瘦損當時嬌豔，逢夏景，害不了暮春殘
> 病。（〔集賢賓〕）

> 憐伊寂寞，我也心暗疼。夫人！夫人！沒來由摧折娉婷，惜玉憐香
> 成畫餅，到如今偏惹人憎。你且寬心待等，怕有日重諧歡慶。姻契
> 整，這釵符當得一枝花定。（〔前腔〕）〔註117〕

不用藻繪字眼，淡淡寫來，自覺情景生動。本劇在排場的運用上則有一缺點，
即旦戲太少，八折中，旦只在二、六、八折出場，所唱曲不過七支，比起生
之出場六折，唱曲之多，是太懸殊了。

《丹桂鈿合》，本劇雖亦敘述一段戀愛的遇合，但它不像《夭桃紈扇》那
樣佳人才子的別後重逢，也不像《碧蓮繡符》那樣寡妾少年的設計相合，而
是敘述一位中年學士失偶之後，旅遊他鄉，無意中遇到一位新寡的文君，於
是冒充他久已失去連絡的表兄，再加上一扇偶然買來的鈿盒，終於憑著這扇
鈿盒成就了美滿姻緣。這則故事也見於凌濛初《二刻拍案驚奇》第三卷，標
目作「權學士權認遠鄉姑，白孺人白嫁親生女。」《二刻》據自序刊於崇禎壬
申（五年），《四豔》亦刊於崇禎年間，未知孰先孰後。或許尚有更早的故事
來源。後來傅一臣《蘇門嘯》中的《鈿盒奇姻》也是演此事。本劇排場轉折，
移宮換調，甚為分明，角色分配，頗為均勻；曲文亦多佳製。

> 愁深怨深，惹風寒無端病侵，纏不煖香銷剩衾，靠不牢花湮獨枕。（〔金
> 蕉葉〕）

> 瘦來難任，寶鏡怕初臨，鬼病侵尋，悶對秋光冷透襟。最傷心，靜
> 夜聞砧，慵拈繡紝，懶撫瑤琴，終宵裏、有夢難成，待曉起、翻嫌
> 睡思沉。（〔綿搭絮〕）

> 乍離山枕，鬢亂難禁。試脫瑤簪，空琢鴛鴦護水潯。曉窗深，日色
> 陰霙。羞垂勝錦，倦插釵金。（曾記詩人有云：豈無膏沐，誰適為容。）
> 拚一個粉褪香消，欲待為容枉費心。（〔前腔〕）〔註118〕

上邊是第三折全折的曲子，描寫徐丹桂病起梳粧的情景。聲情淒切，而婉轉

〔註117〕陳萬鼐主編：《全明雜劇》，第 7 冊，頁 3793。
〔註118〕陳萬鼐主編：《全明雜劇》，第 7 冊，頁 3829～3831。

綺麗、曲折悠遠之致，與花間、草堂之詞，頗有異曲同工之妙。

《素梅玉蟾》，本劇故事也和《二刻拍案驚奇》卷之九「莽兒郎驚散新鶯燕，龍香女認合玉蟾蜍」相同，《蘇門嘯》中的《蟾蜍佳偶》亦演此事。故事的情節設想頗佳，寫一對有情人的悲歡離合，並無奸人隱撓、遇難失敗等等俗套，卻輾轉在無意中誤了佳期，又在無意中離別而去，各不相知；又終於更在無意中被他人聘訂為夫妻，而在「有情人到底成姻眷」的那一天之前，他們還在想思著、愁悶著，以為他們是永久不能再相見的了；不料新夫婦卻終究還是舊情人。像這樣的布局，確是很新穎。只是令人覺得過於「巧」，而本劇安排這種「巧」事，也太過於顯露，處處都加以點明，除了劇中的男女主角不明真象結局之外，觀閱者卻都早已了然胸中了，這樣的安排，無形中減低了本劇的成就。又劇中的梅香，完全是《西廂》紅娘的翻版，其殷勤過之十倍，但活潑嬌媚之致，則減少數籌。（以上參考〈雜劇的轉變〉）

> 同心未結，是我姻緣薄劣。況曾親廝會，怎生撇下些。我若還少住
> 歇，待歸來，少不得再相逢，陽臺夢叶。悶殺春闈也，待留難訴說，
> 謾自登程，只見那愁思凝漢闕。〔三換頭〕〔註119〕

> 沒緣法，這情債前生欠，風流簿上把虛名點。嬌模樣、對面空瞻，
> 憨滋味、到口難沾。喜得跨春風轡，打點著正娶明婚吾非忝。咳！
> 沒來由比翼先拈，把香窩廝占，負多嬌此情，生死還念。〔普天樂〕
> 〔註120〕

相思、期望、惆悵、悔恨之情充滿全劇，而曲意溜順，敘情淋漓，雖然用窄韻，也能寫得很自然，可見憲祖是頗有才氣的。

呂天成《曲品》將《四艷記》置於上中品，並云：「選勝地，按節氣，賞名花，聚珍物，而分扮麗人，可謂極排場之致矣。詞調俊逸，姿態橫生，密約幽情，宛宛如見，卻令老顛沒法耳。」〔註121〕這樣的推許，稍嫌過分。

《四艷記》之外，《團花鳳》也是一本以物件為關目始終作合的雜劇，趙景深《讀曲小記》謂本劇情節頗似《釵釧記》。其得力處即在關目的曲折離奇，雖不免有所做作，但其巧妙的安排，不能不令人佩服其匠心獨運。太守審案一段，如剝繭抽絲，最引人入勝，其劇場的效果是很耐看的。本劇演述「秀才白受之，

〔註119〕同上註，頁3884。
〔註120〕同上註，頁3890～3891。
〔註121〕〔明〕呂天成：《曲品》，頁234。

烏陽郡空谷里人。欲娶符明之女似仙，然符明以白貧困，欲以女嫁富豪子金莊。似仙慕白才學，嫌金銅臭，托湛婆贈團花鳳釵一枝爲表記，以致將私奔至白處之意。湛婆隱沒鳳釵，且不通知此意於白。其甥駱喜知此事，頓起惡心，詐稱白受之，乘夜誘出似仙同逃。既而似仙覺其非白生，驚而呼救人聲近，駱急推之枯井中，希圖滅跡而去。適留嫗與其子媳過此，救之出井，偕歸家中。此時似仙發覺頭上所插團花鳳釵已落井中，留嫗乃托勞得月覓之。得月與其友莫弄風至枯井，弄風奪其取得之釵，投石井中，斃得月而去。符明因失女訴之官，郡守公朗受理，經湛婆、駱喜知之自白，搜古井，得勞得月死體，訊問得月之妻時，則云前日夫受留家托，往覓團花鳳釵。於是郡守以此事與前湛漑所供團花鳳釵一件併口思之，知此釵原有一對，一枝托湛漑，一枝似仙自插而落井中者，斷定似仙在留家無疑。一方搜出殺得月之罪人刑之，一方呼出符明與白覓之，迎似仙來，下風流利語，命嫁白生。」〔註122〕（青木正兒簡述）

這樣的關目似牽強而不覺其牽強，較之《四艷》是高妙多了。劇人的人名，如白受之，駱喜知、勞得月、莫弄風、公朗、留嫗等，作者皆有寓意，一望即知。

本劇四折，首折之前有楔子，此楔子並非南曲的副末開場，而是北劇中的楔子，但其用曲卻是〔普天樂〕。次折用〔雙調〕合套，第四折前半用一支〔南呂宮〕引子〔掛真兒〕，再接用三支〔北仙呂・寄生草〕，後半則用兩支〔南仙呂・解三醒〕。其他三折純用南曲。這樣南北攙雜的體製是不多見的。

> 湛婆！你引鳩鳥平欺鵲，駱喜！你做鷗兒強配鴦。染丹綿點作夭桃片，攪黃絲搓就垂楊線，閃綠羅掩卻新蕉扇。你道是移星換斗少人知。又誰知藏鸚隱鷥終須見。（〔北寄生草〕）

> 賈氏！你爲比目剛遭獺：莫弄風！你似螳螂緊捕蟬，見青蚨改換曹劉面，使黑心拆散朱陳眷，到黃泉結下孫龐怨。你道是彎弓下石少人知，又誰知冤頭債主終須見。（〔前腔〕）

> 符明！你浪談虎偏驚市，白受之！你未餐羊枉受饘，待分香未得韓郎，便縱調琴難遂相如願，試囊金別有秋胡騙。你道是殃魚禍水少人知，又誰知排雲撥霧終須見。（〔前腔〕）〔註123〕

太守判案時唱了這三支曲子，句句以比喻說明案情，所用的典故很通俗，頗

〔註122〕〔日〕青木正兒著，王吉盧譯：《中國近世戲曲史》，頁223。
〔註123〕陳萬鼐主編：《全明雜劇》，第7冊，頁3708～3710。

得雅致俊逸之妙。

《琴心雅調》，本劇雖然也是演述才子佳人的韻事，但不像以上諸劇都用信物來做爲縮合悲歡離合的線索。它是以歷史典實爲依據，那就是司馬相如的琴挑和卓文君的私奔。這段故事演爲戲曲的很多，在討論寧獻王《私奔相如》一劇時，已經述及。

本劇分上下卷，每卷四折，作者之意蓋以兩本視之。這是日本內閣文庫所藏萬曆刻本的面貌。據此推想，上述《四艷記》的崇禎刻本可能也是分卷的。全本皆用南曲。卷上之正名作：〈挑琴〉、〈奔鳳〉、〈滌器〉、〈題橋〉，卷下之正名作：〈獻賦〉、〈還鄉〉、〈交歡〉、〈重聚〉。所謂正名，其實即是四折標目的總題。關目較寧獻王《私奔相如》鬆懈，平實有餘，騰挪不足，然尚稱整然有序。〈滌器〉一折最爲可觀，惡少年之調笑取鬧使場面得以調劑，否則就顯得太悶了。《遠山堂劇品》列本劇於雅品，並云：

> 覘其局段，是全記體，非劇體，故必八折。而長卿之事，乃陳其概。
> 〔註124〕

其意謂本劇缺乏剪裁，這見解是對的。曲文雅麗，惜韻味不足，不如寧獻王遠甚。

《三義記》，這是一本敷演時事的雜劇。開場末云：「大明天下宣德年，北京管下河西務地方，有箇劉老兒與他媽媽桑榆暮，膝前並沒女和男，靠著官河開酒舖，京衛老軍身姓方，帶孩兒在途路，來在劉家宿一宵，方軍染病身亡故。老兒收養那孩兒，改喚劉方多看顧。後來有箇山東人，名叫劉奇是儒素，不幸失水命將危，又得劉翁相救度。劉家添了弟和兄，雙雙奉事娘和父。誰道劉方是女身，後與劉奇做夫婦。」所謂三義是指劉老兒與劉方、劉奇三人。但是劇本對於「義」字簡直一點發揮也沒有。首折寫梅香調戲女扮男裝的劉方，劉老兒接著又調戲梅香，如果不是「他媽媽」解危，就難免一場醜事。這樣的安排，如何能使觀閱者起一點景仰之意？此後寫劉奇擇偶與發覺劉方爲女子，也平淡無味。

本劇開場用〔西江月〕兩闋，南曲家門疊用同一詞牌是很少見的。全本四折，首折正旦念〔南呂〕引子〔步蟾宮〕，後接〔北雙調〕〔對玉環〕、〔清江引〕。第四折用〔雙調〕合套。《遠山堂劇品》列本劇於雅品，並云：

> 詞律嚴整，再得詞情紆宛，則兼善矣。豈弄丸之手，不以繪琢爲工

〔註124〕〔明〕祁彪佳：《遠山堂劇品》，頁1590。

手？近黃屢之已演爲《雙燕記》，王伯彭已演爲《題燕記》。〔註125〕
詞律嚴整，蓋指平仄韻協而言，若聯套，則頗可疵議。詞情未能紆宛固是本劇
之病，而弄丸之手，在本劇其實也沒一點表現。本劇在憲祖諸劇中，最爲下駟。

《寒衣記》，本劇演述夫婦的悲歡離合。在憲祖的戀愛雜劇中，可以說是
最好的一本。故事取材於明初瞿佑的《翠翠傳》。凌濛初《二刻拍案驚奇》也
將它改寫爲平話小說，收在卷之六，題目作「李將軍錯認舅，劉氏女詭從夫。」
敘述元末一對自小同學相愛而結合的夫婦，夫名金定，妻叫劉翠翠，因張士
誠之亂而失散。翠翠爲士誠部下李將軍所得，強逼爲妾。金定訪知所在，僞
稱爲劉氏之兄，將軍乃留爲門館先生。他們借縫補寒衣，傳箋遞簡，暗中通
消息。後來徐達撫治江南，那時李將軍已投降明朝，金定乃告發將軍之奸惡。
徐達處治將軍，使他們夫婦完聚。結局與瞿氏所傳與凌氏話本不同。本傳及
話本謂他們夫妻互相殉情，死後才團圓，並無徐達之事，非常纏綿悱惻。死
後雖團圓，但那只是一種虛無的心理滿足。雜劇將悲劇變爲喜劇，惡人得懲，
好人重圓，固然可以滿足一般民眾的需求，但意味也因此落俗了。不過劇本
依事實的自然變化敷演，層次有條不紊，是頗爲可觀的。

本劇凡四折，皆北曲，外加一個楔子，從頭到尾由旦獨唱，這是葉氏最守
北劇規律的作品了。《遠山堂劇品》列於雅品，云：「傳兒女離怨之情，深情以
淺調寫之，故能宛宛逼肖。槲園精工音律，於此劇北調，尤見其長。」〔註126〕

> 我擡頭剛把故人瞧，不覺的雙淚君前落。只得搵秋波背地偷彈卻，只
> 恐怕看破了這虛囂。有誰知哥哥便是奴爲嫂，對新官舊主，好難啼笑。
>
> （背云：將軍你略走開些也好。）則怪他朝雲隔斷楚山高。（〔小桃紅〕）
>
> 他走盡王陽道，想他也捨不下傾城貌。看他似當初少小，雖則瘦減
> 了沈郎腰，依然還是風流俏俏。這幾年不共他熏香棲翠幄，不共他
> 揮毫題繡蕉。到今日再撫危絃，羞煞我重彈別調。（〔鬼三台〕）
>
> 他道是朝歡暮樂，有什麼粉頸香顋。誰知道心孔裡人兒長自攪，啼
> 痕枕畔不曾消。（〔禿廝兒〕）
>
> 俺每話未挑、情未調，催一聲去也忒心焦。他每不恁邀直恁拋，怕
> 明朝依舊做萍飄，我一步一魂搖。（〔聖藥王〕）〔註127〕

〔註125〕〔明〕祁彪佳：《遠山堂劇品》，頁 159。
〔註126〕同上註，頁 157。
〔註127〕陳萬鼐主編：《全明雜劇》，第 7 冊，頁 3636～3638。

這些是金定與翠翠夫妻久別之後，在將軍府上初見時，翠翠所唱的曲子。用
澹麗清新的筆調，很委婉細膩的寫出了當時兩人的心思。所謂「深情以淺調
寫之」，正洞燭此中三昧。

　　葉氏現存雜劇，還有一本《渭塘夢》。僅有萬曆間刻本，日本內閣文庫
庋藏，一時無從覓讀。據《明代雜劇全目》，此劇總目作：「做小買賣的是店
小二，結好姻緣的是夢遊神；害乾相思的是賈妹子，撞大造化的是王仲麟。」
〔註128〕無名氏雜劇亦有《渭塘奇遇》，其關目與《渭塘夢》總目相合，都是
根據明馬龍《渭塘奇遇傳》敷衍。未知此二劇有所關聯否？《渭塘夢》既演
賈妹子與王仲麟的戀愛經過，自亦應屬於這類「戀愛劇」。《遠山堂劇品》列
本劇於雅品，注：「南四折」。並云：「桐柏之詞以自然取勝，不肯鑽琢。如
此劇乃其鑽琢處，漸近自然，則選和練妙，別有大冶矣。夢中得物極奇，王
伯彭已演爲《異夢記》。」〔註129〕

二、義烈劇

　　葉作這類雜劇有兩本，即《易水寒》與《罵座記》。都是以歷史故實爲題材。
　　《易水寒》演荊軻刺秦王事，此故事在《史記・刺客列傳》中已是一節
很有戲劇力的文字，編爲戲劇，當然更加動人。本劇前三折演至燕太子丹及
諸賓客，皆白衣冠，送荊軻於易水之上，關目與《史記》合，故慷慨激烈，
饒有可觀。乃第四折作荊軻脅秦王，使誓言悉返諸侯之地，功成之後，更從
此棄塵世，與仙人王子晉同入仙界。作者之意，蓋以爲非此不足以彌補荊軻
千古遺恨，但這種蛇足適足以削弱劇情的悲壯性，破壞了藝術真實缺憾的美
感。《遠山堂劇品》列本劇於雅品，並云：

> 荊卿挾一匕首入不測之強秦，即事敗身死，猶足爲千古快事。桐柏
> 於死者生之，敗者成之。荊卿今日得知己矣。〔註130〕

「即事敗身死，猶足爲千古快事。」這種見解是很正確的，可惜最後仍不免
世俗之論。更可笑的是《盛明雜劇》王機的評語：「劍俠原是劍仙，此下轉奇
而誕，覺更勝腐史一籌矣。」〔註131〕有這麼多人附和，以爲這樣改作是成功
的，難怪六桐先生出此一著了。

〔註128〕傅呂華：《明代雜劇全目》，頁144。
〔註129〕〔明〕祁彪佳：《遠山堂劇品》，頁158。
〔註130〕同上註，頁157。
〔註131〕〔明〕沈泰編：《盛明雜劇》，二集，卷11，頁20。

本劇四折，俱用合套，依次爲〔仙呂〕、〔中呂〕、〔雙調〕、〔黃鐘〕。賈仲明《昇仙夢》之後，四折俱用合套者，僅此一劇而已。北曲俱由生獨唱，其他角色唱南曲。北曲勁切雄奇，正與荊卿意氣相稱，南曲由諸角色分唱，場面不致單調，因此在結構上是很合乎戲劇效果的。

> 呀！你看這無情易水呵！下西風刮面颸颸。只覺得蘆花夜冷入孤舟，只落得桑乾遠度望并州。要重逢可自由？誰道丈夫有淚，不向別時流？（〔北收江南〕）

> 請搵住英雄淚眸，且盡此生前酒甌；莫使神機洩漏，博清名萬古留，覷一命似蜉蝣。（〔南園林好〕）

> 謾臨風，再強謳；謾臨風，再強謳。烈心腸，肯放柔。說甚麼秋風客路愁。雙怒眼不曾瞅，笑按青萍射斗牛。管取個機謀成就，且罷了殷勤盃酒，何須用十分僝僽。我呵！算人生浮漚置郵，高丘贅旒。呀！別來時不把馬頭重扭。（〔北沽美酒〕帶〔太平令〕）

> 他一鞭秋色長途驟，正落日蒼黃滿戍樓，只剩得別淚盈盈濕散裘。
> （〔南尾聲〕）〔註132〕

不用什麼典故，只是直抒胸臆，便覺拂拂然饒有生氣，易水西風，英雄淚眼，給人是悲壯的感慨。

《罵座記》，演竇嬰及灌夫事。見《史記》卷一○七、《漢書》卷五十二本傳。他們的死原是一件很動人的悲劇，葉氏也頗能用心用力，故前二折演來虎虎有生氣。君子的怒罵與小人的諂媚，成爲強烈的對比。可是到了第四折，卻添出灌夫的鬼魂「活捉田蚡」一段，使原本悲壯嚴肅的氣氛破壞無餘。其弊正與《易水寒》相同。

本劇四折，俱爲北曲，依次爲〔仙呂·點絳唇〕、〔南呂·一枝花〕、〔二犯江兒水〕、〔正宮·端正好〕與〔雙調·新水令〕。除第三折用〔二犯江兒水〕由旦唱外，餘均爲生獨唱。〔二犯江兒水〕本屬南調，因唱作北腔，故葉氏以北曲視之。但這種宮調分配情形，實有未合。《遠山堂劇品》云：

> 第四折前後兩調，各出一宮，可分爲二折；第三折止可作楔子耳。
> 〔註133〕

〔註132〕陳萬鼐主編：《全明雜劇》，第6冊，頁3607～3610。
〔註133〕〔明〕祁彪佳：《遠山堂劇品》，頁157。

這種看法是非常正確的。第四折〔正宮〕調演灌夫鬼魂報仇，〔雙調〕套演竇嬰、灌夫鬼魂相會，關目既可分割，排場且已轉變，分爲兩折原是結構上必然的趨勢，不知葉氏爲何不如此安排，而故意要破壞元劇體製？第三折單用一支〔二犯江兒水〕，姑不論是否嚴格的北曲，而以一支曲構成一折，在元劇中那有如此的體製？因此，著者以爲葉氏此劇的破壞體製，眞是無謂之極。但就文字論，本劇卻是一本成就頗高的北劇。

> 想當日个放衙，坐諸生絳紗，三千人一答，比孟嘗不差。到如今掃榻，沒人來喫茶。果然是世情兒爭冷熱，人面的看高下，盡別抱琵琶。（〔那吒令〕）〔註134〕

> 俺是千歲古貞松葉，不是一朝新芳槿花，怎學得粧聾做啞精塗抹，怎比得伏低做小喬禁架，怎看得粧模做樣空彈壓。況俺醉醺醺底後性情粗，他惡狠狠就裡心腸辣。（〔寄生草〕）

> 若要俺上林裏求棲樹，到不如杜陵東學種瓜。俺自到城邊較射扶桑掛，俺自向壚邊縱飲蘭陵醉，俺自去枕邊穩放槐南假。便待他傳宣不出市朝間，怎到俺休官自在山林下。（〔么篇〕）〔註135〕

> 你弄權的手段強，害人的膽氣粗，愛錢的廣通財賂，好諂的偏護奸徒。你除官的雪片多，他坐朝的日色晡。前堂裡畫羅鐘鼓，後房裡夜宿氍毹。你道是九重天子加三錫，還虧你一個婆娘嫁兩夫。因此上愛屋連烏。（〔滾繡毬〕）〔註136〕

《遠山堂劇品》列本劇於雅品，並云：「灌仲孺感憤不平之語，槲園居士以純雅之詞發之，其婉刺處有更甚於快罵者，此槲園得意筆也。」〔註137〕這批評雖有其見地，但讀罷本劇，總覺有勁切雄渾之氣鬱勃其間，其得力處乃在雅俗兼鎔，運用成語、俗語非常貼切，故沈重而有逼人之勢。

三、佛教劇

黃宗羲在〈葉公改葬墓誌銘〉有云：「公歸心佛乘，博覽內典。時師撰述，拈卷即辨其優劣，而尤契湛然澄、密雲悟。東浙宗風之盛，海門導其源，公

〔註134〕陳萬鼐主編：《全明雜劇》，第 6 冊，頁 3545。
〔註135〕同上註，頁 3546～3547。
〔註136〕同上註，頁 3570～3571。
〔註137〕〔明〕祁彪佳：《遠山堂劇品》，頁 157。

吹波助瀾，不遺餘力。密集徘徊越中山水，思興名刹，公集宰官經營，始得
從事于天童。其後公訪密雲，登舟疾作，密雲夢伽藍交代。覺而曰：六桐居
士其來乎？急使人止之中途。公返而疾愈。此余之所親見者也。」這是六桐
晚年的心境和行事。我們在《易水寒》、《罵坐記》已經可以看到此中消息，
而最能代表他晚年一心向佛，妙解眞諦的劇作，就是《北邙說法》。

《北邙說法》的正目是：「天神禮枯骨，餓鬼鞭死屍。若知眞正目，恩怨
不須提。」〔註138〕卻說北邙山上惟有墳塋萬堆，渺無人迹。山上土地在散步
時，見到一具枯骨，一軀死屍。那枯骨是甄好善的，如今已做天神；死屍是
駱爲非的，如今已做餓鬼。甄好善與駱爲非的一神一鬼，這時恰好也到北邙
山上遊散。他們問土地這枯骨、死屍是誰的。土地指出他們的眞相。甄好善
便對枯骨下拜，以爲虧得他一生好善，勤苦修行，如今才做了天神。但駱爲
非卻對他的死屍發惱，只爲他貪求快樂，積惡爲非，連累他做了餓鬼，便攀
下柳條，鞭屍一頓。正在這時，有一位禪師本空和尚上場了，他對鬼神們說
道：「拜枯骨不如拜自，鞭死屍不如自鞭。」〔註139〕他還說：「修持法，無過
持名；解脫門，只求生淨；不分天人鬼獄，一時同證菩提。」〔註140〕他們都
恍然大悟，連土地也情願棄了這個草莽前程，隨師入道而去。

本劇僅一折，分兩個排場。用〔南呂‧紅衲襖〕兩支演拜骨與鞭屍；北
曲〔仙呂‧點絳唇〕套演禪師說法。關目安排得很精緻，設想亦極高妙。所
以雖然是演佛教說法，卻不令人感到枯燥乏味，而深受其陶冶。此劇眞堪比
擬千萬卷釋典。《遠山堂劇品》列此劇爲雅品，並云：「實地說法，不作空虛
語。合律之曲，正以不露才情爲妙。」〔註141〕深得本劇之佳處。

> 待問我姓誰，分不得趙李；待記我面皮，定不得美嫛。待查我故籍，
> 限不得楚齊。說不得甚眷屬、何官位，任造化推移。（〔那吒令〕）
> 〔註142〕

元明許多佛道劇，一涉及玄埋，每易使人生厭，而像這樣明白清楚、深含哲
理的話句，豈不深深切切的打入人們的心坎？六桐對於宣揚佛教，確實收到
「推波助瀾」之功了。他的另一本傳奇《雙修記》，據說也是在闡明佛理的。

〔註138〕陳萬鼐主編：《全明雜劇》，第 7 冊，頁 3657。

〔註139〕陳萬鼐主編：《全明雜劇》，第 7 冊，頁 3667。

〔註140〕同上註，頁 3669。

〔註141〕〔明〕祁彪佳：《遠山堂劇品》，頁 157。

〔註142〕陳萬鼐主編：《全明雜劇》，第 7 冊，頁 3668。

（《曲海總目提要》卷八）

四、其他散佚的雜劇

六桐其他十二本散佚的雜劇，茲據《遠山堂劇品》列述如下：

《芙蓉屏》：雅品。南四折。今已有譜爲全記者矣。乃槲園以四折盡之，不覺情景之局促，則繇其宛轉融暢，詞意具足耳。〔註143〕

《賀季眞》：雅品。北一折。同一超世者也，不遇時，則爲淵明之三徑五柳；遇時，則爲季眞之一曲鑑湖。故傳季眞之詞，有閒適意，而絕無感慨。〔註144〕

《耍梅香》：逸品。南北四折。淫奔之狀，摹擬入神，當令《西廂》拜下風。作者必有所刺。〔註145〕

《死生緣》：雅品。北四折。此即小說中《金明池吳倩逢愛愛》也。頭緒甚繁，約之於一劇，而不覺其促，乃其情語婉轉，言盡而態有餘。〔註146〕

《龍華夢》：雅品。南北四折。白娟娟之夢至獨孤生於龍華寺，目擊之。及獨孤歸，而娟娟之夢未已也。異哉。《南柯》、《邯鄲》之外，又闢一境界矣。〔註147〕

《會香衫》：雅品。北二劇，共八折。此即《蔣興哥重會珍珠衫》傳也。上劇止奸尼賺衫一節事耳，未盡者以次劇繼之。元人原有此體，如《西廂》之分爲五劇是也。桐柏遒朶之詞，信手拈出，俱證無礙維摩矣。〔註148〕

《巧配閣越娘》：雅品。南北二劇，共八折。郭史爲五代間霸主能臣，槲園主人傳以新聲，滿紙是英雄俠烈之概。八折分二劇，如《會香衫》式，而此更雜以南曲一折。〔註149〕

〔註143〕〔明〕祁彪佳：《遠山堂劇品》，頁157。

〔註144〕同上註，頁160。

〔註145〕同上註，頁171。

〔註146〕同上註，頁160。

〔註147〕〔明〕祁彪佳：《遠山堂劇品》，頁160。

〔註148〕同上註，頁158。

〔註149〕同上註，頁161。

《碧玉釵》：雅品。南四折。爲《團花鳳》翻一重境界。後之歡遇也，
與彼劇絕不相肖；而繁簡短長，各有佳處。〔註150〕

《玞瑁梳》：雅品。南八折。鬱藍生何所見而謂嫡之妬妾也可解，妾
之妬妻也不可解？乃撫爲傳，寄榭園度以清歌。纖纖團扇之怨，固
自取之，即蕣華亦終覺不快。惟靜妹以後進奪寵，大解人意。〔註151〕

《鴛鴦寺冥勘陳玄禮》：雅品。南北四折。馬嵬埋玉，此是千秋幽恨。
榭園欲爲千古洩恨耶？然古懺生之腐，亦自不可少。北詞一折，幾
於行雲流水，盡是文章矣。〔註152〕

《桃花源》：雅品。南北四折。傳之飄洒有致，桃源一遷，宛在目前。
覺許時泉之一折，不免淺促。〔註153〕

《西樓夜話》：能品。南四折。越中舊有《郭鎭撫》一記，惜無善本。
桐柏第記其淫縱一段耳。可以插入原記，非劇體也。〔註154〕

縱觀榭園雜劇著述之富，明人除周憲王而外，更無出其右者。其傳劇之
多，亦僅次於憲王，在劇曲史上，爲有明一大家，綽有餘裕。內容以男女風
情戀愛爲多，文字以本色爲基礎，而或出以雅致清麗，或挾以勁切雄渾，黃
宗羲所謂「古淡本色，街談巷議，亦化神奇，得元人之髓。」是頗有見地的。
在音律方面，《遠山堂劇品》屢次讚揚；在體製方面，少至一折，多至九折，
有全劇合套，有南北合腔，有純用南曲，有純爲北曲，有北二劇連本共八折
者，有南北二劇連本共八折者，其聯套方式亦間有逾越元人規矩者，蓋惟其
如此，乃能「信手拈出」，展其縱橫的大才，得到頗爲崇高的成就。

第四節　王衡與凌濛初

萬曆以後的北雜劇，由於受到傳奇的影響已深，除了規律更加破壞外，
曲辭也轉向藻麗綺靡；但是由於北雜劇的大量刊佈，雜劇又有復古的趨向，
有些作家在風格上仍能保持元人的餘味，這些作家就是王衡、沈自徵和凌濛

〔註150〕同上註，頁158。
〔註151〕同上註，頁158。
〔註152〕同上註，頁159。
〔註153〕同上註，頁160。
〔註154〕同上註，頁180。

初。沈自徵已見前吳江沈氏諸家，本節僅討論王、凌二氏。

一、王衡（附論再生緣）

　　王衡，字辰玉，少時頗有遊仙之志，因此自號緱山。江蘇太倉人（今同）。生於世宗嘉靖四十年（1561），卒於神宗萬曆三十七年（1609），四十九歲。

　　他的父親就是萬曆朝的宰相之一，武英殿大學士王錫爵。錫爵官禮部侍郎時忤張居正，那時辰玉才十四歲，便和〈歸去來辭〉寄給他父親。館閣中爭相傳寫，一時名動長安。錫爵嘆道：「不去將為孺子笑。」於是即日命駕。萬曆十六年（1588）辰玉舉順天鄉試第一，直到二十九年（1601）才會試成進士，廷試第二。神宗問知為錫爵子，父子科名相似，為之嘆息。授翰林院編修。同年他奉使江南，因請終養歸。從此沒再做過官，以病瘍卒。〔註155〕錢謙益《列朝詩集》云：

> 辰玉少為詩，落筆數千言，已而多所持擇，每一詩就，輒悄然不自得。其友唐叔達規之曰：「探珠于淵，採玉于山，夫何容易，子殆將進也。」辰玉自以宰相之子，當通達古今治體，講求經世要務，又奮欲以制料自見，窮日夜之力於斯二者，而以其餘力為詩，讀其詩者，知其才器無所不有，固不盡于詩，而詩亦不足以盡辰玉也。〔註156〕

這段話對辰玉可以說有很深的瞭解。他的詩文集叫《緱山集》。而辰玉為人所知的不在詩文，乃在他的幾本雜劇。

　　辰玉究竟有幾本雜劇呢？這個問題至今還有爭論。據王國維《曲錄》所載，共有《鬱輪袍》、《長安街》、《沒奈何》、《真傀儡》四種。傅惜華《明代雜劇全目》則著錄《鬱輪袍》、《沒奈何》、《再生緣》、《裴湛和合》四種。按《曲錄》將《長安街》、《沒奈何》分作兩劇乃承《重訂曲海目》、《今樂考證》諸書的錯誤。日本內閣文庫所藏明人雜劇三種，其中《葫蘆先生》一種，正名作「沒奈何哭倒長安街，彌勒佛跳入葫蘆裏。」陳與郊《袁氏義犬》插演《沒奈何》一劇，其正名與上述同，並云：「新的是近日大中書令王獻之老爺

〔註155〕王衡生平見《明史》卷二一八、《明史稿》卷二〇一、《本朝分省人物考》卷一〇〇、《明詩綜》卷五十九、《明詞綜》卷五、《明詩紀事》庚二十、《列朝詩集小傳》丁下、《松圓偈菴集》下〈祭王辰玉〉、瞿汝稷《瞿同卿集》卷八〈祭王緱山文〉、《江南通志》卷一四五、《紹興府志》卷五十三。

〔註156〕〔清〕錢謙益撰集，許逸民、林淑敏點校：《列朝詩集》，第11冊，頁5842。

編《葫蘆先生》」〔註157〕，即暗示此劇爲辰玉的作品。陳氏與王氏關係密切，其說當然確實，可知《沒奈何》與《長安街》實爲一劇。《裴湛和合》，據辰玉至交陳繼儒的《太平清話》和王士禎的《香祖筆記》都說是他的作品，王氏《曲錄》及其他明清戲曲書目未見著錄，顯然是遺漏。

《眞傀儡》，《盛明雜劇》本題綠野堂無名氏編。萬曆刻本未題作者姓名。《酹江集》本題明無名氏著，但其眉批則云：「相傳王荊石相公壽日，辰玉作此爲尊人壽。」而同時的沈德符《野獲編》更謂：「近年獨王辰玉太史（衡）所作《眞傀儡》、《沒奈何》諸劇，大得金元蒜酪本色，可稱一時獨步。」〔註158〕可是祁彪佳《遠山堂劇品》列此劇於妙品，並云：「詢之識者，始知是眉公在王辰玉座上所作。」〔註159〕傅氏《全目》即據此定爲陳繼儒（眉公）之作。按綠野堂乃唐宰相裴度的別墅，又劇中有云：「懶得又安排綠野平泉」，「綠野堂」顯係據此別署，這樣的別署對宰相之子王辰玉來說是很適合的，對陳眉公則嫌越分。又陳繼儒《白石樵眞稿》卷三〈綠野池記〉有云：

> 兗山汪氏，世以科名冠晃東南鄉，其文行尤蔚，曰叔圖先生。先生所居之上流，三水交匯，決而爲渠。于是緣渠鑿池，……邵明卿題曰「綠野池」，因而並名其堂如此。……我將叩叔圖而訪焉，故先草記一通以訂之。他日支筇綠野堂前，庶不爲生客也。〔註160〕

據此明代的汪叔圖也有一個綠野堂。眉公既爲他作記，那麼即使他作此雜劇，也斷不會再自署綠野堂了。所以《眞傀儡》爲眉公所作之說是可以否定的。然而，《眞傀儡》會不會是汪氏所作呢？這一點乍看似有可能。因爲叔圖是眉公的「熟人」，和辰玉也許有點交情，那麼在辰玉座上作此劇爲錫爵壽的，也許就是叔圖，因此他署名綠野堂。但是，汪氏未見其他劇作傳世或存目，辰玉《緱山集》，亦未見此人姓名；也就是叔圖可能不是劇作家，也和辰玉不相識；而我們對於沈德符和孟稱舜的說法又不能否定；同時日本內閣文庫所藏萬曆刻本明人雜劇三種，即《鬱輪袍》、《杜祁公》（《眞傀儡》正名爲「杜祁公藏身眞傀儡」）、《葫蘆先生》，雖然未題作者姓名，但可以揣想係同一作者的雜劇集；因此，我們還是秉承舊說：認爲《眞傀儡》是辰玉的作品。他父親當過宰相，晚年悠遊

〔註157〕陳萬鼐主編：《全明雜劇》，第 7 冊，頁 3947。

〔註158〕〔明〕沈德符：《野獲編》，卷 25，頁 486。

〔註159〕〔明〕祁彪佳：《遠山堂劇品》，頁 143。

〔註160〕〔明〕陳繼儒：《白石樵眞稿》，《四庫美書禁燬書叢刊》（北京：北京出版社，2005 年），集部第 66 冊，頁 71～72。

梓里，他以杜祁公影寫其父，並以綠野堂署名，都是恰如其分。

　　《再生緣》傅氏《全目》列爲辰玉之作，在小傳上有「別署蘅蕪室主人」一句，不知有什麼根據。此劇惟存《盛明雜劇》本，署云：「蘅蕪室編」。但蘅蕪室是否即是辰玉，一時尚難考定。明人黃汝亨《寓林集》卷三十有〈題李夫人再生緣雜劇〉一文，也沒說其劇是誰作的。此劇第三齣開端云：「前者夢見夫人把蘅蕪之草，獻與寡人，因而醒覺，遂名其處曰遺芳夢室。」〔註161〕此本於《拾遺記》：「帝息於延涼室，臥夢李夫人授帝蘅蕪之香，帝驚起，而香氣猶著衣枕，歷月不歇。」〔註162〕作者以此爲署名，手法和《眞傀儡》以綠野堂爲署名相同，據此似乎此劇有辰玉所作之可能。但《遠山堂劇品》能品著錄吳仁仲《再生緣》一種，注：「北四折」，並云：

　　　　亦作意搆曲者，措轉筆未快，故生動處覺少。鈎弋既爲李夫人後身，

　　　　何爲復有留子奪母之事？〔註163〕

其體製內容與此劇俱相同，或是蘅蕪室主人即爲吳仁仲？《盛明雜劇》將《男王后》署作「秦樓外史」，而劇品則直題王驥德。因此，我們認爲與其將《再生緣》定爲辰玉之作，無寧歸爲仁仲之作爲妥。總上所謂，辰玉的雜劇有：《鬱輪袍》、《眞傀儡》、《沒奈何》、《裴湛和合》四種。其中《裴湛和合》已佚。《再生緣》既曾被認爲辰玉之作，吳仁仲又無其他作品，故亦將《再生緣》附論於辰玉諸作之後。

（一）《鬱輪袍》

　　《鬱輪袍》演王維事，根據唐薛用弱《集異記》，這是大家所熟知的掌故。但辰玉並不是忠實的依照原故事來敷演一個文人的奇遇異聞，他只是利用這麼個間架，而主要的是在於剪裁加工，以發洩他滿腔的憤懣不平。因此，劇本和原故事表現著完全不同的情調。原故事中的歧王和九公主儘管以權勢操縱朝廷的科舉，但尚不失爲愛才識才，可是劇中的歧王，只是想用當時名士王維來孝敬九公主，供奉驅使，以鞏固他個人的地位。因此，他們有眼而無珠，對於冒充王維的王推，看成是舉世無雙的才子，而對於王推的胡言亂語，卻都信以爲眞。在在表現了權勢貴人的昏憒無知。原故事中的王維，甘心於

〔註161〕陳萬鼐主編：《全明雜劇》，第6冊，頁3116。

〔註162〕〔晉〕王嘉：《拾遺記》（臺北：新文豐出版公司，1987年），卷5，頁98～99。

〔註163〕〔明〕祁彪佳：《遠山堂劇品》，頁181。

奔走權勢之門，不惜與於伶人之列以邀功求名，其品格是卑下的。可是劇中王維，不僅有著超世之才，而且不屑於向權勢低頭以乞求富貴；可以說文行兼備，舉世無雙。此外，劇中又出現原故事中所沒有的人物，如不學無術、利欲薰心的士子王推，依權附勢、妄想高位的監試官王履溫等等。同時融入了王維與裴迪同隱輞川的事蹟，並增益了僧人指點的結尾。劇中又極力的攻擊科舉的弊病。這樣一來，《鬱輪袍》雜劇的內容更充實了，變成了人生社會的一個典型。然而，辰玉爲什麼要以這種態度來寫作《鬱輪袍》呢？《盛明雜劇》沈泰眉批云：

> 辰玉滿腔憤懣，借摩詰作題目，故能言一己所欲言，暢世人所未暢。
> 閱此，則登科錄正不必作千佛名經，焚香頂禮矣。韓持國復饒已久，
> 何必以彼易此。〔註164〕

可見辰玉此劇，旨在借他人酒杯，來澆自己塊壘。又《遠山堂劇品》著錄本劇，列入妙品，題王衡撰，並云：

> 或云：王辰玉既奪解，忌之者議論紛起，此眉山人作之以解嘲者。
> 罵得痛快處，第恐又增一翻感慨。急須文殊大士，當頭棒喝，方證
> 無字禪。〔註165〕

祁氏題王衡撰，又說「此眉山人作」，蓋得於傳聞。其實陳繼儒的《太平清話》已經說到辰玉的《鬱輪袍》和《裴湛和合》是當行家，那還會是「眉山人作之以解嘲者」？不過，辰玉因奪解被忌，乃作此以寄「滿腔憤懣」是得其實的。說到這裏，我們必須追述一下辰玉奪解被忌的經過。

萬曆十三年（1585），辰玉和同窗至友陳眉公一同應應天京兆試，不幸落第。過了三年，他又應順天鄉試，以解元及第。可是這次錄取的人實在良莠不齊。禮部郎中高桂，便彈劾主試官黃漢憲徇私舞弊，指責試官沈璟、陳與郊諸人未盡職責，並指出中試可疑的八名，辰玉即是其中之一。而王錫爵認爲這是對他及其子的誣衊，「義不受辱」。也就與高桂、饒伸、喬璧星諸言官發生了劇烈的衝突。就事論事，辰玉「實有才名」、「詩文皆名家」、「名噪一時，士人皆以前茅讓，無一異詞者」、「誠然不愧爲舉首，都人士皆耳而目之也。」所以，他遭到如此的打擊，確實是冤枉的（以上參輔民撰〈王衡和他的鬱輪袍〉）。

〔註164〕〔明〕沈泰編：《盛明雜劇》，初集，卷20，頁1。
〔註165〕〔明〕祁彪佳：《遠山堂劇品》，頁143。

　　辰玉遭到這次冤枉的打擊，不禁慨嘆「惆悵浮生墮棘圍，幾番心事恨多違。」甚至憤而「不復會試」，回到江南故里。萬曆二十一年（1593），他父親再度入閣，他復往京城，爲了避嫌，他祇得「閉置一室」、「謝客讀書」。因此，「時論高其品，且原其心。」不過他事實上是感到「生長宰官家，心情春後花。」直到萬曆二十九年，那時他父親罷相已久，也就是他舉順天鄉試第一名後的第十四年，他才應會試，以榜眼及第。房師溫太史向他談及科場往事，他「憮然掩袂」，足見他心靈上受到科舉的創傷是多的深。也因此，他又輕易的把官位棄之如泥沙，「請終養歸」。他回到家鄉後，過著獨善其身的生活，與當時戲曲家屠隆、陳與郊、茅維、湯顯祖等人都有來往。這對於他的戲劇創作是很有幫助的。茅維在他的《十賚堂集·與王辰玉書》中指出：「士之不得志者，末嘗不發憤於文辭」〔註166〕，「僕故知足下有激而云。」〔註167〕很顯然的，辰玉是把一肚皮的牢騷，通過戲曲作品發洩出來了。

　　明白了《鬱輪袍》的寫作背景，再來觀察劇本，則其主題意趣甚爲明顯。九公主權傾一世，視科舉爲私相授受之物，「今年大比之年，外面嚷嚷的說，狀元已是定了。」〔註168〕則科場之是非已顯而易見矣。因此，辰玉一開頭便對科名表示了極端的失望：

> 搏得到雲生兩翅，都不過三分錢、二分命、一分詩。只是那祆神索食，借一箇孔子爲尸。消不得大功勞，纔帶這黑貂蟬；眞賢良，纔穿這白鷺鷥。讀殘書、乾虩虩餓殺北窗螢；走便門、穩當當受用王門瑟，有什麼鋒頭利鈍、舌底雄雌。（〔混江龍〕）〔註169〕

也因此，他的抱負是「不義而富且貴，於我如浮雲。」對於權勢的要挾，他說：「貞女守節半世，倒在中途嫁人嗎？」當王推誣衊他中狀元是九公主的抬舉時，他說：「大人！則王維詩是大人一箇對證，難道叫得做文理不通，倩人代考的來？」這也正是辰玉奪解被謗的自我辯護。而一旦他看透了功名利祿，竟是這樣的齷齪，他便棄如敝屣了。劇中王維冤情大白之後，禮官說：「王狀元，請穿了袍帶著。」他連忙搖手說：「罷了！罷了！」並唱了以下一支曲子：

> 則今日閒口舌，逗起長安淚。惡面皮，猜破當場謎。算來呵！衣冠

〔註166〕〔明〕茅維：《十賚堂甲集文部》，明萬曆末年吳興茅氏刊本，卷8，頁3。
〔註167〕同上註，頁2。
〔註168〕陳萬鼐主編：《全明雜劇》，第6冊，頁3039。
〔註169〕同上註，頁3032～3033。

作祟，你著尖挫挫舌爲鋒，明當當功作罪，亮堂堂冰化水。（大人！世間我自我，人自人，若文章也換的名姓，也假的，將我身子撰在那裡？）則這羊質虎皮蒙，鬼面人頭替。賺人場委實我怎肯團塊被空瞞，挑燈隨影弄，捏土供兒戲。謝賢王肯作媒，勞重恁牽傀儡。可惜狼藉了王陽氣力，旗鼓陳自有鬱輪袍，則我王先生眞去矣。（〔尾〕）〔註170〕

這不正是後來辭官歸養的意思嗎？劇中的王維，無疑是辰玉的化身；而樂工曹崑崙，則是他的影子。曹氏在劇中眞如抱璧而泣的和氏，受盡了無限的委曲，這也正是辰玉懷才不遇的委曲，他把它化作了無限的憤慨，而表現在言語的是激烈的冷嘲與熱諷。

（生）王先生！我有一句話，你這琵琶不消説了！則你來赴宴哩？你來弄技？（推）我來赴宴。（生）若是來赴宴，不合穿我們衣服；若是來弄琵琶的呵！你須與我琵琶們作對。

你如何一謎兒將我壓著，險些兒貴賣虛包。我如今放膽和伊鬧，公道的知音席上少，好秀才、恁般囉唓，要子弟、又煞清高。我將你劈開來無半點輕饒，（王摩詰也！）我十分兒將你不信了。（〔樂太平〕）〔註171〕

（生）咳！我也惱甚的，若是世上人靠得自家本事呵！

那裡有卞和泣玉荒山道，怪不得侯公公老也伏刀，湛婆婆窮也投交，唐山人死也留瓢。他呵！活碌碌的人前狗；我呵！死丁丁的山中豹。

（推）你本事見教過了，只如此，難道就勝我？（生）是是是！我與你一般的，我對你説什麼？則我有本事的行家賣不開，也共你無本事的先生廝對著。（〔呆骨朵〕）〔註172〕

在遭到落第的打擊之後，他又藉著裴迪的口説了這樣的話：

呀！罷了也！我只道天下惟有文章公器，稱得斤、播得兩，若也好顛白做黑，這萬言書便是鈎人的狀子，考功郎便是摘字的曹司。我歹煞波！也是箇聖賢種子，怎肯把七尺之軀，與人篡舌？〔註173〕

〔註170〕同上註，頁3079～3080。

〔註171〕陳萬鼐主編：《全明雜劇》，第6冊，頁060～3051。

〔註172〕同上註，頁3052。

〔註173〕同上註，頁3063。

裴迪就是陳繼儒的寫照，他在《太平清話》卷一中說：「《鬱輪袍》中裴迪呼儒童菩薩者，戲指余耳。」〔註174〕儒童菩薩即是劇中裴迪的前身。繼儒屢奉詔徵用，皆以疾辭，一生不汲汲於功名，隱居崑山之陽，後築室東佘山，杜門著述。他是辰玉至交，他說的話，也是辰玉心中的憤慨。

辰玉此劇，文字質樸本色，「語有天巧」。眉公將他與徐文長並舉，並謂「的當行家」。當其憤懣時，則風骨嶙峋，而尤其難得的是寓詼諧於嬉笑怒罵之中。所以劇中人物的心靈活動和性格，都能很生動的表達出來。賓白亦運用得很成功，無論王推的自吹自擂、趙履溫的強詞奪理，或是曹崑崙的挖苦王推、王維的嘲笑趙履溫，都有很高度的幽默感和諷刺的意味。試舉一段如下：

> （生）大王！則我今日學得簡啞謎兒，試與俺兄弟們答問咱。你見關大王賣豆腐來？（眾）見來。人硬貨不硬哩！（生）你見尖底甕兒來？（眾）見來。少不得一撞便倒哩！（生）你問啞姑姑做夢來麼？（眾）問來。如今都誰醒誰知哩！〔註175〕

這是曹崑崙和眾樂工用一問一答來挖苦王推的啞謎兒，真是「趣極快極」。沈君庸的《霸亭秋》也是攻擊科舉，但有時堆砌了許多辭藻，致使劇中人物的思想感情略嫌晦澀，無形中減輕了感人的力量。本劇雖然激蕩之氣不如沈作，但韻味卻較為雋永；原因是文字更為質樸本色。

本劇共七折，第二、五兩折全用賓白而無曲文，這種體製上文說過，沈璟的《義虎》第三折也是如此，傳奇中屠隆《曇花記》〈祖師說法〉、〈仙佛同道〉、〈冥官迓聖〉……等八齣也只用賓白。《遠山堂劇品》著錄本劇，注：「北五折」，顯然不將二、五兩折計入。第六折〔雙調〕套、第七折〔中呂〕套，俱協齊微韻。全劇用兩個主唱的主角，一是扮末的王維，一是扮生的曹崑崙。第七折寫王維既棄官，便到輞川去，裴迪已在輞口艤舟等候他了。從此，他們便過著「世事浮雲何足問，不如高臥且加餐」的生活。這也正是辰玉辭官歸養的意願。劇本如果在這裡結束，便覺得很灑脫，可惜接著他又以文殊大士現身說法，使他三百年後改姓不改名，投生為韓維，由蔭入官，做了二十年的名宰相為結，頗使人感到迤沓笨拙，真是「狗尾續貂」。不過，辰玉這麼作是有原因的，當他二十歲，他的次姊貞蕭以二十二歲之妙齡去世，辰玉在〈祭長姊文〉中說：「次姊仙去」。王世貞、徐渭都為她作傳，稱曇陽子，當

〔註174〕〔明〕陳繼儒：《太平清話》（上海：商務印書館，1396年），頁9。
〔註175〕陳萬鼐主編：《全明雜劇》，第6冊，頁3053～3054。

地的人也修曇陽觀奉祀她。可見辰玉是絕對相信佛道的，他的別號縯山也是因此而起。那麼所謂文殊點化，在他是覺得很自然的了。而「由蔭入官」也是他飽受科舉之害後，所提出來的「理想」，這「理想」正適合他的身分，固然迂腐，但由此也可見辰玉一向是有用世之心，只是懷才不遇，憤懣世俗，乃不得已辭官歸家罷了。

另外，要補充說明的是，陳眉公《太平清話》卷首，有萬曆乙未冬日之記，《鬱輪袍》既已見於《太平清話》，則必成於乙未之前。乙未即萬曆二十三年，那是辰玉奪解被謗後的第八年，也是榜眼及第的前七年。辰玉在此時此際寫作《鬱輪袍》，所以那麼的憤悶牢騷，而他對於自己的出處已經胸有成竹了。所以他即使後來得中高等，也沒有改變劇中王維的意願。

（二）《沒奈何》

其次談到《沒奈何》。《沒奈何》也是一本憤世嫉俗的雜劇。假藉葫蘆先生和沒奈何的問答，將秀才監生、九卿三閣老、講學夫子、高人隱士，一一加以數落，道盡人世的不平，以及無可奈何的悲哀。這種情感和《鬱輪袍》是相呼應的。

本劇的結構很特別，只一折，用九支曲子，不標牌名，僅最後一支標示〔清江引〕。這些未標牌名的曲子，究為何調，一時尚難考察。陳與郊《義犬記》演本劇時，是以弋陽戲子來搬演的，則本劇可能是屬於弋陽腔的一個劇本。《野獲編》卷二十五有云：

> 填詞出才人餘技，本游戲筆墨間耳，然亦有寓意譏訕者。如王渼陂之《杜甫遊春》……近日王辰玉之《哭倒長安街》，則指建言諸公是也。〔註176〕

對於彈劾他的言官，辰玉多少是耿耿於懷的。

本劇以賓白為主，極俊極佳；曲文仍用本色，只是掌故太多，感人的力量因此顯得薄弱些。

> 浪道是名千載，不如這酒一盃。翰林院拗斷南狐筆，傀儡場搬演何朝戲。哄的人蓋棺猶自波波地。休道是今人沈醉後人醒，這是非今古還同晦。

這種意念大概是辰玉看破世情後的「達觀」吧。

〔註176〕〔明〕沈德符：《野獲編》，卷25，頁483。

（三）《真傀儡》

《真傀儡》敘宋杜衍退職閒居，與田夫野老相周旋。某日，村中正演傀儡劇，杜衍經過其處，也入場觀劇，頗爲村人所奚落，恰好朝使奉皇帝敕命，宣問杜氏，尋他到這村中，村人爲之大驚，杜氏便借了傀儡衣服穿來謝恩。村人眞像是看了一齣眞實的戲文。「做戲的半眞半假，看戲的誰假誰眞。」《曲海總目提要》卷七，以爲本劇是合宋杜衍與唐杜佑事而演的。按宋朱彧《可談》云：

> 世傳杜祁公罷相歸鄉里，不事冠帶……，年少貴游子弟怪祁公不起揖，屬聲問曰：「足下前任甚處？」祁公曰：「同中書門下平章事。」
> 〔註177〕

又《劉賓客嘉話錄》云：

> 大司徒杜公在維揚，也嘗召賓幕閒語：「我致政之後，……著一麤布襴衫，入市看盤鈴傀儡足矣。」……司徒公後致仕，果行前志。諫官上疏言三公不合入市。公曰：「我計中矣。」計者即自污耳。〔註178〕

今參合劇中本事，正合杜衍、杜佑二事而成。《提要》又云：

> 或云：王衡所撰，寓其父錫爵家居時混迹市廛，不矜富貴，有如杜祁公也。或又云：爲申時行而作，時行罷相，閒遊村墅，與田夫野老問答竟日，故時人作此劇以美之。二說未知孰是。〔註180〕

對於這個問題，上文曾經討論過。若認定本劇爲辰玉所做，自以前說爲是。

本劇北曲一折，結構精鍊，寫盡人世冷暖，所寓的感嘆還是很深遠的。〔雙調〕套中插入〔清江引〕、〔滿江紅〕、〔寄生草〕三曲，以爲耍傀儡之曲，與正曲交互敷演，同時配上田夫野老與杜祁公的議論，最後又由眾合唱一支〔清江引〕，以爲〔尾聲〕散場。結構排場極佳。曲文賓白亦如《鬱輪袍》，以本色詼諧見長。

> 笑煞你老精神也消磨錦瑟傍，看這些俏香魂容不得些兒長，剛贏得兩道墨掛在眉尖上。一個是這樣，一個是那樣。看這些依樣葫蘆也，知多少李代桃僵。（〔掛玉鈎〕）〔註181〕

顚倒著這衣裳，裝扮的不廝像。分明是木伴歌登場上，身材兒止爭

〔註177〕〔宋〕朱彧：《可談》，《筆記小說大觀》，第8編，頁1184～1185。
〔註178〕〔唐〕韋絢：《劉賓客嘉語錄》，《筆記小說大觀》，第6編，頁154。
〔註180〕〔清〕黃文暘：《曲海總目提要》，頁326。
〔註181〕陳萬鼐主編：《全明雜劇》，第6冊，頁3148～3149。

些短共長。(拜介)我再啓首吾皇,問甚麼麥熟蠶荒狀,生疎了朝章,
捏不出擎天浴日的謊。(〔得勝令〕)〔註182〕

《遠山堂劇品》列本劇爲妙品。並云:「境界妙,意致妙,詞曲更妙,正恨元
人不見此曲耳。」〔註183〕青木正兒亦云:「此劇雖僅爲一折,中間點出傀儡戲,
趣味不少。又如杜衍借傀儡衣冠拜受敕旨,於滑稽之中,有照應之妙,可見
其構想機智之非同凡品也。曲詞本色,守元人規矩。」〔註184〕這樣的批評,
都是很有見地的。

　　對於辰玉三劇,沈德符《野獲編》卷二十五有個總評,他說:「近年獨王
辰玉太史衡所作《眞傀儡》、《沒奈何》諸劇,大得金元蒜酪本色,可稱一時
獨步。然此(應作北)劇俱四折,用四人各唱一折,或一人共唱四折,故作
者得逞其長,歌者亦盡其技。王初作《鬱輪袍》,乃多至七折,其《眞傀儡》
諸劇,又只以一大折了之,似隔一塵。」〔註185〕可見辰玉諸劇在當時的地位
是多麼的重要。所謂「金元蒜酪本色」,也說得很中肯。但若以辰玉諸劇不依
元人用四折,便認爲「似隔一塵」,則僅是沈氏個人的感覺。因爲在那個時代,
實在不必,也不能以元人的體例爲衡量的標準了。

(四)附論《再生緣》

　　最後在這裏討論一下可能是吳仁仲而非王辰玉的《再生緣》。《再生緣》
敘漢武帝和李夫人生死離合的故事,蓋本《漢武故事》敷演,其中還穿插邢、
尹二夫人的獻媚爭寵。少君致李夫人魂時,已先自說明再世投生爲陳氏女,
十五年後再入宮重聚。因此以後的關目便沒什麼意味了。

　　本劇四折北曲,依次爲〔越調〕旦唱,〔中呂〕生唱,〔雙調〕旦唱,〔仙
呂〕生唱。生、旦各唱二折,可以說是生旦全本。首折用〔越調〕,〔仙呂〕
卻反在第四折,這是違犯元人成規的。其曲文則雅麗凄楚,頗有可觀。

想當初芙蓉帳煖人年少,可意處情諧意調。指望那秦臺相並紫鸞簫,
並靈妃乘霧飄飄。今日裡啼殘春去鵑悲蜀,喚斷秋空崔外遼。這苦
切誰知道?空有一靈炯炯,向九地迢迢。(〔耍孩兒〕)

名香滿蓺燒,騰騰篆靄飄,把愁心直寄黃泉道。你便是栴檀會上供

〔註182〕同上註,頁3153。
〔註183〕〔明〕祁彪佳:《遠山堂劇品》,頁143。
〔註184〕〔日〕青木正兒著,王吉廬譯:《中國近世戲曲史》,頁271。
〔註185〕〔明〕沈德符:《野獲編》,卷25,頁486。

香妙，蓮品台中滓穢消。那割愛處尤堪悼，總慈航汎泳，難解我苦海波濤。（〔四煞〕）

誰言這杯兒傾，是珠淚兒拋。（夫人！夫人！你飲我這杯酒者。呀！可憐也。）看千呼萬喚無音耗，你往日裡朱唇半啓含靈液，卻便是玉頰微酣暈淺桃。今日啊！縱一滴何曾到，空使我滿腔悲痛，盡付與短嘆長號。（〔三煞〕）〔註186〕

以上諸曲是寫漢武帝追悼李夫人的情懷，文字的情調風格與辰玉不相同。但其淒麗纏綿也絕不是一般俗子可以寫出來的。蘅蕪室主人在戲曲方面，應當也有相當的造詣。

二、凌濛初

　　凌濛初，字玄房，號初成，一號稚成，亦名凌波，又字波厈，別署即空觀主人。浙江烏程人（今浙江吳興）。十二歲遊泮宮，十八歲補廩饍生。天啓三年（1623）入都就遷。崇禎七年（1634）以副貢授上海縣丞，署令事，又署海防，清理鹽場積弊。崇禎十五年（1642）擢徐州判，居房村。那時何騰蛟備兵淮徐，曾召爲幕客。後仍還居房村。十七年（1644）正月，李自成兵臨徐州，他誓與百姓死守，說：「生不能保障，死當爲厲鬼殺賊。」「言與血俱，大呼無傷百姓者三而卒。」距其生年（萬曆八年，1580），享壽六十五歲。群眾見他壯烈殉國，都痛哭失聲，以死相從的有十餘人。房村人建祠來紀念他。鄭龍采曾爲他作墓誌。

　　初成工於詩文，天資高朗，下筆便俊，與吳載伯友善，當時並稱「吳凌」。著述宏富，有《國門集》、《鴻講齋詩文》、《燕筑謳》、《聖門傳詩嫡冢言》、《詩翼》、《詩逆》、《詩經人物考》、《左傳合鯖》、《史漢異同補評》、《戰國策概》、《乙編螽誕》、《嬴縢三箚》、《蕩櫛後錄》、《合評詩選》、《陶韋合集》、《東坡禪喜集》、《惑溺供》。尤精於曲學，著有《曲律》、《譚曲雜箚》、《南音三籟》。所製雜劇，現存者四種：《莽擇配》、《虬髯翁》、《宋公明》、《顛倒因緣》。未見流傳者五種：《驀忽姻緣》、《穴地報仇》、《禰正平》、《劉伯倫》、《桃花莊》。又曾改高濂《玉簪記》爲《衫襟記》，一字不仍其舊。又編刊許多著名的傳奇，如《琵琶記》及《西廂六幻》等等，同時又編有短篇小說《拍案驚奇》、《二刻拍案驚奇》兩集。他所刻的書非常精美可愛。由他的著述，可以看出他學

〔註186〕陳萬鼐主編：《全明雜劇》，第6冊，頁3112～3114。

問的廣博，尤其他極力提倡戲曲小說，更是一個俗文學的大功臣。〔註187〕

凌氏雖然存有四種雜劇，但筆者所看到的，只有《虯髯翁》和《宋公明鬧元宵》二種。這裡也僅能就這兩種來討論。《鬧元宵》實在應當算是一本短的傳奇（詳下文），但前人都以雜劇視之，在這裡也就從眾把他當作雜劇。

《虯髯翁》，北曲四折，嚴守元人的格律。依據唐人傳奇小說《虯髯客傳》敷演，其中惟有最後一折，虯髯客奉李靖檄協討高麗一段，爲小說所無，而這一段乃襲自張鳳翼《紅拂記》第二十七齣〈奉征高麗〉。《劇說》卷四引尤侗〈題荔軒所撰北紅拂記〉云：

> 張伯起，……成《紅拂記》。風流自詩。浙中凌初成更爲北劇，筆墨排纍，頗欲睥睨前人。但一事分爲三記，有疊床架屋之病。〔註188〕

可見凌氏以紅拂、李靖、虯髯事爲雜劇，共有三本。這三本，除了本劇外，即《驀忽姻緣》與《莽擇配》。《遠山堂劇品》列此二劇於妙品，俱注：「北四折」。其評《驀忽姻緣》云：

> 熟讀元曲，信口所出，遒勁不群。如此妙方，惜其不作全記，今止獲一臠耳。向日詞壇爭推伯起《紅拂》之作，自有此劇，《紅拂》恐不免小巫矣。〔註189〕

其評《莽擇配》云：

> 眉公常恨以南曲傳髯客，如雷霆作嬰兒啼，乃以紅拂之俠，使歌纖調，亦是詞場一恨事。初成以慷慨記之，且妙有蘊藉，每見其勝衛公一籌。〔註190〕

《虯髯翁》，《劇品》列入雅品，並云：

> 凌初成既一傳紅拂，再傳衛公矣，茲復傳虯髯翁，豈非才思鬱勃，故一傳、再傳，至三而始暢乎？半骨自在，精神少減，然鼓其餘勇，猶足敵詞場百人。〔註191〕

《莽擇配》的正目，據明末精刻本（《明代雜劇全目》），是：「謀江山道人知王氣，讓家資虯髯避帝位；得便宜衛公喬獻書，識英雄紅拂莽擇配。」〔註192〕

〔註187〕凌濛初生平見《烏程縣志》卷十六、《湖州府志》卷五十八。
〔註188〕〔清〕焦循：《劇說》，頁172。
〔註189〕〔明〕祁彪佳：《遠山堂劇品》，頁144。
〔註190〕同上註，頁144～145。
〔註191〕同上註，頁155。
〔註192〕傅惜華：《明代雜劇全目》，頁179。

再參證祁氏之言，可見是以紅拂爲主角者，那麼《鶖忽姻緣》，自然是傳衛公李靖的了。凌氏將「風塵三俠」演成三本雜劇，在題材的運用上，必然要有輕重之別。傳虬髯翁，當然要以虬髯爲主體，李靖、紅拂只好退居客位。但無論如何，尤侗所說的疊床架屋之弊，是免不了的。祁氏對於三傳之《虬髯翁》，不是已感到「精神少減」了嗎？但「豐骨自在」，就文字來說，《虬髯翁》劇還是「筆墨排奡」，頗具慷慨雄肆的風貌。

> 一向的眼望捷旌旗，則待要耳聽好消息。怎知道恁般地位，霹空裡落了便宜。這是非好嶮巇，下梢頭干淘閑氣，到不如早賦歸分。一向的包藏啞謎三更索，到今日斷送前程一局棋。不由人足跌胸搥。（〔滾繡毬〕）〔註193〕

> 想當日海宇分張，偷情的已作彌天望。干戈擾攘，狠心兒下手便爲強。眼睜睜向分野見禭祥，意懸懸從棋局知趨向。若當日個無謙讓，好險也，這分爭定不肯空消帳。（〔駐馬聽〕）〔註194〕

《盛明雜劇》本汪樓眉批云：「初成諸劇眞堪伯仲周藩，非復近時詞家可比。余搜之數載始得，值此集已告成，先梓其一，餘俟三集，奉爲冠冕。」〔註195〕這話的口氣好像是沈泰的，但此劇卷首明說汪樓批評。沈氏沒有續刊三集，鄒式金的《雜劇三集》，並沒有收入初成的雜劇。所謂「堪伯仲周藩」，是就文字的本色質樸而論的，若就方面之廣與氣魄之大，凌氏還是不能望憲王之項背。汪氏又評上引〔駐馬聽〕一曲云：「愈俗愈雅，愈拙愈巧，置之勝國諸劇中，不讓關馬。」〔註196〕這未免恭維過甚。但凌氏以俗拙見雋巧，決心以本色質樸立異當世，實在是很可注意的。可是比起關馬諸大家來，我們還是覺得其蒼茫蕭爽之氣猶有未足。

《宋公明鬧元宵》，凡九折，除第五折鬧禁用〔北正宮・端正好〕、第九折用〔雙調・新水令〕合套外，皆用南曲。宮調不重複，排場、唱法，完全是傳奇格局，而且非常嚴整，本劇可以說是一部短篇的傳奇。演宋江等夜鬧東京事，但又以同等的分量敘入《貴耳集》所戴周美成、李師師和宋徽宗（道君）的三角關係。全劇九折的重要關目是這樣子：

〔註193〕〔明〕沈泰編：《盛明雜劇》，二集，卷22，頁10。
〔註194〕同上註，頁16。
〔註195〕同上註，頁1。
〔註196〕同上註，頁16。

提綱：末開場念〔青玉案〕及題目正名七言四句。

破橙：美成、道君先後訪師師，師師破橙留宿道君；美成爲賦〈少年遊〉。

訊燈：宋公明諸人訊知東京元宵張燈，擬往觀之。

詞忤：美成因〈少年遊〉一詞忤道君意，被遣出京。

闖禁：柴進、燕青喬裝入宮，挖去御書「山東宋江」四字。

折柳：師師送美成出京，美成賦〈蘭陵王〉詞。

賜環：道君再訪師師，獲讀〈蘭陵王〉詞，乃賜還，命爲大晟樂正。燕青喬裝入師師家。

狎游：宋江訪師師。

鬧燈：李逵大鬧東京元宵夜。

九折中扣除首折剩下八折，寫梁山好漢和美成等人，恰好各據一半。笠翁劇論主張傳奇要「立主腦」、「減頭緒」，主腦就是立言之本意，頭緒就是關目發展的脈絡。主腦不明，頭緒不清，以致變成兩頭馬車，並駕齊驅，其間雖有使之牽合的關目，但究竟很勉強。也因此，寫道君與師師事，不能盡其旖旎風光；寫梁山諸人，不能見其英雄本色；但覺迤沓庸弱，置之案頭，演之場上，都不能引人入勝。不過將全劇結束在梁山諸好漢的鬧燈之中，乾淨俐落，未入俗套，這一點確是手法的高妙處。至於曲辭，雖不乏清詞麗句，但失之輕滑順溜，較之《虬髯翁》是大爲減色的。

初成其他散佚或存而未見諸劇，茲據《遠山堂劇品》錄述如下：

《穴地報仇》：妙品。北四折。且歌且泣，情見乎詞。豫讓報仇而死，蘇不韋報仇而生，忠臣孝子，亦有幸有不幸耳。〔註197〕

《禰正平》：（已見〈徐渭〉一節。）

《劉伯倫》：雅品。北一折。初成自號酒人，欲與伯倫爲爾汝交，醒眼醉眼，俱橫絕千古，故能作如是語。〔註198〕

《桃花莊》：爲《顛倒因緣》一劇之初稿。

《顛倒因緣》：妙品。北四折。凌波舊有《桃花莊》劇，以韻調未諧而中廢。及晤陳眉公，言微之《會眞記》，張負崔也。欲傳此張女以崔舍人死，死而復生，蓋報張也。凌大然之，因攛舊作一新之。人

〔註197〕〔明〕祁彪佳：《遠山堂劇品》，頁145。

〔註198〕同上註，頁155。

面桃花，崔張卒以合巹。張負崔，崔何嘗負張哉。（此劇相傳有凌氏

自刊朱墨印本）〔註199〕

　　由以上可見初成諸劇，除《宋公明鬧元宵》外，俱爲北曲，而且頗得好

評。在明代末年，他可以說是第一大北雜劇作家。

第五節　孟稱舜及其他北雜劇諸家

　　明代後期劇壇，在南雜劇及短劇盛行之外，另有一股復古的風氣，也就

是說，有不少人從事北雜劇的創作。但除了王衡、沈自徵、凌濛初三家，風

格都趨向綺麗；體製固然也有人斤斤於元人三尺，可是仍以南曲化的北劇爲

多。茲分別論述如下。

一、孟稱舜（附卓人月）

　　孟稱舜，字子若，又作子適，或作子塞，浙江山陰人（今浙江紹興）。崇

禎間諸生，所居曰花嶼別業。著有傳奇《嬌紅記》、《貞文記》、《二胥記》等

三種，均傳世。雜劇有《殘唐再創》，《死裏逃生》、《桃源三訪》、《眼兒媚》、

《花前一笑》、《紅顏年少》等六種，除《紅顏年少》外，俱存。又校輯元明

人雜劇作品五十六種，爲《古今名劇合選柳枝集、酹江集》一書，復校刻元

人鍾嗣成《錄鬼簿》，並爲後世研究元明雜劇史的要籍。〔註200〕

　　其《古今名劇合選‧自序》有云：

　　　曲莫盛於元，而元曲之南而工者，《幽閨》、《琵琶》止爾。其它雜劇

　　　無慮千百種，其類皆出於北，而北之內，妙處種種不一，未可以一

　　　律概也。予學爲曲，而知曲之難，且少以窺夫曲之奧焉。取元曲之

　　　工者，分其類爲二，而以我明之曲繼之，一名《柳枝集》，一名《酹

　　　江集》，即取〈雨霖鈴〉「楊柳岸」及〈大江東去〉「一樽還酹江月」

　　　之句也。元曲自吳興本外，所見百餘十種，共選得十之七，明曲數

　　　百種，共選得十之三。〔註201〕

序末署崇禎癸酉（六年，1633），他這部書的校輯，大概也成於此時。由序文

我們知道子若少時即涉獵曲學，對於元曲深爲愛好。他認爲曲有婉麗、雄壯

〔註199〕同上註，頁145。

〔註200〕孟稱舜生平見《明詞綜》卷八。

〔註201〕〔明〕孟稱舜編：《古今劇合選》，第1冊，自序頁6～8。

二途，不可偏廢。因此集名取《柳枝》、《酹江》。他自己似乎比較趨向於婉麗，所以《桃花人面》、《花前一笑》、《眼兒媚》三劇，他都歸在《柳枝集》，只有《殘唐再創》歸在《酹江集》。當然，這種歸類主要還是因為劇本的內容影響到曲辭的文字風格。

（一）《殘唐再創》

《殘唐再創》，又名《英雄成敗》，演晚唐黃巢，膂力過人，血氣極盛。曾應科舉，主試劉允章受前相之子令狐滈賄賂，乃使令狐狀元及第。黃巢與鄭畋俱不第。巢大怒，闖入劉宅，罵其不正。於是歸故里曹州，起兵叛亂，來攻東都（今洛陽）。那時劉任東都留守，城陷出降。鄭畋則起義兵，與十八路諸侯合力平巢，終於得受天子之恩賞。劇中黃巢、鄭畋事為史實，科舉事當出於點染。卓人月《殘唐再創》雜劇小引（《劇說》卷四）云：

> 子塞復示我《殘唐再創》北劇，要皆感憤時事而立言者，……假借黃巢、田令孜一案，刺譏當世。……至若釀禍之權璫，倡亂之書生，兩俱礫裂於片楮之中，使人讀之，忽焉欷歔，忽焉號咷，忽焉纏綿而悱惻，則又極其才情之所之矣。〔註202〕

又《酹江集》本馬權奇眉批云：

> 此劇作于魏監正熾之時，人俱為危之。然使忠賢及媚忠賢者能讀此詞，正如半夜聞鵑，未必不猛然發深痛也。〔註203〕

據此，則本劇顯然是有寓意的。作者大概也受到屢試不第的痛苦，所以對於黑幕重重的考場極為悲憤。首折鄭畋向店小二說明科場的黑暗，次折借黃巢之口大罵主考。四折又借鄭畋痛詆納賄出賣狀元的劉允章，把他置於誤國降賊之列來懲治，可見其痛恨之深。就因為本劇表現得很憤慨，所以崇禎間山水鄰刊《四大癡》時，便將本劇屬為酒色財氣的「氣」癡。

本劇四折，首折〔仙呂‧點絳唇〕由淨扮演的黃巢獨唱，以下〔黃鐘‧醉花陰〕、〔雙調‧夜行船〕與〔新水令〕、〔正宮‧端正好〕三折，由生扮演的鄭畋獨唱。雖非全由末角獨唱，但同是男性。第三折用兩套〔雙調〕，與徐渭《漁陽三弄》、葉憲祖《罵座記》略同。作者用對照法寫黃巢與鄭畋，黃巢之反乃有激而起，劇中雖稱之為賊，而實寄予同情。故較之鄭畋，雖一成一敗，但俱不失為英雄。本劇《盛明雜劇》本劇名由「殘唐再創」改為「英雄

〔註202〕〔清〕焦循：《劇說》，頁171。
〔註203〕〔明〕孟稱舜：《古今名劇合選》，第20冊，頁1。

成敗」，是很適當的。《盛明雜劇》本汪淐眉批云：

> 黃巢以下第書生而攪翻世界，鄭畋以筮仕書生而整頓殘唐，均是英
> 雄伎倆，固不得以成敗論也。〔註204〕

這樣的見解是頗得作者之意旨的。只是集中筆力於憤慨、詈罵的敘寫，以致
黃巢之起兵與鄭畋之平亂，只能用一折草草帶過；又首折寫黃巢雖極有生氣，
可是後來成爲配角，連唱都不唱，被鄭畋殺掉了事，因此後半似稍嫌平庸。

　　《遠山堂劇品》將本劇列入雅品，並云：「爲落第士子吐氣，篇中俱是憤
語。作手輕倩，元人之韻，呼集筆端。」〔註205〕《酹江集》本眉批云：「讀子
塞《桃花》諸劇，風流旖旎，謂是柳七黃九一流人。若此劇則雄文老筆，直
與勝國馬東籬諸公爭坐位，〈雨淋鈴〉、〈大江東〉，殆爲兼之。」〔註206〕青木
正兒卻謂：「其關目平凡，詞彩亦無足觀，斷非佳作。」〔註207〕

> 落日長安萬里途，瘦馬秋風一劍孤。倒不如不識字老農夫，安居故
> 土，鎭醉倒步兵廚。（〔賞花時〕）

> 愁的是四海紛紛白骨枯，憂的是兩鬢蕭蕭黑髮踈。空滿腹、載詩書，
> 幾番價長安應舉，猛可也攧不破悶葫蘆。（〔賞花時么篇〕）〔註208〕

> 你們做秀才呵！讀書也學著孔宣王，口渣渣幾句頭巾話。做官呵！
> 講法律也曾把蕭相國，嘴巴巴依樣葫蘆畫。說別人呵！將那盧杞李
> 林甫，一個個恣吹彈指定名兒罵。到輪著自家身上呵！卻把他幾個
> 劣樣兒，一樁樁做了印本花兒榻。那些經你辣手呵！謫的謫、殺的
> 殺，幾位忠良社稷臣，一旦都休罷。你們如今也有死的日子呵！則
> 問你甚臉兒與他們與他們相見黃泉下。（〔塞鴻秋〕）〔註209〕

> 昭陽殿、羯鼓新花，做了斜陽岸、疎柳殘鴉。抵多少、秦宮漢闕，
> 不多時、都改做了斷垣飄瓦。飄毛一曲霓裳舞翠莎，剛剩得、故老
> 嗟呀。禁城中、百萬舊人家，何處也傷心話。淅零零流血滿章華，
> 六宮人、幾個隨鑾駕，舊公卿、盡化了鬼面獠牙。替胡兒罵漢家，

〔註204〕〔明〕沈泰編：《盛明雜劇》，二集，卷23，頁1。
〔註205〕〔明〕祁彪佳：《遠山堂劇品》，頁166。
〔註206〕〔明〕孟稱舜：《古今名劇合選》，第20冊，頁1。
〔註207〕〔日〕青木正兒著，王吉廬譯：《中國近世戲曲史》，頁364。
〔註208〕陳萬鼐主編：《全明雜劇》，第9冊，頁5371～5372。
〔註209〕同上註，頁5408～5409。

> 棄故主將新嫁。傷嗟，痛煞。則咱數點孤臣淚，灑向杜鵑花。（〔脫
> 布衫〕帶過〔小梁州〕）〔註210〕

讀了這些文字，我們覺得正如馬權寄所說的，淒麗處有如〔雨霖鈴〕，而悲壯處則有似〈大江東去〉。如果將〔塞鴻秋〕與〔脫布衫〕帶過〔小梁州〕二曲與韋莊〈秦婦吟〉、孔尚任〈哀江南〉並讀，雖不敢說比肩並駕，而望其項背是綽有餘裕的。祁氏謂輕倩，未得其實；青木甚至詆為無足觀，更非允當之論。至於「關目平凡」，則子塞似不能辭其咎。

　　本劇《酹江集》本與《盛明雜劇》本略有異同。已見總論，茲不更贅。

（二）《死裏逃生》

　　《死裏逃生》，演寺僧隱藏婦女，寺中靜養的刑部郎中楊宗玄發覺其秘密，幾遭殺害，終得逃出虎口，奸僧亦因此被破獲就刑。本事與平話小說「張淑兒智巧脫楊生」相似，包公案中的「栢上得穴」更與此大同小異。這種題材在元明雜劇中是很新穎的，其中沒有才子，也沒有佳人，只是赤裸裸的演述了人生的險惡和俠義。也許這事件曾經發生在作者所生存的社會裏，所以關目雖平實，而自見其動人的機趣。文字亦甚佳，尤其惡僧逼宗玄自盡一段，以了緣等的送魂曲和宗玄的嘆憶相對，更饒感染力。

> 滿眼悽惶，愁霧昏迷月倒廊。禍事從天降，難躲鯨鯢網。嗏！無計
> 見高堂，魂在何方？日薄西山，倚閭空相望。一度思量痛斷腸。（〔駐
> 雲飛〕）

> 思量痛斷腸，魂在東方。春花落盡燕飛忙，萬紫千紅都是幻，難免
> 無常。不必恁悲傷，想念高堂。願君早去上僊鄉，今世冤魂都散盡，
> 重轉爺孃。（〔浪淘沙〕）

> 鬼火熒煌，幡引飄搖魂魄揚。楚廟雲遮障，銀浦生烟浪。嗏！伙計
> 見妻房，魂在何方？血染啼鵑，叫絕梅花帳。一度思量愁慘傷。（〔駐
> 雲飛〕）

> 思量愁慘傷，魂在南方。夏蟲赴火自奔忙，惹禍燒身都是你，難免
> 無常。不必恁悲傷，想念妻房。願君早去赴天堂，今世冤魂都散盡，
> 重結鴛鴦。（〔浪淘沙〕）

> 命坐孤亡，風雪途中逢虎狼，冷骨拋泉壤，茶酒誰澆禳。嗏！無計

〔註210〕同上註，頁5410～5411。

見兒郎，魂在何方？憶別牽衣，笑語重難傍。一度思量血淚汪。（〔駐
雲飛〕）

思量血淚汪，魂在西方。秋英零落雁歸忙，一夜風霜人盡老，難免
無常。不必恁悲傷，想念兒郎。願君早去度慈航，今世冤魂都散盡，
花謝重芳。（〔浪淘沙〕）〔註211〕

用一支〔駐雲飛〕、一支〔浪淘沙〕，構成子母調，聲聲悽咽，迴轉徘徊，感人
深入肺腑。於此我們可以看出子塞文思之泉湧，頗善於點染潤色。《遠山堂劇品》
列本劇於雅品，並云：「子若作南曲，尚能鬆秀如此，橫行詞壇，當無敵手。闍
黎面孔，已被此劇剝盡。是文之以怒罵當嬉笑者。」〔註212〕汪樗的眉批也說：
「近世宰官往往護禿廝如驕子，閱上可爲殷鑒。」子塞對和尚是沒有好感的。

　　本劇二、三、四折純用南曲。首折先用〔滿庭芳〕、〔番十筭〕二支引子
作爲生、旦、貼的上場曲，其次接用〔雙調·新水令〕合套，由旦、貼、丑
分唱、合唱、接唱，將北曲作此唱法，子塞現存五劇中，唯此一例。第三折
先用〔仙呂·皂羅袍〕，再用〔越調·憶多嬌〕，接用〔中呂·駐雲飛〕、〔商
調·山坡羊〕、〔越調·下山虎〕、〔南呂·香柳娘〕，計用南曲二十四支，轉換
宮調六次，這樣的大場面和移宮換羽頻繁，雖在傳奇中也不經見，而其宮調
之轉換，卻未必配合排場之改變，遂使人感到混雜而無規矩可循。這是本劇
的一大缺點。

（三）《桃源三訪》

　　《桃源三訪》，《盛明雜劇》標名作「桃花人面」，與《柳枝集》本，無論曲
辭、賓白、套數均有出入。蓋沈泰編輯《盛明雜劇》時，與臧懋循《元曲選》
犯同一毛病，好以己意刪改。其異同已見〈總論〉，這裏就孟氏原本來討論。

　　本劇據唐孟棨《本事詩》中崔護謁漿故事敷演。其中「去年今日此門中，
人面桃紅相映紅；人面祇今何處是，桃花依舊笑春風」一詩，早已膾炙人口。
劇情與原傳大體相同，惟有原傳未說明崔護爲何直到翌年清明才再度去訪問，
確是一個大罅漏。此劇則說明因家中有事，不得不回博陵，關目較爲周密。又
原傳女郎並未言姓字，此則托名葉蓁兒，蓋取「桃之夭夭，其葉蓁蓁」之義。
像這樣的故事，最適於戲劇的搬演，因此南宋雜劇早見其目，元人白仁甫、尚

〔註211〕陳萬鼐主編：《全明雜劇》，第9冊，頁5281～5283。
〔註212〕〔明〕祁彪佳：《遠山堂劇品》，頁165。

仲賢亦各有《崔護謁漿》一本。《傳奇彙考》卷六所載明人傳奇《登樓記》、《題門記》、《桃花莊》，也都演此事，惜皆不存。按陳洪綬《桃源三訪》眉批云：

> 《桃源》諸劇，舊有刻本，盛傳于世，評者皆謂當與實甫、漢卿並駕。
>
> 此本出子塞手自改，較視前本更爲精當；與強改王維舊畫圖者自不同
>
> 也。〔註213〕

據此，孟氏此劇當有藍本，並非純出自構。

本劇寫懷春的青年男女，無意中邂逅，互相傾慕思戀，卻不便向人傾訴，只得將幽懷愁怨，鬱鬱地自咽自言。作者用極細膩秀麗的筆，很成功的寫出纏綿悱惻的情懷，其惆悵之感，與《會眞》首折同妙，其死生之情堪與《還魂》比肩。寫蓁兒之似疑似信，半伶俐、半癡迷，頗見其超妙雋逸，而寫其眞啼眞痛，尤見幽艷淒絕。

> 思他、念他，把乾相思害得如天濶。知他心裡事如何？未必的心如我。淚點層羅，空閨寂寞，人和影兩個。情魔，病魔，要訴這情兒誰可。（〔朝天子〕）〔註214〕

> 俺可也捱不過恁淒涼一年春夢境，又怎禁虛擲了兩度冷清明。照花枝一般孤另，轉花溪萬種幽情。幾番家目斷天涯，盼不見薄倖劉生，重向溪頭來問津。這些時夢擾魂驚，枉則是燈前流粉淚，水上覓殘英。（〔集賢賓〕）〔註215〕

> 繡幃中、寒悄生，則待對閒堦哭向明。似這樣可憐宵辜負了可憐人。
>
> 您道咱人面桃花相廝映，可知我一般兒都是這淒涼命。夜來雨、曉來風，滿庭花落也，則有誰疼？（〔醋葫蘆〕）〔註216〕

《遠山堂劇品》將此劇列入逸品，並極力揄揚：「作情語者，非寫得字字是血痕，終未極情之至，子塞具如許才，而於崔護一事，悠然獨往，吾知其所鍾者深矣。今而後，崔舍人可以傳矣。今而後，他人之傳崔舍人者，盡可以不傳矣。」〔註217〕除了擅於寫情，子若又擅於寫景，淒清的景色中，見出幽怨的情懷。

〔註213〕〔明〕孟稱舜編：《古今名劇合選》，第8冊，頁1。

〔註214〕陳萬鼐主編：《全明雜劇》，第9冊，頁5212。

〔註215〕陳萬鼐主編：《全明雜劇》，第9冊，頁5224～5225。

〔註216〕同上註，頁5230。

〔註217〕〔明〕祁彪佳：《遠山堂劇品》，頁171。

落日晴川，數點青山螺黛淺。亂雲飛壩，半溪煙雨帶痕牽。緇車不
到杜陵邊，霎時春老桃花怨。心自迷，步更遠，行來何處是他家院。
（〔駐馬聽〕）

細雨輕寒灑，正東風寒食天。傍人飛、紫燕兒都是舊時相見，前村
外、冶花開又徧，則盼不見綠窗前那時人面。（〔落梅風〕）〔註218〕

青木正兒謂「此劇科白少，以曲為主，曲辭典麗，洵足為老手也。」其說頗
是。但與其說曲辭典麗，不如說曲辭秀麗。

　　通劇共五折北曲，依次用〔仙呂〕、〔正宮〕、〔雙調〕、〔商調〕、〔中呂〕。一、
三折生獨唱，二、四折旦獨唱，第五折生唱〔十二月〕、〔堯民歌〕二支外，俱
為旦獨唱，此即所謂生旦全本。第四折協庚青混用眞文，沈泰《盛明雜劇》也
沒有予以改正。

（四）《眼兒媚》

　　《眼兒媚》，演敘妓女江柳與陳教授詵相戀，為知府孟之經發覺，以其妨
害官箴，將她鬢邊刺了「陳詵」二字，命押解辰州居住。陳教授送別時，為
賦〔眼兒媚〕一詞。此時恰好陳教授之知友陸雲西奉賈平章之命尋覓賢士，乃
將陳薦舉，並從孟知府討回江柳，使他們團圓。情節未詳所本，論關目僅是
尋常的風情劇。全劇四折北曲，依次為〔雙調〕、〔仙呂〕、〔越調〕、〔中呂〕，
俱由旦獨唱。孟氏諸劇中，此劇最守元人科範，但首折不用〔仙呂〕，反用〔雙
調〕，仍未盡合。其辭婉麗悲怨，頗可諷誦。

則恨咱身微賤，直恁的命運低。咱雖是心兒長把他人兒記，怎教這
鬢兒倒把他名兒刺，從今後夢兒空把他情兒繫。想當初幽囚風月十
二年，到今日遞流花艸三千里。（〔寄生草〕）〔註219〕

淚滿湘江，愁連楚峽，都則為奉酒陪茶，生做了這違條犯法。古道
人稀，疎林日下，監押的哥哥忙逬殺。當日美恩情，兩載三年；今
日泣別離，片時半霎。（〔鬥鵪鶉〕）〔註220〕

本劇寫出了男女的不平等和妓女微賤悲慘的命運，所以悲怨較之《桃源三訪》
尤深。《遠山堂劇品》列本劇於雅品。並云：「陳教授多情至此哉！可為《牡

〔註218〕陳萬鼐主編：《全明雜劇》，第 9 冊，頁 5218。
〔註219〕陳萬鼐主編：《全明雜劇》，第 9 冊，頁 5429。
〔註220〕同上註，頁 5431～5432。

丹亭》之陳教授解嘲矣。詞如鳥語花笑，韻致娟然。」〔註221〕予則謂「詞如鵑啼花落，韻致悽麗。」

（五）《花前一笑》

《花前一笑》，演唐伯虎點秋香事，本《涇林雜記》。《今古奇觀》卷八〔唐解元玩世出奇〕，以及題名爲《九美圖》的長篇彈詞和長篇小說唐祝文周中也都有這段情節。這則故事頗爲後世所艷稱，但是根據蔣瑞藻《小說考證》卷九所引《花朝生筆記》，以及《小說考證拾遺》所引《西神客話》，都以爲並非唐伯虎事，而是別屬一個叫吉道人的。《劇說》卷三和《雨村劇話》卷下也都討論此事，雖沒有肯定的結論，而以爲此事誤屬伯虎，則是共同的見解。上文我們討論葉憲祖《碧蓮繡符》一劇時，也曾談到這個問題，大抵這則故事還是有其根源和發展的。

本劇和《桃花人面》、《眼兒媚》二劇共同的特點是同寫男女的思慕，一時不得和諧，因此惹下許多相思。寫這種情景的文字，自然是婉麗，而本劇則出以蘊藉醇厚。

> 數朵花枝照獨眠，遠水遙天，魂和幽夢到誰邊？難消遣，目斷楚江煙。（〔小梁州〕）

> 半簾風冷花塵剪，俺則是向銀塘照影堪憐，淚花兒飛如霰。想著那時人面，做不得箇影兒圓。（〔么〕）〔註222〕

在另一方面，子若也偶而表現了文人落拓的憤慨。

> 梗迹萍蹤，魂化了三生石上夢；塵勞喧闐，恰花開一霎樹頭紅。文章何處哭秋風，時乖貧鬼相嘲弄，惡風波，千萬種，猛可裡空把韶光送。（〔駐馬聽〕）〔註223〕

> 生平空與利名涉，痛令得酒杯竭。蘇門艸樹開還謝，回頭往事堪嗟。
> 縱輕狂、詩魔酒病，逞風流、柳羈花絏。（〔風入松〕）〔註224〕

這樣的文字就有點雄渾的味道了，而其中也隱約有子若的影子。

和《桃花人面》一樣，本劇也是五折一楔子，依次爲：〔雙調‧新水令〕套、楔子〔賞花時〕、〔中呂‧粉蝶兒〕套、〔越調‧鬥鵪鶉〕套、〔仙呂‧八

〔註221〕〔明〕祁彪佳：《遠山堂劇品》，頁166。
〔註222〕陳萬鼐主編：《全明雜劇》，第9冊，頁5325。
〔註223〕同上註，頁5310。
〔註224〕同上註，頁5359。

聲甘州〕套、〔雙調・夜行船〕套。一、三、五折及楔子生獨唱、二、四折旦
獨唱。結構方法也和《桃花人面》差不多，生旦各用二折，相間照映，敘寫
的也是思慕之情；最後再用一折結束全篇。五折中有兩〔雙調〕套，首折不
用〔仙呂〕，都是踰越元人科範的地方。

（六）卓人月

在《盛明雜劇》裏，另收有一本卓人月的《花舫緣》，據沈泰眉批說：

> 向見子若製唐伯虎《花前一笑》雜劇，易奴為傭書，易婢為養女，
> 十分迴護，反失英雄本色。珂月戲為改正，覺後來居上。〔註225〕

卓人月《花舫緣》、《春波影》二劇序云：

> 友人有唐解元雜劇，易奴為傭書，易婢為養女，余以為反失英雄本
> 色，戲為改正。野君見獵心喜，遂作小青雜劇，以見幸不幸事，天
> 地懸隔若此。〔註226〕

可見人月此劇係就他的朋友孟子若原本重編而成。今將兩本比較，關目除了
上述的改變外，大抵保留原本的格局，曲辭賓白也有保留原本的地方，但改
作的佔絕大部分。因此，本劇事實上還是出自卓人月的心血，只是有所依傍
而已。

卓人月，字珂月，浙江仁和人（今浙江杭縣）。崇禎八年（1635）貢生。
與沈洪芳稱莫逆。性情隱傲，意氣豪舉。崇禎九年試南雍，被放歸里，益深
牢落之感。才情橫溢，所續《千字文》，穩帖而奇肆，詩亦不為格律所拘，惜
才高遇艱，齎志而歿。著有《蟾台集》、《蕊淵集》、《寱歌詞》、《古今詞統》
等。沈洪芳〈十子・詠卓明經人月〉云：「棲溪一尺地，有此連城英；賢父更
賢子，先後標才名。《蟾臺》、《蕊淵集》，青蓮之後生。煌煌〈中興頌〉，奇作
世所驚。如何因第一，憂患相交井。綺詞欲懺佛，選賦空研京。精靈倘來往，
定在芙蓉城。吁嗟此才沒，匣劍應悲鳴。」〔註227〕珂月父名左車，亦一時之
賢才，故有「賢父更賢子」之語。珂月又曾用〈千字文〉作〈中興頌〉，故沈
氏復有「煌煌中興頌」之語。〔註228〕

〔註225〕陳萬鼐主編：《全明雜劇》，第9冊，頁300。
〔註226〕吳毓華：《中國古代戲曲序跋集》（北京：中國戲劇出版社，1990年），頁304。
〔註227〕〔清〕吳振棫纂輯：《國朝杭郡詩續集》，清光緒歷子閏五月丁氏重校本，卷
　　　　一，頁39。
〔註228〕卓人月生平見《明詩綜》卷七十一、《明詞綜》卷六、《明詩紀事》辛二十
　　　　三、《靜志居詩話》卷二十，《兩浙輶軒錄補遺》卷一、《浙江通志》卷一七

　　珂月《花舫緣》較之子若原本，在體製上最大的差異是原本五折，而卓氏改爲四折，將原本第三折省略。原本第四折用〔雙調‧夜行船〕套，卓氏則易爲〔雙調‧新水令〕套，如此則四折中有兩〔新水令〕套，幸而曲牌不太重複，尙非大病。而且元人李直夫《虎頭牌》劇，正是兩用〔雙調〕套而曲牌不同。卓本首折、次折俱由末獨唱，三折旦獨唱，四折文徵明（未注角色）獨唱，也算末旦全本。其所用韻部完全與原本相同。在關目的布置上，原本將楔子置於首折之後，用以敘伯虎入傭。改本用追敘法，較爲單調；楔子則置於首折之前，用以介紹傭來身世。又由於改本易五折爲四折，所以原本中連篇的相思之辭，相形減少。在處理伯虎與素香（卓本改名傭來）的婚姻，兩本也不一樣。原本是伯虎與素香成婚，爲養父發覺後，大受責備。後來由於文徵明、祝枝山在酒席中的介紹，主人沈氏才知道傭書的唐畏，就是大名鼎鼎的唐子畏，於是歡歡喜喜的讓他們成婚。卓本則依照小說，以伯虎留書「沈八座」，沈八座乃打疊粧奩，命張千送傭來小姐，並親自到吳中向伯虎請罪。其他關目的離合雖然微有差異，但是無關緊要。論文字，則珂月較爲清綺明媚，而子若則較爲幽麗蘊藉。

> 居住在風月騷壇，更兼那煙花闐苑。也曾共鐵硯周旋，也曾共蠹魚游衍。爲漂零、落魄風塵沒面顏，望誰人拭眼相看。東風把眸子吹酸，柳絮把龐兒彈遍。（〔鬥鵪鶉〕）〔註229〕

> 望江中紅浪涵香月，看杯中紅酒留香頻。想衾中紅蕊棲香蝶。拚一世癡邪，怕甚麼無端風雨將春截。（〔收江南〕）〔註230〕

《遠山堂劇品》並列《花前一笑》與《花舫緣》於逸品。其評《花前一笑》云：「唐子畏以傭書得沈素香，此正是才人無聊之極，故作有情癡。然非子若傳之，已與吳宮花草同烟銷矣。此劇結胎於《西廂》，得氣於《牡丹亭》，故觸目俱是俊語。」〔註231〕其評《花舫緣》云：「此即子若傳唐子畏原本。易傭書爲奴，易養女爲婢，調中別出佳句，欲與孟劇較勝，而丰韻正自不減，乃其叶調之嚴整，更過於孟，而用韻少雜，則二劇同之。」〔註232〕這樣的批評是大致不差的。

　　　　八。

〔註229〕陳萬鼐主編：《全明雜劇》，第 9 冊，頁 5474。

〔註230〕同上註，頁 5511。

〔註231〕〔明〕祁彪佳：《遠山堂劇品》，頁 171。

〔註232〕同上註，頁 172。

　　縱觀子若五劇，《桃花人面》、《眼兒媚》、《花前一笑》三劇，由於題材雷同，所以文辭風格相似，以旖旎蘊藉見長。此種劇本眞堪十三四小鬟持紅牙板以歌之。至於《死裏逃生》之韶秀婉轉，《英雄成敗》之淒涼悲壯，則更可見子若沈潛元曲之餘，發而爲詞，故能兼有《柳枝》、《酹江》之風調。而就以分量來說，他是以婉麗爲宗的。吳梅《中國戲曲概論》卷中云：「正玉茗之律而復工於琢詞者，吳石渠、孟子塞是也。」〔註233〕其說甚是，石渠、子塞無論在時代和成就上，均堪比並。

二、梅鼎祚

　　梅鼎祚，字禹金，號汝南，又號無求居士、千秋鄉人，別署勝樂道人。安徽宣城人（今同）。世宗嘉靖二十八年（1549）生，神宗萬曆四十三年（1615）卒，六十七歲。

　　他的父親名守德，官給諫時生禹金。禹金幼時非常癯瘦，守德很憐惜他，不要他讀書寫字，可是他卻把書藏在帳中默誦。陳鳴堥、王仲房都是他父親的門客，因此他少時就能詩。十六歲，爲國子監生，郡守羅汝芳召致門下，龍溪王畿呼他爲小友。長大後與沈君典齊名，君典取上第，他性不喜經生業，遂棄之，而以古學自任。他的文詞沈博雅贍，王世貞頗加稱許，把他列爲四十子之一。湯顯祖在〈寄宣城梅禹金〉詩的小序中也說：「禹金秋月齊明，春雲等潤，全工賦筆，善發談端。」〔註234〕爲此海內皆知其名。閣臣申時行等曾薦於朝，他辭謝不赴。乃歸隱書帶園，構築天逸閣藏書。他曾經與焦弱侯、馮開之，以及虞山趙玄度訂約搜訪群書，約定每三年在金陵會見一次，各書所得異書逸典，互相讎寫，其事雖未就，但其志尚可以千古。

　　禹金著書甚富，有《鹿裘石室集》、《歷代文紀》、《漢魏八代詩乘》、《古樂苑》、《書記洞詮》、《宛雅》、《青泥蓮花記》、《才鬼記》、《才妖記》等。戲曲作品有傳奇《長命縷》、《玉合記》二種，雜劇《崑崙奴》一種，皆傳於世。〔註235〕

〔註233〕〔清〕吳梅：《中國戲曲概論》，頁22。
〔註234〕〔明〕湯顯祖著，徐朔方校箋：《湯顯祖詩文集》（上海：上海古籍出版社，1982年），卷3，頁64。
〔註235〕梅鼎祚生平見《本朝分省人物考》卷三十八、《明詩綜》卷六十二、《明詩紀事》庚八、《列朝詩集小傳》丁下、《靜志居詩話》卷十七、《素雯齋集》卷十三〈祭梅禹金〉、卷九〈禹金梅大兄六裵序〉、《寧國府志》卷十九、《明代劇作家研究》第六章。

　　《崑崙奴》，據禹金的〈崑崙奴傳奇引〉（《鹿裘石室集》卷十二），他從小就嗜好武俠小說，因偶讀〈崑崙奴傳〉，大爲感動。其後，某年上巳日，行禊於宛溪，爲助酒興而作此劇。文末署「萬曆甲申三月六日」，則此劇約作於萬曆十二年，那時他二十六歲。本劇事本唐裴鉶傳奇敷演，裴氏敘崑崙奴事，頗生動有致，膾炙人口。劇本如據事舖敘，即能自然得體。然本劇所敘，與傳奇原文略有差異，即直指傳奇中之「一品」爲郭子儀，又崑崙奴的結局，原文大略是：一品召崔生詢之，知其故，遂發兵捕磨勒，磨勒持匕首飛去高垣，瞥若翅翎，疾同鷹隼，頃刻之間，不知所止。後十餘年，崔家有人見磨勒賣藥於洛陽市，容顏如舊。劇本則郭子儀遣兵捕磨勒之際，磨勒對其主留一語云：「立秋之日青門外一會。」〔註236〕於是持匕首飛越高垣，不知所之。及期，崔生與紅綃至青門外，磨勒作道士裝守候，曰：「我本謫仙，今謫限已滿矣。」郭子儀也知道他是非常人，趕來送行求救。磨勒說：郭令公原是天上武曲星，下凡佐唐室中興；崔郎君本是玉皇殿上金星，紅綃本是王母筵前玉女，宿緣未斷，雙謫人間。像這樣的處理，既蛇足而且迂腐可笑，原作中高邈神遠的境界，被破壞無餘了。這點可能和他「無求居士」、「勝樂道人」的思想有關。

　　本劇北曲四折，均由崑崙奴獨唱，完全是元劇規模。《野獲編》卷二十五有云：

　　　　梅禹金《玉合記》，最爲時所尚，然賓白盡俱駢語，餖飣太繁；其曲半
　　　使故事及成語，正如設色骷髏，粉捏化生，欲博人寵愛難矣。〔註237〕

他的傳奇如此，而雜劇則在力追元人，可是賓白仍舊不脫駢體氣息。徐文長曾改訂本劇，《酹江集》本即從徐改，並謂文長「品騭甚當，其中所刪潤處亦勝原本。」陳眉公《白石樵眞稿》卷十九〈題徐文長點改崑崙奴雜劇〉亦云：「近代徐文長老子，獨步江東，又有梅禹金《崑崙奴》一劇，亦推高手。文長揩開毒眼，提出熱腸，不惜爲梅郎滴水滴凍，徹頭徹尾，刮磨點竄一番。知者謂梅郎番出骨董，不知者謂徐老子攪奪行市。」〔註238〕看樣子此劇經文長一點竄，是相得益彰的。文長評云：

　　　　此本于詞家可占立一腳矣，殊爲難得。但散白太整，未免秀才家文

〔註236〕陳萬鼐主編：《全明雜劇》，第6冊，頁3430。
〔註237〕〔明〕沈德符：《野獲編》，卷25，頁4820。
〔註238〕〔明〕陳眉公：《白石樵眞稿》，卷19，頁317。

字語。及引傳語，都覺未入家常自然。至于曲中引用成語，白中集古句，俱切當，可爲拿風搶雨手段。〔註239〕

又云：

> 梅叔《昆侖》劇，已到鵲竿尖頭，直是弄把戲一好漢。尚可攛掇者，撒手一著耳。語入要緊處，不可著一毫脂粉。越俗越家常越警醒，此纔是好水碓，不雜一毫糠衣，眞本色。若于此一惡縮打扮，便涉分該婆婆猶作新婦，少年哄趨所在，正入不老眼也。〔註240〕

徐復祚的《曲論》也說：「傳奇之體，要在使田畯紅女聞之而趯然喜、悚然懼。若徒逞其博洽，使聞者不解爲何語，何異對驢而彈琴乎？」〔註241〕散白太整、引傳中語、集中句，其結果只有使戲劇自絕於劇場。禹金的本質爲駢雅，可是他的雜劇有意追蹤元人，因此表現了兩種不同的風格。

> 俺磨勒是崑崙一個名，便謹依闥外將軍令，曲著躬聲喏在公庭。好主人筵上無鐘鼎，小妮子堦下傳香茗。那寮寀的禮不同，這子弟的心自省。也須知桑梓人恭敬，甚的是遺後見君情。（〔油葫蘆〕）
>
> 〔註242〕

> 他說著英雄話，你怎的喬禁架，使不得推聾做啞。小娘子把玉簫吹徹碧桃花，趁東風早嫁。休問我要也不當要，則問你假也不當假。赤緊的彩鳳文鸞，勾罷了心猿意馬。（〔鬼三臺〕）〔註243〕

> 你累世通家說李膺，交情，待怎生，把龍門卻將來做夢登。問黃公壚畔言，聽山陽笛裏聲，都變做鶯花三月景。（〔天下樂〕）〔註244〕

> 休休的爲亡猿楚國遭殃，則俺學鳴雞函關空壯。那日個三五良宵月半黃，渡漢塡烏鵲，登臺引鳳凰。這的是崑崙性桬。（〔倘秀才〕）
>
> 〔註245〕

> 紫騰騰劍氣沖牛斗，華表月歸來後。人民半巳非，城郭何如舊。你

〔註239〕陳萬鼐主編：《全明雜劇》，第6冊，頁3392。

〔註240〕同上註，頁3393～3394。

〔註241〕〔明〕徐復祚：《曲論》，《中國古典戲曲論著集成》，第4集，頁237～238。

〔註242〕〔明〕梅鼎祚：《崑崙奴》，〔明〕沈泰輯：《盛明雜劇》，第7冊，民國14年影印本，上海中國書店出版，頁5a。

〔註243〕同上註，頁11b～12a。

〔註244〕同上註，頁5b～6a。

〔註245〕同上註，頁16b。

則向那洛陽街尋藥叟。（〔清江引〕）〔註246〕

上引五曲，〔油葫蘆〕、〔鬼三臺〕，可以說近乎本色，頗使人驚訝這竟是出於以駢雅見長的梅禹金之手。其他三曲，正如文長所謂「引用成語句，俱切當。」也確實可以看出其「拏風搶雨手段」。但是，這樣的文字，田峻紅女聽來，何異對牛而彈琴？王驥德《曲律》四謂「宣城梅禹金擒華掞藻，斐亹有致。」〔註247〕《遠山堂劇品》列入妙品，並謂「閱梅叔諸曲，便覺有一種嫵媚之致。雖此劇經文長刪潤，十分灑脫，終是女郎之唱曉風殘月耳。」〔註248〕本劇寫英雄，而未見英雄鷹揚跋扈之氣，也就無怪王氏但言其斐亹，祁氏只賞其嫵媚，欲付之於歌兒按紅牙板矣。祁氏列入妙品，未免太抬高了它的身價。

禹金自題本劇說：「夫彼一品者，始以其奴易，而卒不可易。今世稍見尊，輒能以易士。士即賤，乃不奴若也者，心悲之。」〔註249〕敖客季豹氏的題後也說：「大都士有負才而失其職，其不平輒傳之文章詩賦。……生故以文賦名家，性最介，而為是者，則以此奇事，補史臣所不足。詞雖極工麗，其蹈厲不平之氣，時時見矣。而其卒章，同歸於道，是亦曲終奏雅之意邪？」〔註250〕但正如鄭西諦在〈雜劇的轉變〉中所說的：「禹金此作，實無多大意義，至多不過敷演傳奇中的一段奇文而已。所謂『蹈厲不平之氣』，在劇中實在不大看得出，決不能比文長的《漁陽弄》。」〔註251〕如果禹金此劇真是有感而作的話，那麼表現的手法也未免太平實拙劣了。就劇本本身，實在看不出什麼寄託的。

三、徐士俊

徐士俊，原名翽，或誤作許翽，字三有，號野君，又號紫珍道人。浙江仁和人（今浙江杭縣）。其生存年代當明末清初。年少時與弟在金陵的雞鳴山讀書，涉獵廣博。和卓人月是同鄉知友。他的趣味很豐富，能談文章、音樂、繪畫，尤其是愛看俳優演戲。他以為騷人逸士，興會所至，若非此類，就稱不上知己。他為人非常虛心，人有一長可錄，必獎成之；因此他所到的地方，都很受歡迎，爭相延為上賓。他讀書每天有課程，至老不改其常度。據說他曾遇異人授以導

〔註246〕同上註，頁 24a。
〔註247〕〔明〕王驥德：《律曲》，頁 170。
〔註248〕〔明〕祁彪佳：《遠山堂劇品》，頁 143。
〔註249〕吳毓華編：《中國古代戲曲序跋集》，頁 83。
〔註250〕同上註，頁 84。
〔註251〕鄭振鐸：〈雜劇的轉變〉，頁 24。

引之法，年近八十，而「蒼髯丹脣，顏面鮮澤如嬰兒。」著有《雁樓集》。《國朝（清）杭郡詩輯》說他「工雜劇，所撰多至六十餘種，佳者欲與王關馬鄭抗手。」〔註252〕若果如此，則有明一代作劇最多，當推徐野君了。可是他的雜劇，見於著錄的只有《春波影》、《絡冰絲》兩本，也僅存此兩本。〔註253〕

《春波影》據《雁樓集》卷二十五附記，作於天啟五年（1625），刻行於崇禎元年（1628）。其自序云（《雁樓集》卷十五）：

> 讀〈小青傳〉，諒庸奴妬婦，不堪朝夕作緣者，鬱鬱以死，豈顧問哉？余彷彿其人，大約是杜蘭香一輩。友人卓珂月謂余曰：「何不倩君三寸青鏤，傳諸不朽，千載下，小青即屬君矣。」余唯唯，遂刻絳蠟五分，移宮換羽，悉如傳中云云。以示天下傷心處，不獨杜陵花荒園一夢劇。或題以《春波影》，蓋取集中「瘦影自臨春水照，卿須憐我我憐卿」之句也。〔註254〕

當《春波影》作成時，卓珂月為他作序並題詩，其他友人也競為題詩，堪稱一時之盛。徐氏大既對小青之死甚為感動，其自序之末段謂脫稿之夜，「夢麗人攜兩袖青梅贈余解渴，彼小青者，是邪？非邪？」〔註255〕劇本之下場詩亦云：「個個風流話小青，孤山亦有牡丹亭；可憐未識生前樣，猶喜能傳歿後靈。不是芳魂隨影散，肯將艷曲帶愁聽；春風吹出桃花水，腸斷殷紅化作萍。」〔註256〕可見其癡情。

小青的故事，有許多人考述過。宋長白《柳亭詩話》謂「〈小青傳〉乃支小白戲撰，而詩與文詞則卓珂月、徐野君為之，離合其字，情也。命名之意，亦無是公也。余與野君為忘年交，自述於余者如此。」〔註257〕又《聞見厄言》云：「馮千秋，浙中名士。崇正乙亥拔貢，頗以詩文擅名。家素豐，因無子，買妾維揚小青；後以妻妬，置之別室，似亦處之得當，不意小青才雋而年夭。時人□□（原缺二字）傳奇詩歌贊歎。」又張潮《虞初新志·書小青傳後》云：「讀吳□〈紫雲歌〉，其小序云：馮紫雲為維揚小青女弟，歸會稽馬髡伯。」

〔註252〕〔清〕吳顥輯，吳振棫補輯：《國朝杭郡詩輯》，同治十三年丁氏重校本，卷6，頁1。
〔註253〕徐士俊生平見《明詞綜》卷八、《兩浙輶軒錄補遺》卷一。
〔註254〕〔明〕徐士俊：《雁樓集》，清順治間刻本，卷15，頁4～5。
〔註255〕同上註，頁5。
〔註256〕陳萬鼐主編：《全明雜劇》，第9冊，頁5564～5565。
〔註257〕〔清〕宋長白：《柳亭詩話》（臺北：西南書局，1973年），頁70～71。

〔註258〕又周亮工《因樹屋書影》云：

> 予在秣陵見支小白如增，以所刻〈小青傳〉徧貽同人。鍾陵支長卿
> 語余曰：「實無其人，家小白戲為之儷青妃白寓意耳。」後王勝時語
> 子：「小青之夫馮某尚在虎林。」則實有其人矣。近虞山云：「小青
> 本無其人，其邑子譚生，造傳及詩與明儕為戲。」曰：「小青者、離
> 情字，正書心旁似小字也。」或言姓鍾，合誠「鍾情」字也。予意
> 當時或有其人，以夫在，故諱其姓字，影響言之，其詩文或亦有一
> 二流傳者，眾為緣飾之耳。〔註259〕

又《劇說》卷三有云：

> 松陵徐電發，載酒放鶴亭，求小青墓不得，作詩云：「青青芳草瘞紅
> 顏，愁對雙峯似翠鬟；多少西陵松柏路，銷魂一半是孤山。」〔註260〕

可見小青事迹，時人樂於談論。有認為實無其事者，又有言之鑿鑿者，要以周氏《書影》之說最為允當，徐氏訪墓之舉最為癡絕。《柳亭詩話》謂〈小青傳〉之詩文與詞皆出自珂月、野君，如果這樣，那麼野君必知其為子虛烏有；但由上引野君之自序看來，則又似甚為艷羨者，想野君不至於自欺欺人吧！故《柳亭詩話》未必可據。張氏書後以小青姓馮，則與其夫同矣；《聞見厄言》更謂「置之別室，似亦處之得當。」蓋為傳聞異辭。我們不必深考小青事迹的真假，但信世上果有這麼一個薄命女子就可以了。

由於小青事迹膾炙人口，因此野君《春波影》之外，演為戲曲者如雨後春筍。與野君同時者有陳季方之《情生文》，稍後復有朱京藩之《風流院》及吳炳之《療妒羹》。《劇說》以為演小青故事之戲劇，「當以徐野君《春波影》為最。」〔註261〕青木正兒以為野君之曲「固典雅大可觀，而才氣不及《療妒羹》。」〔註262〕吳梅《霜厓曲跋‧風流院》云：「明人詠小青者至多，吳朱兩作外，如徐野君《春波影》之北詞，陳季方之《情生文》之南詞，又有《梅花夢》一種，中以《春波影》為最。」〔註263〕吳焦皆難免阿其所好，當以青木之說最為平允。

〔註258〕〔清〕張潮：《虞初新志》，《筆記小說大觀》，第23編，頁2000。
〔註259〕〔清〕周亮工：《因樹厓書影》（南京：鳳凰出版社，2008年），卷4，頁398。
〔註260〕〔清〕焦循：《劇說》，頁125。
〔註261〕同上註，頁125。
〔註262〕〔日〕青木正兒著，王吉盧譯：《中國近世戲曲史》，頁317。
〔註263〕〔清〕吳梅：《霜厓曲跋》，頁700。

　　小青的結局是悲劇，《療妒羹》演為大團圓，落入俗套。《春波影》則以老尼始，以老尼終，而以幽冥皈依結案，在在表現作者「有才有色的到底生天，俗眼俗腸的終須入地」的思想，雖亦稍嫌迂腐，然尚有悲劇的餘味。徐氏布置關目，過於沈靜幽寂，缺乏生動之趣，首折賞燈、次折遊湖、三折畫像、四折冥皈；內容既為幽賞閨怨，手法又未能超脫，所以只能做為案頭之劇，如果場上搬演，恐怕容易教人入睡。

　　沈雄《古今詞話·詞評》卷下「徐士俊雁樓詞」條引《柳塘詞話》云：「野君與余論：詩如康莊九逵，車驅馬驟，易為假步。詞如深巖曲徑，叢篠幽花，源幾折而始流，橋獨木而方渡；非具騷情賦骨者，未易染指。其言正與吾輩長價。」〔註264〕就因為野君具有騷情賦骨，對於詞又主張深巖曲徑，所以在曲辭方面，他表現著幽麗舒徐的風調。

> 你那裡秋波滴瀝湘波冷，長守著孤幃隻影。盃中梨酒莫辭傾，小青兒是你前身。博得個三更枝上留殘照，煞強似二月街頭賣早春。心如哽，卿須憐我我憐卿。（〔耍孩兒〕）〔註265〕

> 情香色艷，悲悲喜喜總堪憐。也有那一生迷錦繡，也有那半世菱花鈿。得意價桃李春風紅燭夜，失意價梧桐秋雨碧雲天。抵多少新粧堪愛，舊恨難捐，金釵十二，粉黛三千。傾城傾國，為雨為煙。魂銷蘭麝，腸斷詩篇。春遊夜夜，衰草年年。消愁有句，買賦無錢。香分何處，夢到誰邊。最堪憐芙蓉帳底一宵眠，也難禁牡丹亭畔三生怨。這的是傷心綠鬢，薄命紅顏。（〔混江龍〕）〔註266〕

《遠山堂劇品》列本劇於逸品，並云：「此等輕逸之筆，落紙當有風雨聲。小青得此，足為不死。填詞若野君，再於韻律著意，則駸駸直追元人而上矣。」〔註267〕據祁氏之意，野君於韻律似不太著意，這一點說得不錯。本劇四折北曲，依次為〔雙調〕、〔越調〕、〔中呂〕、〔仙呂〕。首折不用〔仙呂〕而用〔雙調〕，尤其第三折真文更與庚青混押，都是不合韻律的。〔賞花時〕帶〔么篇〕卜唱，〔雙調〕、〔中呂〕正旦唱，〔越調〕副旦唱，〔仙呂〕卜唱，可以說是「眾旦本」。

　　《絡冰絲》，事本元伊世珍《瑯嬛記》。劇末尾聲云：「世間怪事應多矣，

〔註264〕〔清〕沈雄：《古今詞話》，唐圭璋編：《詞話叢編》（北京：中華書局，1986年），第1冊，頁1035。

〔註265〕陳萬鼐主編：《全明雜劇》，第9冊，頁5552。

〔註266〕同上註，頁5559～5560。

〔註267〕〔明〕祁彪佳：《遠山堂劇品》，頁170。

絡就冰絲仗雨餘。方信瑯嬛洞裏書。」〔註268〕作者已自道出來歷。演沈約夜坐書齋讀書，忽一女子手攜絡絲具來叩門，在戶外受空中降下之細雨，紡而爲絲。紡畢向沈氏說：「此謂冰絲，贈君造爲冰紈，以消煩暑耳。」〔註269〕說畢，隨風作舞而逝。劇情非常雋逸高雅，完全按照《瑯嬛記》敷演，沒有別出心裁的點染。作者也僅在敘寫文士的一段奇遇而已，沒有什麼寄懷和感託。像這樣簡單的情節，用獨幕劇，由生旦分唱〔雙調‧新水令〕合套，收尾收得乾淨俐落，而渺渺然饒有餘韻，是很富詩味的。

> 錯送鴛鴦被，空裁蛺蝶衣，夫人那用三盆禮，只這封姨做得三姑比。
> 蛾眉兒莫待三眠起，唾手功成千縷。素口纏綿，勝卻鸞膠鳳髓。（〔江兒水〕）〔註270〕

> 呀！你是個乘霧裁雲帝子妃，生不識苦肝脾。比似咱殘更冷焰夜聲悽，拈一首無題。有誰來叩知，有誰來扣知，管他個郎當舞袖愛前溪。（〔收江南〕）〔註271〕

青木正兒謂「曲白典雅足誦，然沈靜幽雅太過，惜其頗缺生動之趣。」〔註272〕本劇誠然乏生動之趣，但沈靜幽雅已足夠案頭清賞了。

四、桑紹良

桑紹良，僅知有《獨樂園》一劇。《孤本元明雜劇提要》云：「原標獨樂園司馬入相，明抄本，卷端題濮陽桑季子紹良著，蘇叔子潢校。紹良所撰雜劇，僅此一本，其字里俱無可徵。明代有濮州而無濮陽縣，此濮陽或舉古地名，或即濮州，亦無從考。」〔註273〕《遠山堂劇品》妙品著錄此劇簡名，題蘇澹作。祁氏蓋誤以校者爲撰者，又誤潢爲澹。《今樂考證》亦著錄本劇正名，而作者題爲葉紹良，小注云：「案一本葉作桑，俟考。」〔註274〕孫子書述也是園《古今雜劇》，據《四庫總目‧小學類存目》，載桑紹良撰《春郊雜著》一卷，《文韻考衷六聲會編》十二卷。釋云：「紹良字遂叔，零陵人。」其姓名

〔註268〕陳萬鼐主編：《全明雜劇》，第9冊，頁5581。
〔註269〕同上註，頁5577。
〔註270〕同上註，頁5576～5577。
〔註271〕陳萬鼐主編：《全明雜劇》，第9冊，頁5579。
〔註272〕〔日〕青木正兒著，王吉廬譯：《中國近世戲曲史》，頁366。
〔註273〕〔清〕王季烈：《孤本元明雜劇提要》，頁24。
〔註274〕〔清〕姚燮：《今樂放證》，吳平、回達強主編：《歷代戲曲目錄叢刊》（揚州：廣州書社，2009年），頁1476。

時代與本劇作者皆同，而里貫不同，未知是否一人。案本劇作者或爲葉紹良，與桑紹良本係二人，葉之誤爲桑，大概因爲桑紹良名字較著，雜劇作者葉紹良，不覺中便被抄寫者換了姓。

《提要》又云：「劇中記洛社耆英事，以司馬溫公爲主，輔以邵康節、張橫渠、程明道、程伊川、富韓公、文潞公、王君貺七人，又有呂申公、蘇東坡、范堯夫三人，列其名而未登場。按耆英會爲宋元豐五年壬戌歲事，與會者十三人，富韓公最長，年七十九，次文潞公、席汝言，皆七十七，次王尚恭七十六，次趙丙、劉九、馮行己，皆七十五，次楚建中、王謹言，皆七十二，次王君貺七十一，次張問、張燾皆七十，司馬溫公最少，六十四。並無邵康節、張橫渠、程明道、程伊川、呂申公、蘇東坡、范堯夫諸人在內。史稱溫公居洛十五年，以元豐七年上《資治通鑑》，八年入京爲門下侍郎，次年（元祐元年）爲尚書左僕射，而呂申公爲門下侍郎，旋遷尚書右僕射，范堯夫同知樞密事，伊川爲崇政殿說書，文潞公平章軍國事，蘇東坡爲翰林學士，亦皆是年之事。是年九月朔溫公卒，年六十八。明道則先一年召爲宗正寺丞，未至卒。康節、橫渠皆先九年（熙寧十年）卒，富韓公先三年（元豐六年）卒。此劇於年代先後雖勉強牽合，然所記事蹟，根據史鑑，且通場人物皆先儒先賢，足以啓後人景仰之心，既無邪佞之人，亦無綺麗之語，光明正大，在傳奇雜劇中可謂別開生面。然其尤爲難得者，作道學語，而絕無腐儒氣；用經書語，而脫盡帖括氣。爲正人君子寫照，而機趣橫生，毫不板滯。其楔子云：『茅屋矮，竹籬斜，這其間也得睡箇囫圇夜。』第一折〔混江龍〕云：『商管術硬充爲元聖法，申韓言生紐做素王云；花世界、錦乾坤，百忙裏改換做迷魂陣。』此等詞句，亦本色、亦典雅，漢卿、若士之長，兼而有之。又〔那吒令〕云：『嘆周朝不辰，被七雄裂分；恨秦王不仁，把六邦併吞；笑高皇不文，按三尺怒嗔。』此六句皆須叶韻，本不易作，而能語語穩愜，且將半部《通鑑》，包括無遺。苟非作家，安能爲此。又第三折〔麻郎兒・么篇〕首句云：『拚取、歡娛、笑語』，兩字一韻之短柱格，妙在自然，比實父《西廂》之『這一篇與本宮、始終、不同』句，毫無遜色。而不用襯字，更爲渾成。其餘俊語甚多，不勝枚舉。通體曲律謹嚴，排場周密，科白典雅，語語有本，元明人所撰傳奇雜劇似此者甚少。乃桑氏之姓名既不著，而此本又久失傳，幾致湮沒，文字顯晦，殆有幸有不幸，而非盡關於筆墨之優劣歟？」〔註275〕

〔註275〕〔清〕黃文暘：《曲海總目提要》，頁24～25。

《遠山堂劇品》謂本劇「妙在從君實口角中，討出神情，此於移商換羽外，別具錘鑢，即在元曲，亦稱上乘。」〔註276〕

本劇北曲四折，均由正末扮之司馬溫公獨唱，純為元劇科範。音律精審，曲文亦誠如王氏所謂典雅、本色兼而有之。尤其難得的是諷誦之際，令人齒牙間有拂拂之氣，故祁氏譽為「即在元曲，亦稱上乘。」然通劇人物「皆先儒先賢」，慶會祝壽，其事平淡無奇，關目板滯，場面單調，置之案頭固「足以啓後人景仰之心」，而登之氍毹，匹夫俗子，不索然鼾睡者幾稀。以詞曲論，王氏之論，或非過譽，以戲劇論，則不能算是「當行」之作。

五、陳汝元

陳汝元，字太乙，號太乙山人，又號燃藜仙客，別署函三館。浙江會稽人（今浙江紹興）。嘗官知州，貧而嗜古，工於詞曲，與湯顯祖並稱，時人稱「玉茗、太乙」。所製傳奇三種，即《金蓮記》、《紫環記》、《太霞記》。僅《金蓮記》傳世。另有雜劇《紅蓮債》一種。〔註277〕

《紅蓮債》和《金蓮記》都是根據《清平山堂話本・五戒禪師私紅蓮》敷演的。柳翠紅蓮的故事在戲曲小說裏很盛行，而且有其發展和轉變，第四章討論徐文長《翠鄉夢》時已經說過。陳氏此劇將五戒作為東坡的前身，雖有所本（見宋釋惠洪《冷齋夜話》），但牽合太甚。五戒坐化後，托生為東坡，紅蓮和他的養父清一也再世投胎為東坡的侍妾朝雲和東坡所喜愛的妓女琴操，五戒的師弟明悟和尚則轉世為佛印。當東坡天天擁美妾、抱艷妓飲酒取樂的時候，佛印給他們說明前生，於是朝雲為女道士，琴操為尼，東坡也改裝入道。這樣的「點化」法，「突兀」得完全落入元人神仙道化劇的窠臼，給人的感覺是非常不自然的。

本劇北曲四折，依次為：〔越調〕、〔雙調〕、〔仙呂〕、〔雙調〕，分由小生、末、生、末獨唱。除了唱法破壞元人規矩外，宮調秩序的錯亂和〔雙調・新水令〕套的重複（曲牌不甚重複），也都是元人所沒有的。（元人李直夫《虎頭牌》重用〔雙調〕，但一為〔新水令〕套，一為〔夜行船〕套，曲牌全異。）又首折協庚青而混真文，則是聲韻上的毛病，此病明人往往有之。

《遠山堂劇品》列本劇於艷品，並云：「東坡為五戒後身，僅見之小說，

〔註276〕〔明〕祁彪佳：《遠山堂劇品》，頁145。
〔註277〕陳汝元生平見傳大興《明雜劇考》。

亦因坡公爲夙慧，想當如是耳。紅蓮事，葉美度已採入《玉麟記》中。太乙傳此，藻艷俊雅，神色俱旺，且簡略恰得劇體。」〔註278〕所謂「藻艷俊雅，神色俱旺」確是本劇特有的風調。

> 俺從來罕見的是娉婷，怎當他眼角流波百媚生，禪伽一見魂難定。
>
> 料應他一點兒嬌情，都付與兩朵桃花臉上傾。害殺人兒是這個卿卿。
>
> （〔調笑令〕）〔註279〕

> 洗盡繁華，一個蒲團消五濁；躭圖清雅，半簾花雨悟三車。孤棲魂斷夕陽斜，歸來門打黃昏下。只指望通玄超大法，卻被露珠兒沈沒了浮西筏。（〔駐馬聽〕）〔註280〕

不只曲文俊雅妥溜，即賓白亦頗爲清適爽口。本劇是以文字取勝的。

六、祁麟佳

祁麟佳，字元孺，別署太室山人。浙江山陰人（今浙江紹興）。明代藏書家澹生堂主人祁承爜長子。據崇禎戊寅恩貢同年錄，承爜有子七人，依次爲麟佳、鳳佳、駿佳、豸佳、彪佳、熊佳、象佳。祁氏兄弟頗好風雅，駿佳有雜劇《鴛鴦錦》。豸佳有《眉頭眼角》雜劇，《劇品》稱爲「詞情宕逸，出人意表。」〔註281〕以上《鴛鴦錦》、《眉頭眼角》兩劇俱不存。彪佳則是《遠山堂曲品》和《劇品》的作者，更有《全節記》和《玉節記》兩部傳奇。麟佳所作爲《大室山房四劇》，包括《救精忠》、《紅粉禪》、《慶長生》、《錯轉輪》四種。彪佳曾將此四劇及其詩集《問天遺草》梓行，但現在我們只能在《盛明雜劇二集》看到《錯轉輪》一種而已。彪佳《遠山堂文集·大室山房四劇及詩稿序》有云：「噫嘻！世有文人而不遇，如我伯兄氏者哉！」〔註282〕又云：「每見架上殘編，輒怳忽有靈氣護之，夢然而夢，則伯兄氏在也；颯然而醒，則痛哉伯兄氏衰草白楊，蕭蕭霜露矣。」〔註283〕可見元孺是個不遇的文人，他死在彪佳之前。彪佳於弘光乙酉年（1645）自沈殉國，則元孺之卒，至晚在此以前。〔註284〕

〔註278〕〔明〕祁彪佳：《遠山堂劇品》，頁177。

〔註279〕陳萬鼐主編：《全明雜劇》，第7冊，頁4218～4219。

〔註280〕同上註，頁4228～4229。

〔註281〕〔明〕祁彪佳：《遠山堂劇品》，頁173。

〔註282〕吳毓華編：《中國古代戲曲序跋集》，頁285。

〔註283〕同上註，頁285～286。

〔註284〕祁麟佳生平見祁彪佳〈大室山房四劇及詩稿序〉。

　　《錯轉輪》演一段頗為滑稽有趣的故事，在許多消極的宗教劇中算是比較清新的。王賢是個精通律條、善於審案的人，他的靈魂常被轉輪殿主請去當判官。他有個朋友張子才很羨慕他，竟自縊身死，想隨他到地獄去遊歷一番，不料他的陰魂被一個惡鬼捉弄，騙他錯投人世為豬。他的妻子見他連日不活，慌忙去找王賢，王賢也自縊身死入陰間查訪，終於查出作弊的因由，趕忙還陽，把錯投為豬的張生殺死，張生因此得能返魂。

　　本劇首折將歷史上王導、溫嶠、張儉、張俊、彭祖、秋胡妻等人的功罪，重新審理。認為王導「忒不為主」，應當變耕牛。溫嶠「全忘反哺」，應當變鴟鳥。張儉「不知害了多少生命」，應當變作穿山甲。張俊「貪殘悖義」，應當變作中山狼。彭祖與妻鄭氏「妖媚」，應當變作雌雄野狐。秋胡妻「忌同射影」，應當變作毒蛇。雖然論點不免迂腐，但卻是寄個人感慨的。首二折都僅用兩個角色對敘當場，稍覺沈悶。第四折亦嫌草草。倒是楔子演惡鬼捉弄張生，暴露地獄之賄賂需索，同於人間，最為生動。按理這樣的情節是可以大作文章的，卻只施以楔子，不免力薄勢弱了。

　　在格律方面，北曲四折一楔子，開場用〔畫堂春〕一闋虛籠大意，並標示正目七言四句，純為南戲家門。首折〔仙呂〕獨唱，次折〔雙調〕生獨唱〔七弟兄〕以前諸曲，小生獨唱〔梅花酒〕以下三曲，楔子用〔清江引〕五支，生、鬼各唱一支，小生唱二支，二鬼卒合唱一支。第三折〔商調〕淨獨唱，套前加一支〔賞花時〕由生唱。第四折〔般涉‧耍孩兒〕套，生、小生分唱。北曲由眾角色分唱、合唱及開場用家門形式，在祁氏的時代原不算什麼，但楔子用〔清江引〕五支，及套前加〔賞花時〕一支，究竟是特別。

　　《遠山堂劇品》列《大室山房四劇》於雅品，其《錯轉論》評云：「水判之語雄，王生之語婉；雄則近怒，婉則近喜。至於擬獄數段，有痛罵處，有冷嘲處，令人忽怒忽喜。以是見文人之舌，不可方物乃爾。」〔註285〕這樣的批評，對乃兄是公正的。

　　　　相隔斷，陰陽非誕。要追隨，人鬼殊難。俺可也似冰蠶，寒生時慣。
　　　　同火鼠，熱來無患。勸伊家，隨安且安。再休想，得閒處失閒。呀！
　　　　牢守著，睡眠饑飯。（〔太平令〕）〔註286〕

　　　　怎禁得旅燈淒雨，淚滴寒宵。落葉悲風，恨惹砧敲。紅袖玉樓，腸

〔註285〕〔明〕祁彪佳：《遠山堂劇品》，頁165。
〔註286〕陳萬鼐主編：《全明雜劇》，第9冊，頁5674。

斷夢遠。輕撒漾、弔影迢遙。那些個玉門關生入的燕頷貌。（〔上馬
嬌〕）〔註287〕

其他散佚三劇，茲據《劇品》錄述如下：

《救精忠》：北四折。閱《宋史》，每恨武穆不得生，乃今欲生之乎？
有北詞，而檜、卨死，武穆竟生矣。

《紅粉禪》：南北四折。紅裙鬥茗，仕女參禪，並列詞中，出以娟秀
之調，如一枕松風，沁人心骨。〔註288〕

《慶長生》：北四折。大室作此以壽母。一幅神仙逍遙圖，若小李將
軍，寸人豆馬，毛髮生動。

七、茅　維

茅維，字孝若，號僧曇，浙江歸安人（今浙江吳興）。茅坤的少子。坤字
順甫，以選唐宋八大家古文馳名，世稱鹿門先生。萬曆間，孝若、臧懋循（晉
叔）、吳稼鐙（翁晉）、吳夢暘（允兆）並稱四子，皆以詩名。孝若在科場上
不得志，而以經世自負。曾經詣闕上書，幾得召見。又曾被鄉人構害，幾乎
陷於大僇。著有《十賚堂集》數十卷，雜劇有《蘇園翁》、《秦廷筑》、《金門
戟》、《醉新豐》、《鬧門神》、《雙合歡》等六種，俱存。他曾經請錢謙益替他
的雜劇作序，後來卻向人說：「虞山輕我！近舍湯臨川，而遠引關漢卿、馬東
籬，是不欲以我代臨川也。」由此可見他性情的兀傲。〔註289〕

《蘇園翁》，事本《宋史》卷四五九〈蘇雲節傳〉，敘蘇雲卿懷才遯世，
灌園爲生，其友張浚令漕帥招致幕下，共襄中興大業，雲卿見時無可爲，一
夕遁去。此劇似是作者用以托懷寫志。按錢謙益《牧齋初學集》卷十六庚辰
（崇禎十三年）稿〈次韻答茅孝若見訪五首〉，小注云：「孝若扼腕時事，思
以布衣召見，故有諷止之言。」其第五首云：

夏馥爲傭雇，蘇翁事灌園；天人猶反覆，筆舌敢隄喧。薄俗安繩墨，
清時許耐髡。君看懸磵水，汩汩到波渾。〔註290〕

〔註287〕同上註，頁 5688。
〔註288〕〔明〕祁彪佳：《遠山堂劇品》，頁 164～165。
〔註289〕茅維生平見《明史》卷二八七、《明史稿》卷二六八、《明詩綜》卷七十一、《明
　　　　詞綜》卷六、《明詩紀事》庚三十、《列朝詩集小傳》丁下、《浙江通志》卷一
　　　　七九、《湖州府志》卷七十五。
〔註290〕〔清〕錢謙益：《牧齋初學集》，《四部叢刊初編》（臺北：臺灣商務印書館，

劇中的蘇園翁也對時事抱著悲觀與失望，正與孝若「扼腕時事」相同。大概他在詣闕上書，召見不果之後，感天人反覆，所以只好與雲卿一樣的懷才遯世。但事實上他內心還是不平的，因此牧齋才有諷止之言。

本劇僅一折，用北曲〔越調〕套三十二支曲組成，由生獨唱。元劇套曲牌最多者爲《魔合羅》〔中呂〕套，用曲二十六支，本劇較之，猶多六支。可以說是元明雜劇中最長的一折。分四個段落，〔麻郎兒〕以前十一支，蘇園翁自敘隱居生活；〔東原樂〕以下四支，述與村人周旋之閒趣；〔拙魯〕以下十二支述漕帥奉張浚命來訪，與論時事；〔耍三臺〕以下五支述園翁避居他處，不知所往。首尾俱以張浚出場，作爲關目的起訖。寫閒談之情，排場過於冷靜，尤其長套大曲，教人昏昏欲睡；案頭觀之已不耐其煩，場上演來可知。然文字尚不失爲典雅幽閒。

> 忙碌碌白駒過隙，鬧嚷嚷長安奕棋。只俺閒悠悠也自有農圃幹濟。
> 只看這怒生草甲，那些非天和地德。埋名在竹塢疎籬，怎同那鼓腹嬉、農夫伴地。收拾經綸，擺脱拘繫。（〔紫花兒序〕）〔註291〕

《秦廷筑》，演荊卿赴秦，燕太子丹與高漸離易水送行，荊卿不幸失敗。秦滅六國，高漸離混迹市朝，與伶人擊筑。秦始皇頗賞其技，不忍殺之，使爲瞽人鼓於殿廷，漸離以筑擊始皇，終被殺。作者之意蓋以高漸離繼荊卿之餘烈。寫荊卿從易水送行下筆，省卻許多筆墨；荊卿刺秦失敗用暗場處理，以免與秦廷擊筑重複，關目的布置，甚見匠心。鄒氏眉批云：

> 第一段幽咽蒼涼，情深一往；第二段欷歔歷落，曲寫無聊；第三段
> 如風起水湧，虎嘯猿啼，使覽者萬感交集，但覺高歌有鬼神。〔註292〕

三段風調各異，誠如鄒氏所言；而尤以秦廷擊筑一段，最爲可觀，其情詞奮揚，深堪動人心魄。

> 試彈這大石調，古涼州，似滿天風雨愁，白日蛟龍鬥。又似那猛雕鶚，怒翻轉，淒淒切切崩崖溜，一會價凜如秋。（〔大德歌〕）〔註293〕
> 又有個穆天子八駿神遊，怎拾了金床玉几，又想那閬苑崑丘。天地悠悠，潼醲白鵠、駕紾青牛。別有雲璈鳳管，怎數那楚舞齊謳。自

1965 年），卷 16，頁 179。

〔註291〕〔明〕沈泰編：《盛明雜劇》，三集，卷 6，頁 3。

〔註292〕同上註，卷 7，頁 1。

〔註293〕同上註，頁 9。

古那有似俺的一統嬴秦，六王鐘簴，盡徙龍舟。（〔折桂令〕）〔註294〕

只樂盡早悲來，挽不住銅壺漏。又有石馬陰風、荊棘銅駝。那麋鹿早在姑蘇臺上走，儘著人帶劍上吾丘。休休。那些金玉盌、黃腸湊，怕的是野火燒竟沒人收，歌舞臺更倩誰來守？不見的章華宮細腰垂柳，一樣的悲秋。（〔掛玉鉤序〕）〔註295〕

　　本劇分三折，而事實上僅由北曲〔雙調・新水令〕套組成。故嚴格說來，只是三段，而不是三折。第一段只用〔新水令〕、〔駐馬聽〕、〔沈醉東風〕三曲，由外扮荊卿獨唱。協寒山韻。第二段〔步步嬌〕以下八曲協齊微韻，由生扮高漸離獨唱。第三段〔萬花方三疊〕以下十三曲協尤侯韻，亦由生獨唱。全套共二十四曲，分三段、三排場，轉韻三次，有似南曲的移宮換羽轉排場，但北曲中割裂一套爲三折的情形，這是第一次見到的。

　　《金門戟》，演漢武帝姑母館陶公主嬖面首董偃，引見武帝，武帝大寵之。東方朔執戟於金門力諫。事本《漢書》卷六十五〈董偃傳〉。本劇一折，〔北黃鐘・醉花陰〕套，用曲二十三支，分三段：第一段〔神仗兒〕以前八曲，述館陶公主召見董偃，深致愛憐之意。協庚青韻，且獨唱。第二段，〔節節高〕以下十一曲，述帝幸公主家，延見董君，平陽公主進衛子夫。協家麻而混車遮韻，除〔晝夜樂〕及〔么篇〕由眾女樂齊唱外，俱由生獨唱。第三段〔雙鳳翹〕以下四曲，仍協家麻混車遮。述東方朔金門執戟進諫，武帝不得已，不敢攜董君入宣室正寢，而往北宮。雖不分折，然排場的轉變及換韻、換角色獨唱，則與《秦廷筑》相同。本劇寫艷情宴樂，文字亦用清詞麗句。唯金門執戟進諫，失之草草，故主題不顯。

只見些嬌鳥不停聲，青海燕穿簾體勢輕，尋疊遍、雕梁藻井，挾雙飛、周十二城。愛的是斜日闌干花幕靜，剪尾開錦窠裏美滿恩情。（〔喜遷鶯〕）〔註296〕

　　《醉新豐》，演馬周遭時不遇，嗜酒落拓，後來館於中郎將常何家。貞觀中詔百官言得失，何武人不涉學，周爲條二十餘事，太宗怪問，何對言家客馬周爲之。太宗召與語，大悅，拜監察御史，累拜中書侍郎，遷中書令。事本《唐書》卷七十四〔馬周傳〕。作者之意蓋頗嚮往馬周之爲人，由召見入仕，

〔註294〕〔明〕沈泰編：《盛明雜劇》，三集，卷7，頁10。
〔註295〕同上註，頁11。
〔註296〕同上註，卷8，頁2。

終得施展抱負。這正是孝若所期望的。

本劇關目甚爲蕪雜，楔子述龍母請李靖及馬周行雨，贈李金甲威神一座，贈馬玉堂仙史一座，由是李、馬文武分途。這種設爲因果的關目非常無聊，令人厭惡，不止蛇足而已。李靖後文無照映，於此出現，亦屬贅疣。首折寫馬周醉曲江，雖用二旦陪襯，仍顯十分單調沈悶。次折先述馬周見岑丞相，接著忽然崔縣令勸農，由淨外丑末等角色胡鬧滑稽了一篇二、三千字的長白，然後馬周踏青至，衝撞了皂隸，被補審問，演了一段「使酒罵黃堂」，幸得丞相派人尋覓，才解救了他。作者之意，蓋用爲調劑場面，但穿插牽強，非常不自然。三折先述袁天罡看相，再述華山仙召見馬周，勸他戒酒，並還給他因飲酒過度而喪失的五臟元神。此折又落入了迷信窠臼。四折述因常何之薦，點將出兵，得展雄才。

本劇楔子與四折俱用北曲。楔子用〔端正好〕、〔賞花時〕、〔么篇〕、〔八聲甘州〕等曲，由旦獨唱。這種體例在元明雜劇中是獨一無二的。〔仙呂〕十曲、〔正宮〕十三曲，俱生獨唱；〔大石〕十三曲由末、小生、外、生分唱。〔中呂〕十六曲由外、小生、生分唱。關目迤沓，排場又隨意轉變，眞可謂結構草率。曲文則尙屬雅麗。

> 翠擁紅遮無縫罅，酸睞們忙奔煞。你道是太平時候鬪奢華，桃花水
> 初漲了秦川灞，錦纏頭各占了紅亭榭。那些個面曲水、好張筵，傍
> 高樓、堪繫馬。看雙鬌粉褪臙脂頰，軃半臂撚琵琶。（〔油葫蘆〕）
> 〔註 297〕

《鬧門神》，《曲海總目提要》卷十三謂此劇：「言除夕換桃符，新門神已至，而舊門神不肯去，互相爭嚷，醜態百出。宅神、和合神、竈君、鍾馗、五路財神等並爲解紛。其意蓋以譏守令官有新舊交代者，新官已至，而舊官不肯去，以致喧爭不息也。明沈周〈門神詩〉云：『莫向新郎訴恩怨，明年今夜自分明。』隱寓此指。《兩生天》內採取此折，以補入《一文錢》劇，爲盧至家之門神，更增幻矣。」〔註 298〕本劇諷刺的意味是很顯然的。當九天監察使下凡稽查時，發現太平巷穢氣薰蒸，人物凋敝，不禁大驚道：「呀！元來那第一家舊門神作祟這方，又不肯讓那新門神管事，且不究他貪位慕祿的心腸；只看他喫糧不管事，怎弄得那家門面，眞恁破敗了。」世間正不少

〔註 297〕〔明〕沈泰編：《盛明雜劇》三集，卷 9，頁 5～6。
〔註 298〕〔明〕黃文暘：《曲海總目提要》，卷 13，頁 635。

這種官吏。然本劇排場熱鬧，諸神雜沓上下，新年開演，頗可賺人耳目。全劇止一折，用〔北越調·鬪鵪鶉〕套，關目排場俱妥貼，雄肆酣暢，極嬉笑怒罵之致。

> 誰將俺畫張紙裝的五彩冷面皮，意氣雄赳豎劍眉。闊口鬤鬆，手擎著加官進爵，刀斧彭排，奇哉！剛買就遍街人驚駭。盡道俺龐兒古怪，滿腹精神，倜儻胸懷。（〔紫花兒序〕）
>
> 俺且眼偷瞧、桃符好乖，那戴頭盔將軍忒呆。只你幾年上都剝落了顏色，甚滋味全無退悔。（〔金蕉葉〕）
>
> 少不得將苕帚刷去塵埃，把舊門神摔碎，扯紙條兒滿地踹，化成灰。非俺沒面情挈帶，只你風光過來，威權類齗。到今日呵！迴避也該該。（〔小桃紅〕）〔註299〕

寫門神的可憐相寫得這麼活現，與周憲王〔鬧鍾馗〕之寫鍾馗有異曲同工之妙。

《雙合歡》，《曲海總目提要》卷十三謂本劇云：「即《廬夜雨》事，曲白稍有異同。曰《廬夜雨》者，以孟月華避雨墓廬中爲名。曰《雙合歡》者，宋珍與月華既離而復合，珍又爲妹瑤姬與柳鼎作合，故取《雙合歡》爲名也。」〔註300〕按《提要》謂「近時人作。」小注云：「按此劇爲明茅維撰。」今《提要》所述之關目大要與本劇略同，然人物姓名及細節則異，則小注以本劇屬孝若，蓋誤。或者是孝若取前關目，重爲敷演，劇名未予更易，故容易使人誤混爲一。本劇敘勾曲外史與婢紫蘭、小僮文漪俱有私情。文漪娶村女絳樹之日，其姊蕊珠前來主持，而蕊珠與外史亦屬舊歡。是日文漪既新婚燕爾，外史更與紫蘭、蕊珠連床同歡，故云《雙合歡》。以〔北大石〕二十曲成一折，由生獨唱。關目殊無聊，然清詞麗句，堪稱嫵媚。本劇之後又有「補雙合歡詞」〔中呂·粉蝶兒〕一套，乃補文漪、絳樹洞房之詞。

> 同斟春酒，一派仙韶。列種梧桐，和那忘憂萱草。三星燦耀，一輪月皎。只見的碧潭波淼，紅樓烟罩，八窗糊縞，四壁塗椒。墻窺宋玉，扇扳溫嶠。一夕親醮，三朝拜廟。慣詠天桃、歌得至寶，我且弄琴心、賦彩毫。彈的是將雛曲，求鳳操；三婦艷，一段嬌。自今呵！老扶燕玉，尚有那楚楚纖腰。璧人清嘯，憑著他美人兵下連珠

〔註299〕陳萬鼐主編：《全明雜劇》，第 9 冊，頁 5632～5634。
〔註300〕〔清〕黃文暘：《曲海總目提要》，卷 13，頁 634。

寨，只操棘刺，端把白猿公早降伏了。（〔玉蟬翼煞〕）〔註301〕

綜觀孝若六劇，俱用長套大曲，為北劇所罕見。其格律、關目與排場，除《鬧門神》外，俱不得體法。尚可注意的是好用僻調。如《蘇園翁》之〔送遠行〕、〔鄆州春〕；《秦庭筑》之〔萬花方三疊〕；《金門戟》之〔雙鳳翹〕、〔九條龍〕、〔興龍引〕；《醉新豐》之〔月照庭〕、〔蘇武持節〕等。然其曲文則能隨劇情而或閒談雋逸、或清麗嫵媚、或雄肆樸素，作者的才氣於此可見。孝若自命不凡，以臨川自許，觀其《金門戟》、《雙合歡》二劇，雖尚未逮臨川，但已可以望其項背了。

八、其他諸家

除以上所述，北劇諸家尚有湛然、孫源文、鄭瑜、黃家舒、鄒兌金等。

（一）湛　然

湛然，僧人，俗家姓名不詳。自號沒用、又號散木、無名叟。浙江會稽人（今浙江紹興）。陳繼儒《筆記》卷二云：「蜀僧湛然，註《楞嚴》及《易》，皆有名理，妙于談論。與余同坐顧光祿熙園橋上，指柳枝云：此物何以易生，蓋柳星在二十八宿中，寄根于天，故栽之輒活。」〔註302〕則湛然略與眉公同時。著有傳奇《妬婦記》一種。《遠山堂曲品》列於具品，且云：「湛然大師以婦人悍妬，多入三塗，遂取房玄齡事，諱其名為白心室，雖大師一片婆心，亦未免老僧饒舌。」〔註303〕雜劇有《魚兒佛》、《地獄生天》二種。

《地獄生天》，《遠山堂劇品》列入能品，題散木湛然禪師作。並云：「南北五折。老僧說法，不作禪語，而作趣語，正是其醒世苦心。詞甚平，然無敗筆。」〔註304〕〔註305〕

《魚兒佛》一劇僅見於《盛明雜劇二集》，署名：「古越湛然禪師原本，寓山居士重編。」〔註306〕可見此劇非湛然原本。王靜安《曲錄》卷三以寓山

〔註301〕〔明〕沈泰編：《盛明雜劇》，三集，卷11，頁10～11。
〔註302〕〔明〕陳繼儒：《筆記》，王雲五主編：《叢書集成初編》（長沙：商務印書館，1939年），卷2，頁20。
〔註303〕〔明〕祁彪佳：《遠山堂曲品》，頁96。
〔註304〕〔明〕祁彪佳：《遠山堂劇品》，頁186。
〔註305〕日人荒木見悟有〈明末の禪僧湛然丹澄について〉一文，見《支那學術研究》第二十八號。謂《湛然語錄》卷八有「自號沒用」、「又號散木」之語，又《慨古錄》署為「無名叟」。
〔註306〕〔明〕沈泰編：《盛明雜劇》，二集，卷19，頁1。

居士爲湛然別號是錯誤的。寓山居士未詳何人。本劇與湛然其他二劇一樣，都是寓佛法於戲劇之中，以之爲傳道的工具。《魚兒佛》故事的流傳頗廣，寶卷中有《魚籃寶卷》一種，傳奇中亦有《魚籃觀音》二種，一種明無名氏作，一爲清李漁所撰。由於以傳道化人爲目的，所以宗教的意味太重，反失之平淡無奇。雖第二折之地獄、第四折之龍宮，極力以排場熱鬧調劑，然終覺散漫，未能層層逼人；且通劇運用佛家典故頗多，並非一般信徒所能瞭解。因此，本劇無論戲劇的功能或傳教的目的，都不能算成功。

通劇四折，依次爲〔中呂〕、〔商調〕、〔仙呂〕、〔雙調〕，分由旦、正旦、正末、外旦獨唱。曲辭除〔逍遙樂〕、〔金菊香〕諸曲，尚能以樸素見長外，其餘俱淡乎寡味，毫不足觀。

（二）孫源文

孫源文，字南宮，號笨庵，江蘇無錫人（今同）。明季諸生。有至性，善飲酒，好讀書，關心天下事。崇禎十七年，聞京師陷，帝殉社稷，悲泣無間晨昏，未幾咳血聲瘖，淚盡而絕。著有雜劇《餓方朔》一種。〔註307〕

《餓方朔》，演述蓬萊宴上，王母娘娘問與會群仙，人間何者第一？東方朔奏稱文章學問第一；劣仙郭滑稽奏言有福之人爲第一。王母娘娘便命東方朔引一般「能文仕女」，郭滑稽引一般「有福東西」，同向人間，看誰第一，使知勝負。於是東方朔引少年才子終軍、太史司馬遷、辭賦家司馬相如、將軍李陵、皇后陳氏；郭滑稽則引公孫弘、張湯、卜式、金日磾、李行首等五個「最下等貨色」同下凡間。結果東方朔所引的五人，個個遭逢噩運，郭滑稽所引的五人，人人高官厚祿。東方朔不得已回見王母，卻因「吃了煙火之食，交梨火棗，乾不濟事，須索米來充肚也。」〔註308〕乃又急急往下界有福人家寄食，他所引來的五人無法供給，郭滑稽所引的五人又不予理會，終於守了長飢。鄒氏眉批云：「此編可稱滑稽之雄，令人游心駭耳。」〔註309〕《劇說》亦云：「悲歌慷慨之氣，寓於俳諧戲幻之中，最爲本色。」〔註310〕表面上是藉著東方朔一段滑稽事，其實是寄著無限的感慨。作者可能是個遭時不遇的人。

〔註307〕孫源文生平見《無錫金匱縣志》卷二十二。
〔註308〕〔明〕沈泰編：《盛明雜劇》，三集，卷29，頁14。
〔註309〕同上註，頁1。
〔註310〕〔清〕焦循：《劇說》，頁143。

只道他金印懸來斗大,只道他黑頭擁去高牙。誰人要把眼釘拔。逼
千丈壯心隨左袒,教一靈怨魂引鳴笳,留幾行血淚消殘蠟。(〔紅綉
鞋〕)〔註311〕

這樣的文字是堪稱雄麗的,其關目之安排亦頗得宜。只是由王母獨唱北曲四
折一楔子,主要人物反無用武之地,敘述關目,形式有類諸宮調之演唱法,
因此排場單調冷落。全劇四折俱協家麻韻,更為元明雜劇僅見之例。

(三)鄭 瑜

鄭瑜,字號、籍貫、生平俱不詳。著有雜劇《鸚鵡洲》、《汨羅江》、《黃
鶴樓》、《滕王閣》等四種,俱存;另《椽燭修書》一種已佚。

《鸚鵡洲》,假藉彌衡之魂重遊鸚鵡洲,與鸚鵡之魂設為問答。目的在作
翻案文章,處處替曹操迴護,說他是曠世英雄,功過周公。而以鸚鵡之言代
表世俗之見,一一予以反駁,雖間有強詞奪理處,然頗可矯正一般人所受通
俗《三國演義》的影響。用〔北仙呂‧點絳唇〕一折。

《汨羅江》,開場由屈原之魂與漁父各發一長篇大論,文字間用駢偶。接
著由漁父念一段〔離騷〕,然後吹笛,由屈原用一調或二調隱括之,計用〔北
雙調〕二十二支曲方才隱括完畢。其用意不過在顯示「大夫這樣一套長曲,
頃刻填完了,豈非是個才子。」

《黃鶴樓》,假藉呂純陽和柳精重遊黃鶴樓時之問答,作一些俗人對呂洞
賓傳說的翻案文章,和講述一套所謂成仙學道的劫數。最後又由洞賓與柳精
問答,如柳問「富貴的」,呂即答「玉甌寶鏡」,計一百句。尚有可觀。北曲
一折,用〔雙調‧五供養〕套;〔新水令〕反在〔五供養〕之後。

《滕王閣》,用兩折。前折〔北仙呂‧點絳唇〕套,由王勃唱隱括〔滕王
閣序〕唱一段,再由另一角色念一段序文,互相對照,手法與《汨羅江》相
同。次折南曲眾唱,為宴會之辭。

以上四劇關目均極簡單,毫無曲折變化,文字典雅,隱括之曲雖尚順適,
然板板無生氣,這簡直是作繭自縛,失敗是必然的。因為原作已為十全精品,
隱括之作,限制音律太嚴,即使有大才,也無法施展。戲劇一旦落入此等境
地,豈非等於辭賦的附庸?

《椽燭修書》,《遠山堂劇品》列入雅品,注南一折。並云:「宋子京燃椽

〔註311〕〔明〕沈泰編:《盛明雜劇》,三集,卷29,頁11。

燭，擁歌妓，修潤《唐書》，是一番極富麗景象，詞亦華美稱之。」〔註312〕

（四）黃家舒

黃家舒，字漢臣，無錫人（今同）。明季諸生。明亡後，坐臥斗室，謝絕交遊，工作曲，著有《城南寺》雜劇一種，又有《焉文堂集》，並傳於世。〔註313〕

《遠山堂劇品》列《城南寺》於逸品，並云：「杜牧之狀元入城南寺，遇入定僧，問其姓名，不對。杜詰之：汝知狀元否？僧云：不知。杜故有『禪師都未知名姓，始識空門意味長』之句。黃君發之於詞，讀一遍，令人名利之心頓盡，其以詞證禪者耶？」〔註314〕本劇旨在說明「利障易消，名根難盡；多少有智慧奇男子，埋沒在應舉登科；多少沒結果小前程，破壞了生天成佛。」蓋亦作者發舒感慨之作。通劇二折，俱用北曲，由生扮演杜牧獨唱。此等關目失之沈寂，與文人賦詠無殊，已非場上之劇。然文詞典雅可誦，非靡麗者可比。

（五）鄒兌金

鄒兌金，字叔介，《雜劇三集》編者鄒式金之弟。雜劇有《空堂話》一種。此為作者遣懷之作，劇中的張枚即作者自況。敘新正宿醒未醒，命僮邀子畏、希哲來赴宴。其實子畏早已亡故，希哲亦在京會試。乃與友人張孝資自言自語，故謂之《空堂話》。內容無非放志清盧，不問世事。作者大概是個不屑場屋的人。「俺相公半世磨成傲骨，前生種下痴腸，說起古今書，部部皆窺，偏空下眼前八股；隨他知名士，人人願友，只拗了場中主司；生長在紈袴叢中，具眼的卻道他作人無長物，興至把胡荽撒去；有識者卻道是終日無鄙言。」〔註315〕其兄式金眉批云：「叔弟深入禪那，此文從妙悟中流出，筆墨俱化；逸氣高清，藻思雅韻，特餘技耳。」〔註316〕推許甚至；只是排場沈悶，但供案頭而已。本劇卷首特注：「〔雙調〕齊微韻不重押」，足見其嚴於韻。北曲一折，末本。《遠山堂劇品》列為逸品，並云：「張幼于為吳中第一狂士，記其空堂自觴，卻與唐子畏、祝希哲千里對面；醉語、夢語，無不是醒語、化語。鳧公云：作者其青蓮、坡老之裔孫，若士、文長之季孟耶？」

〔註312〕〔明〕祁彪佳：《遠山堂劇品》，頁167。
〔註313〕黃家舒生平見《無錫金匱縣志》卷二十六。
〔註314〕同上註，頁170。
〔註315〕〔明〕沈泰編：《盛明雜劇》，三集，卷5，頁1。
〔註316〕同上註，頁1。

〔註317〕梟公之言揄揚太過，然曲文尚屬清雅。

第六節　傅一臣及其他南雜劇諸家

一、傅一臣

　　傅一臣，字青眉，號無技，別署西泠野史。浙江杭縣人（今同）。梁廷柟《藤花亭曲話》卷一謂「國朝西泠野史與無枝甫合作雜劇四種，一曰《鈿盒奇緣、二曰《蟾蜍佳偶》、三曰《義妾存孤》、四曰《人鬼夫妻》。」〔註318〕按敲月齋本《蘇門嘯》題「西泠野史無技甫填詞」，李氏誤為二人，又誤技為枝，且所見才四種。李氏謂之「國朝」，則是青眉由明入清。但《蘇門嘯》成於崇禎十五年（見下），當然還要算明代作品。汪漸鴻〈蘇門嘯小引〉云：「青眉兄，予聲氣交也。其偉抱玄襟，每以驚風泣鬼之才、雕龍吐鳳之技，作經生藝、古文辭，暢其胸中所欲言，每心折之。」〔註319〕可見青眉是一位沒成就功名的文人。他的雜劇作品共十二種，總題曰《蘇門嘯》，「以作成於姑蘇云」（胡麒生序）。

　　《蘇門嘯》十二劇是從凌濛初《拍案驚奇》初二刻中抽出十二則故事來敷演的。汪大年序云：「稗官家曼延不已，幾以莊子休為其濫觴。傅無技取十二則依之、附之，且部之、置之，且生之、動之，曰《蘇門嘯》，似稗官之注腳也而非注腳也。」〔註320〕由汪序可知十二劇皆依據稗官來敷演，而十二劇之故事俱見於《拍案驚奇》初二刻。再考《二刻拍案驚奇》成於崇禎壬申（五），《蘇門嘯》據其序成於崇禎壬午（十五），則《蘇門嘯》取材於初二刻無疑。十二劇每劇首折之前俱有開場詞，駢括本事。茲將十二劇之劇名、曲類、折數，及所依據敷演初二刻之回目列述如下：

　　　《買笑局金》：南北四折，第三折〔北雙調〕後更〔南仙呂〕，餘為南曲。
　　　　　　　　　《二刻》卷之八「沈將仕三千買笑錢，王朝議一夜迷魂陣。」
　　　《賣情紮囤》：南七折。《二刻》卷十四「趙縣君喬送黃柑，吳宣教乾償白鏹。」
　　　《沒頭疑案》：南六折。《二刻》卷二十八「程朝奉單遇無頭婦，王通判

<hr>

〔註317〕〔明〕祁彪佳：《遠山堂劇品》，頁170。
〔註318〕〔清〕梁廷柟：《曲話》，頁248。
〔註319〕蔡毅編著：《中國古典戲曲序跋彙編》，頁891。
〔註320〕同上註，頁889。

雙雪不明冤。」

《截舌公招》：南六折。初刻卷之六「酒下酒趙尼媼迷花，機中機賈秀才報怨。」

《智賺還珠》：南北六折。首折〔北雙調〕後再〔南仙呂〕，餘俱南曲。《二刻》卷二十七「僞漢裔奪妾山中，假將軍還珠江上。」

《錯調合璧》：南六折。《二刻》卷三十五「錯調情賈母罵女，誤告狀孫郎得妻。」

《賢翁激婿》：南北八折。首折〔北正宮〕、八折〔北雙調〕後更〔南仙呂〕，餘俱南曲。《二刻》卷二十二「癡公子浪使噪脾錢，賢丈人巧賺回頭婿。」

《義妾存孤》：南六折。《二刻》卷三十二「張福娘一心貞守，朱天錫萬里符名。」

《人鬼夫妻》：南七折。《初‧二刻》卷二十三俱爲「大姊魂游完宿願，小姨病起續前緣。」

《死生仇報》：南北八折。第六折〔北越調〕，第八折〔北仙呂〕，餘爲南曲。《二刻》卷十一「滿少卿飢附飽颺，焦文姬生仇死報。」

《蟾蜍佳偶》：南七折。《二刻》卷九「莽兒郎驚散新鴛燕，傯梅香認合玉蟾蜍。」

《鈿盒奇姻》：南七折。《二刻》卷之三「權學士權認遠鄉姑，白孺人白嫁親生女。」

以上《蟾蜍佳偶》、《鈿盒奇姻》二種和葉憲祖《丹桂鈿合》、《素梅玉蟾》同演一故事，已見本章第三節。此二劇純屬男女戀情，作者蓋以表現「風流灑脫之致」，其他諸劇多少都和世道人心有關。胡麟生序云：「青眉氏風刺嘯歌十二劇……其中可風者少，而刺居多端。以醇風漸遠，古道日漓，變詐叢生，險巇百出，無非篾末流而砭頹俗，爲狂瀾之一柱耳。乃有存孤之義妾，而可無風乎？如奸僧以募化而伏殺機，孽尼以齋醮而設網罟；呼盧爲攫金之穽，搴姦爲賺命之囮，世路風波，窮奇極怪，聊摘數款，俾觀者一爲心創，而以身蹈者瞞然懗負，無地自容，安在其刺之非風？」〔註321〕江漸鴻序云：「古人嘻笑怒罵皆成文章，茲曷爲獨以嘯，嘯曷爲獨以蘇門？……阮步兵遇孫登

〔註321〕蔡毅編著：《中國古典戲曲序跋彙編》，頁891。

於蘇門山嶺畔，一嘯作鸞鳳音，逸情曠度，更橫絕千古，世遂傳爲『蘇門嘯』云。予友抱璞見刖，歷落風塵，幾同步兵，想借蘇門一嘯，以破之耳。夫嘯有所寄也，十二劇又嘯之，寄所寄者也。曷爲必寄之十二劇也？閻浮世界，一大戲場，生老病死，離合悲歡，人於其間皆戲耳。迎機說法，供幻顯眞，游戲神通，直證本來面目，安見劇場中不足以觸忠孝節義之性、風流瀟脫之致乎？劇中似砭似箴，似嘲似諷，寫照描情，標指見月，蘇門一嘯，聊當宗門一喝，喚醒人世黃粱耳。」〔註322〕可見青眉此十二劇蓋作於落拓無聊之際，他想用這十二劇來反映社會人生的百態。「嘯」除了有不平之氣外，還含有步兵「一嘯作鸞鳳音」的韻致。蓋「其辭章之諧雅，音節之鏗鏘，恍鈞天九奏，簫韶九成，不減鸞音鳳吹，從空而下矣」（胡序）〔註323〕的緣故。

　　青眉十二劇雖然依據《拍案驚奇》敷演，但有時在關目的剪裁上是略有更改的。遺憾得很，幾乎所有的更改，都使關目落入庸俗，所謂點金成鐵實不爲過。譬如《買笑局金》「設計」一折，先點明如何用圈套擺布沈將仕，其後的「一夜迷魂陣」便一點味道也沒有。小說則層層勾引，使讀者亦不覺墜入其彀中。《沒頭疑案》僧殺婦人用明場，觀者對案情瞭然若睹；小說則只告訴讀者一椿慘案的結果，因此撲朔迷離，引人欲知究竟。《智賺還珠》將游擊都司說成汪秀才的結拜兄弟，相當古道熱腸，如此汪秀才過人的謀略便無形中減色，而明代官盜勾結的黑幕也看不出來了。又設計如何取還迴風，先自說了一遍，如此小說中出人意外的蘊藉也因此抹煞了。《義妾存孤》應當以妾爲主角，乃卻以正室爲主，且先以首折寫其赴蜀別父母，輕重未免倒置。《蟾蜍佳偶》素梅要走，還遣龍香去向鳳來儀說明，並且互訂盟約，小說中那種倉促湊巧，無可奈何的韻味也喪失了。《死生仇報》焦氏父女對於滿生的恩情寫得過於平淡，關目太簡略，以致不能顯出後來辜負之深，戲劇的效果自然減少。又小說敘滿生被捉極爲恍惚，使人毫無預感，劇本則太顯露，未免淺俗。凡此都是作者處理關目，失之笨拙的地方。其他如《賣情紮囤》等以〈偵訊〉折演述趙縣君的小叔來問訊定計，此爲小說所無，而此計已先自說了，尙有什麼餘味可言？《沒頭疑案》王通判夜夢一神人提二頭見示，亦爲小說所無，如此則關涉神鬼，王通判之斷案已有暗示，反不如小說之據情推理尋端抽緒來得自然離奇。《截舌公招》末折演賈秀才中舉爲官，巫氏誥封爲夫人，

〔註322〕同上註，頁892。
〔註323〕同上註，頁891。

同至觀音庵中作道場，亦為小說所無，小說則止於所當止。《死生仇報》，滿生被活捉已足懲負恩者矣！乃又衍出冥報一折，頗有疊床架屋之感。凡此都是作者畫蛇添足的毛病，另外又由於作者思想受時代影響太深，所以關目的處壇也常常落入迂腐。如《截舌公招》小說不諱巫氏於醉臥中被惡少卜良所污，劇本則以伽藍神暗中護持，使巫氏於緊要關頭甦醒過來，務必使之「完貞」。若此，巫氏對卜良之恨，必不至於非置之死地而後快，賈秀才報冤，亦覺太過矣。即設計咬取卜良舌頭，亦必代以老旦，否則「親嘴」亦非貞矣！因為這一「迂」而使關目牽強，但作者實在是不願使善人受辱。《智賺還珠》亦然，迴風被柯陳所奪之後，必欲以一折演其「完貞」，而小說則用數筆帶過，不復描繪詳盡，觀者自然明瞭。

但是傅氏諸劇偶然也有處置得較好的關目，如《賣情紮囤》，小說直敘至吳宣教明白受騙的眞象，而劇本則以被釋作結，省卻許多枝節。《錯調合璧》處理孫小官與闇娘幽室偷情，但寫其情意纏綿，緊接著以暗場處理，如此便將小說中所顯露的猥褻洗淨。《義妾存孤》等以一折寫福娘「課子」，小說於此只帶數語，這一安排使義妾之所以為義有具體的表現。《人鬼夫妻》特以一折為興娘「薦亡」，寫其靈魂升天，如此陰陽各有所歸，關目是較飽滿的。可惜成功的布置比起迂笨的安排來得少。因此青眉十二劇在結構上不能算成功。

青眉非常重視音律，每劇的齣目下都標舉用什麼宮調，協什麼韻部，眉批上還注明難字音讀和點示曲調格律。碰到集曲也注出了所集的曲牌，移宮換場時也不失度，聲韻調諧，讀來瀏亮上口，難怪胡序有「鈞天九奏、簫韶九成」之譽。但是不知是否地方口音的關係，他對於眞文、庚青、侵尋三韻，時時混用。《賣情紮囤》「偵耗」、《智賺還珠》「遣牌」、《錯調合璧》「差拘」、《賢翁激壻》「激試」、《義妾存孤》「悼亡」、《人鬼夫妻》「薦亡」前半、《死生讎報》「捉拏」、《蟾蜍佳偶》「定約」、《鈿盒奇姻》「遣丸」等皆示庚青，《賢翁激婿》「紿女」標示眞文，但事實上都是眞文、庚青混用，有時還雜入一些侵尋的韻字。這不能不說是青眉在聲律上的白璧之瑕。

論體製，此十二劇實屬於短篇的傳奇，文字柔媚婉麗也確有明人傳奇的味道，可是它的弊病還是和典麗派一樣，不能揣摩人物的口胸，以致生旦淨丑之曲，萬口一腔，毫無區別。文字的形式過於單調，嘗一臠而知全鼎，讀多了，反令人有平庸無奇的感覺。這也是使得《蘇門嘯》十二劇不能躋身上流的原因。

怪只怪狂蜂喧啞，怨只怨游絲牽罣，羞只羞閒言浪發，悔只悔駉馬
難追駕。一念差，恐旁人不辨察。道奴有些閒沾惹，豈是私期曾暗
約。怎知他似莽張騫悞泛槎，怎知他似潑劉郎悞探花。（〔山坡羊〕）
——《錯調合璧》「調母」。〔註324〕

羞提起舊日根萌，不由人小鹿俄驚。悔只悔認蒡為苗，卻做了分鳳逐
梗。堪憎，逼得無投奔，好教人有口難論。追省，將心自捫，這葫蘆
折罰我從前過分。（〔漁家燈〕）——《賢翁激壻》「激試」。〔註325〕

春前離故鄉，又寒食早過，夏日將長。梯航遠涉，來到浣花溪上。
薛濤錦里井泉香，杜甫堂餘庭院荒。覲行藏，娘和子、相向淒涼。（〔八
聲甘州〕）——《義妾存孤》「課子」。〔註326〕

古道驪駒悵遠遊，眼睜睜分首各凝眸。伯勞東去西飛雁，一似浪打
萍分不自繇。看他臨去也謾回頭，只恐此情分付與并州。歸家準備
衾兒睡，誰倚新粧上翠樓。（〔鷓鴣天〕）——《死生仇報》「別試」。
〔註327〕

細端相這蟾蜍堪驚詫，甚良工雕琢製佳。怎配偶分開兩下，不繇人
情緒如麻。多管是前生孽債，少不得守死還他。這姻盟終須有著，
俟錦旋指日慢詳察。（〔太師引〕）——《蟾蜍佳偶》「嗟聘」。〔註328〕

像這樣的文字，不能說不是「諧雅」，可喜的是不尚雕琢，而自見其婉麗舒徐。
但是如前所述，萬口同腔，沒有波瀾起伏之致。汪漸鴻序云：「吾代前有《四
聲》，又有《四夢》，得此可以並駕寰中，振響千秋矣。」〔註329〕未免太抬高
了它的身價。

二、汪廷訥

汪廷訥，字昌朝，一作昌期，號無如，別署坐隱先生、無無居士、全一
真人、清癡叟。安徽休寧人（今同）。官至鹽運使。博學能文，耽情詩賦，兼

〔註324〕陳萬鼐主編：《全明雜劇》，第 8 冊，頁 4833～4834。
〔註325〕同上註，頁 4895。
〔註326〕同上註，頁 4953～5954。
〔註327〕同上註，第 9 冊，頁 5053～5054。
〔註328〕同上註，頁 5119～5120。
〔註329〕蔡毅編著：《中國古典戲曲序跋彙編》，頁 892。

愛填詞，構築環翠亭，酒讌琴歌其間。與湯義仍、王伯穀諸人交游，興酣淋漓，曾集唐人詩駢句爲樂。呂天成《曲品》卷上列於上之下，謂「汪醴使家習惠仁，生多智慧，向平遊嶽而遺累，郭璞餐瀣而懷仙，涌源之矞沸多奇，別墅之逍遙獨勝。」〔註330〕著有《環翠堂集》、《華袞集》、《無如子正續贅言》、《文壇列俎》、《人鏡陽秋》等。〔註331〕所作傳奇十三種，總題《環翠堂樂府》。即：《獅吼記》、《投桃記》、《三祝記》、《種玉記》、《彩舟記》、《義烈記》、《二閣記》、《長生記》、《青梅記》、《高士記》、《同昇記》、《威鳳記》、《飛魚記》。存前六種。另改訂《天書記》一種。按明周暉《周氏曲品》有云：

> 陳藎卿所聞，工樂府，《濠上齋》樂府外，尚有八種傳奇：《獅吼》、
> 《長生》、《青梅》、《威鳳》、《同昇》、《飛魚》、《彩舟》、《種玉》，今
> 書坊汪廷訥皆刻爲己作，余憐陳之苦心，特爲拈出。〔註332〕

據此，則在汪氏傳奇十三種有八種竊陳氏作爲己作，但不知周氏之說可靠否？汪氏爲讀書人，官至運使，謂之爲書坊中人，亦與事實不符。此事無其他資料，只好存疑。汪氏另有雜劇六種：《廣陵月》、《青梅佳句》、《詭男爲客》、《捐奩嫁婢》、《太平樂事》、《中山救狼》。僅存《廣陵月》一種。

《廣陵月》，此劇即合併唐段安節《樂府雜錄》所載之韋青與許永新事及韋青與張紅紅事爲一，而將許永新、張紅紅融爲一人，又將無名的樂工指爲李龜年，最後以韋青與張紅紅的團圓作爲結束。關目的布置剪裁，毫無牽合的痕迹，結構極佳。第四折爲全劇的最高潮，適居正中，將關目的發展畫分爲相反的兩個境界，即前半主要寫永新的音樂天才和君王眷顧的榮寵，後半則主要寫其亂離奔波，終歸團圓。《遠山堂劇品》列入能品，注云：「即《聞歌納妓》，南北七折。」並云：

> 張永新隔簾以小豆記曲，能正李龜年音韻之訛。此在天寶間確爲可
> 傳之快事，但其後離合情境，無足驚喜耳。〔註333〕

大概祁氏認爲本劇關目不佳，故只列入能品，但這種觀點未必正確。本劇七齣，祁氏注爲南北，乃因劇中插入幾支北曲。即次折以〔北寄生草〕演唱沈香亭賞牡丹，屬插曲，第五折前半用〔新水令〕、〔清江引〕二支表祿山亂起，

〔註330〕〔明〕呂天成：《曲品》，頁215。
〔註331〕汪廷訥生平見《明詩綜》卷六十四、《明詞綜》卷五、《明詩紀事》己二下、《靜志居詩話》卷十八。
〔註332〕〔明〕周暉：《周氏曲品》，頁153。
〔註333〕〔明〕祁彪佳：《遠山堂劇品》，頁184。

屬引場。其他俱用南曲。排場之處理均頗得當，韻協亦極為嚴整。但仍有數點瑕疵：第一，首折前半、第四折及第五折後半俱用〔南呂〕，在聲情上鮮少變化；第二，首折後半，排場未轉換而忽改用〔仙呂〕。論文字，則賓白雅潔整飭，曲文流麗諧暢。唯淨丑角色，出語與生旦不殊，人物無絲毫個性可言。本劇未能臻於佳作之林，主要即在此。

其他散佚之雜劇五種，茲依祁氏《劇品》列述如下：

《青梅佳句》：能品。南北六折。全普庵監贛郡，日借花酒自娛，劉婆惜以無意得之，更為花酒增勝，聞已有演為全記者矣。〔註334〕

《詭男為客》：能品。南六折。昌朝搜羅古今，於凡可為勸、可為戒者，俱入之傳奇。如黃善聰以女子客處，能全身於始，可以為勸之一也。惜其作法不撇脫，造語未尖新，此必於善聰與李子同處時，極力摹擬，乃見善聰有潔身之智。〔註335〕

《捐盦嫁婢》：能品。南八折。鍾離令捐盦嫁亡令之女，傳之可以範世。但須在令女身上，發揮一段孤悽光景，方見捐盦者之高義，此第於兩姓結姻處，鋪敘一番，其打局是全記體。〔註336〕

《太平樂事》：能品。北一折。於燈市中，搬演貨物，亦是點綴太平。曲多恰合之句，但無深趣耳。〔註337〕

《中山救狼》：能品。南北六折。《中山狼》，陳記之而簡，康記之而暢，不必更問環翠之子墨矣。且若狼、若杏、若老牛作人語猶可，以之唱曲，太覺不像。遇青黎丈人，寥寥數言，亦未必發揮負心之態。〔註338〕

三、王澹

王澹，字澹翁，別署澹居士。浙江會稽人（今浙江紹興）。著有《牆東集》。傳奇五種：《集合記》、《金桃記》、《紫袍記》、《蘭佩記》、《孝感記》，俱不存。散曲《欸乃編》，亦未見傳本。王驥德《曲律》四謂：「（澹與史槃），皆自能度

〔註334〕〔明〕祁彪佳：《遠山堂劇品》，頁183。
〔註335〕同上註，頁183～184。
〔註336〕同上註，頁184。
〔註337〕同上註，頁184。
〔註338〕同上註，頁183。

品登場，體調流麗，優人便之，一出而搬演幾遍國中。」〔註339〕又云：「吾友王澹翁好爲傳奇，予嘗謂澹翁：若毋更詩爲，第月染指一傳奇，便足持自愉快，無異南面王樂。澹翁曰：何謂？予謂：即若詩而青蓮、少陵，能令艷冠裳而麗粉黛者，日日作渭城唱乎？澹翁大笑鼓掌，以爲良然。一時戲語，然亦不失爲千古快談也。」〔註340〕可見澹翁好爲傳奇、知音律，且躬自登場，是一位戲劇的製作者和搬演者，這一點很像關漢卿。他的雜劇只《櫻桃園》一種。

　　《櫻桃園》是敷演鬼魂報恩的故事，本宋羅大經《鶴林玉露》。述歐陽彬讀書多羅寺中，準備應考。一夕遇一女鬼，及寄棺寺中的張刺史之女玉華。歐陽彬將她葬於寺後小園櫻桃樹下。到了大比之年，知貢舉的汪藻在寺中將關節告訴他的故交魏聞道，被玉華的鬼魂所知，她便托夢給歐陽彬。及到試期，魏生大病幾死，歐陽彬因關節得中狀元。全劇的宗旨，在〔尾聲〕裏點出：「浮生枉使千般計，窮與達皆由命裏，試看櫻桃小傳奇。」〔註341〕又其下場詩云：「引商刻羽未須誇，填得新詞是當家。名在江湖人不識，數聲欸乃雪中槎。」〔註342〕大概澹翁是個宿命論者，對於自己的戲曲作品頗爲自負，而「名在江湖人不識」，則有點憤然之意吧！

　　對於這樣的關目，令人頗覺其思想過於幼稚，而排場亦嫌單調，首折、三折俱惟以生、旦當場，二折惟以小生、外，四折以生、小生、外，情事既簡，場面又冷，眞是淡而無味。但曲辭饒雋語，相當可觀。

> 幾聲清梵雲堂暮，繞朱欄、桂影扶疏。猛聽得玉人悲怨，囀林梢、一個鶯雛。分明是夜奔臨邛去，露珠兒濕了衣裙。天河遠、星橋路阻，這相逢休猜做織女黃姑。（〔太師引〕）〔註343〕

> 花前尊酒，一醉盡今宵。回首長安去路遙，東風吹送馬蹄驕。河橋，看芳草斜陽，容易魂消。（〔琥珀貓兒墜〕）〔註344〕

《遠山堂劇品》列此劇入雅品，並云：「澹居士詞筆老到，不輕下一字，故字句俱恰合。」〔註345〕這批評是對的。

〔註339〕〔明〕王驥德：《曲律》，頁167。
〔註340〕同上註，頁181。
〔註341〕陳萬鼐主編：《全明雜劇》，第6冊，頁3472。
〔註342〕同上註，頁3472。
〔註343〕同上註，頁3446。
〔註344〕同上註，頁3455。
〔註345〕〔明〕祁彪佳：《遠山堂劇品》，頁164。

本劇四折，純用南曲，沒有家門。第四折〔黃鐘〕套中，插入〔中呂·太平令〕。〔太平令〕可作隻曲以調配排場，但此處排場未改而用此曲，頗覺不倫。澹翁既躬踐排場，寫出來的戲劇應當是「劇人之劇」才是，但《櫻桃園》並非如此，也許是題材拘限的緣故吧？

四、徐陽輝

徐陽輝，字玄輝，一作元輝。浙江鄞縣人（今同）。諸生。工詩詞，尤善製曲。著有《青雀舫樂府》，為時所賞。雜劇有《有情癡》、《脫囊穎》二種，俱傳世。〔註346〕

《有情癡》，敘仙人衛叔卿度脫有情癡。有情癡向衛叔卿訴窮說苦，抱怨世人過於勢利，妒忌、鑽刺、慳吝，使他覺得世間難處。叔卿則一一解答，將炎涼世態、齟齬人情，說得淡然漠然；其實解答的話，更為憤懣。有情癡說的是苦語常言，叔卿卻只是一味的冷笑深譏。有情癡被他一說，果然醒悟，只有一個色字解脫不來。於是叔卿便又幻出他從前最相好的妓女玉娘，最相與的少年玉郎出來。他們從前美艷的顏色，今皆無存，一則生惡瘡，一則面麻，有情癡的一片色心也就冰冷了。玉娘、玉郎都隨叔卿出家，有情癡則尚有三十年的富貴未享，故不得同隨他去。（〈雜劇的轉變〉）

按衛叔卿見《列仙傳》，作者藉他的口來譏誚世態；而有情癡則顯然是作者自況。在劇本末後，叔卿向有情癡說：「還有一言囑付你，你平日好弄筆端罵世，心太毒，恐後來致有口業之報，戒之！戒之！」〔註347〕可見作者是有自知之明的。他生平大概不得意，所以在劇中期望自己「尚有三十年的富貴未享」，無非是聊以自娛而已。

本劇僅一折，用〔般涉·耍孩兒〕帶八支〔煞尾〕，〔一煞〕與〔煞尾〕間，插入五支〔寄生草〕，演幻化玉娘玉郎事。〔耍孩兒〕套叶魚模，〔寄生草〕叶家麻。排場好像很分明，但在元劇中是沒有這樣的聯套和這樣的分場的。《遠山堂劇品》列此劇入逸品，並云：「點醒處機鋒頗利，絕似葫蘆先生。至於玉娘、玉郎當面煞風景，尤為癡情者頂門一針。」〔註348〕賓白頗醒豁，曲辭亦清麗有致，間出本色語。

〔註346〕徐陽輝生平見《明代雜劇全目》。
〔註347〕陳萬鼐主編：《全明雜劇》，第8冊，頁4509。
〔註348〕〔明〕祁彪佳：《遠山堂劇品》，頁173。

守財虜長戚戚，水牯牛勞碌碌，喚他兒子來牽犢。饑時何暇三餐飯，倦不知圖一夜宿。肚皮寬、怕折了來生福。倘遇著後人撒漫，免得不得做鬼號哭。（〔三煞〕）〔註349〕

只有箇長流水，幾曾見不謝花。琉璃瓶當不起千鈞壓，藕絲絃上不得烏銀甲，便是玉梅香耐不久中風刮。莫浪言他年老大嫁商人，早則是門前冷落無車馬。（〔寄生草〕）〔註350〕

這樣的文字，好處是平易近人，但也因為平易而略嫌力弱。大概是北曲南化太深的緣故。

《脫囊穎》，敘毛遂事。本《史記・平原君傳》，將躄者與毛遂合為一人。平原君美人笑躄者，賓客以平原君重色輕賢，紛紛散去，後來平原君斬美人謝過，客乃復來。此事本與毛遂無涉，作者為了增加戲劇力，便將躄者的事也移到毛遂身上，這種剪裁布局是得當的。劇末下場詩云：「有恩不報非為夫，可羨當年豪俠徒；毛遂酬恩天下有，平原結客世間無。」〔註351〕看樣子他又在批評世態了。

本劇四折，首兩折南曲，第二折〔北雙調・新水令〕套，末後丑引場唱〔清江引〕一支，第四折生唱〔畫眉序〕一支引場，其後〔黃鐘・醉花陰〕合套。《遠山堂劇品》列入能品，並云：「平原之殺愛妾也，為其見跛者一笑耳，及即以毛遂無跛，無乃蛇足乎？然映出脫穎一段，亦自有致。調有高爽之句；但第三折調不全，何不盡改為北？」〔註352〕祁氏以毛遂作跛者為蛇足，是不明題材選擇與剪裁布置的妙用，又說第三折調不全，未知何所見而云然？也許他所看到的版本與我們所看到的《盛明雜劇》本不一樣。

這回行路忒蹺蹊，恰怎的一步高來一步低。哎喲！一交跌倒在淤泥。這等是覆水難收起，真叫做學步邯鄲，落得匍匐歸。（〔懶畫眉前腔〕）〔註353〕

呀！這些時急煎煎體勢忙，有什麼漫打商量。他坐觀人成敗和得喪。這一個徒自徬徨，那一個沒些慨慷。眼見得這大事誰當。大丈夫要有主張，休做出婆子腔不收不放。激動咱麤豪性火烈揚，便眼睛裡

〔註349〕陳萬鼐主編：《全明雜劇》，第 8 冊，頁 4490。
〔註350〕同上註，頁 4501～4502。
〔註351〕同上註，頁 4550～4551。
〔註352〕〔明〕祁彪佳：《遠山堂劇品》，頁 180。
〔註353〕陳萬鼐主編：《全明雜劇》，第 8 冊，頁 4519。

不認得你箇大國君王。(〔刮地風〕)〔註354〕

本劇雖有一半以上是南曲,但文字風格與北曲不殊,用本色語而不卑俗,不過也僅於清順妥溜而已。白中多引《史記》原文,這恐怕是作者書生習氣未除之故。

五、其他諸家

除上面所述外,南劇作家尚有車任遠、王應遴、程士廉、袁于令、鄒式金、陸世廉、吳中情奴等人。

(一)車任遠

車任遠,字遠之,又字扼齋,號蓬然子。浙江上虞人(今同)。祖父車純是正德朝的名臣。遠之爲邑廩生,常閉戶著書,非其人不納。與楊秘園、徐文長、葛易齋等七人,仿竹林七賢軼事,結爲社友,他極受推重。秘園贈他的詩中有「山賢結社今何在,尚古風流賴有君」之句。他的見識廣博,曾經被聘修縣志。生平著述甚富,有《知希堂稿》、《瑩光樓識林》、《濯纓集》、《存笥錄》等行世。又有《四夢記》,仿沈采《四節記》將絕不相干的四段故事合爲一本。《四夢》即是:《高唐》、《南柯》、《邯鄲》及《蕉鹿》。《曲品》列《四夢》於中上品,並云:「《高唐夢》亦具小境,《邯鄲》、《南柯》二夢多工語。自湯海若二記出,而此覺寥寥。《蕉鹿夢》甚有奇幻意,可喜。」〔註355〕呂天成《曲品》亦列車任遠於中之上。並云:「蔚有才情,結撰亦富。」〔註356〕今《四夢》僅存《蕉鹿夢》。〔註357〕

《蕉鹿夢》係敷演《列子》中鄭人得鹿失鹿的寓言。通劇六折,排場、關目均失之質實,甚至笨拙。開首先以末角上場念〔西江月〕,如傳奇之開場。首折敘山神奉大仙師列禦寇命,吩咐鬼使引鹿「到山前樵採之處,待樵人烏有辰擊死,藏在隍中,使他心迷眼眩,尋覓不得,錯認爲夢。後被漁人魏無虞拾去,然後開發烏有辰,令其夢中省悟,再去尋討,兩相爭論。以警世人貪戀財貨,尚氣角力者,皆是夢中一般。」〔註358〕將全劇的本事和主旨先自說明,然後依樣敷演,觀閱者已先了然胸中,其布置又平板無生氣,如此眞

〔註354〕同上註,頁 4543。
〔註355〕〔明〕呂天成:《曲品》,頁 237。
〔註356〕同上註,頁 216。
〔註357〕車任遠生平見《上虞縣志》卷九。
〔註358〕〔明〕沈泰編:《盛明雜劇》,三集,卷27,頁 2~3。

味同嚼蠟矣。此類寓言劇，宜靈妙清遠，而其教示過於認眞，反有癡人說夢之感。以故本劇遠不如《列子》原文之雋逸可喜。

本劇文字亦缺少生氣。第三折爲骨幹，而用時曲小調組成，稍有興味。首折聯套，以〔南越調〕引子〔浪陶沙〕起首，接〔北仙・呂寄生草〕、〔醉扶歸〕與〔雙調〕〔對玉環〕帶〔清江引〕，除南北混雜外，通折以隻曲組成。唯第六折〔雙調〕套中插入〔一封書〕作爲士師奏辭，則甚合調法。

任遠尚有《福先碑》一劇，今佚，《遠山堂劇品》列入雅品，並云：「北三折。以皇甫生之狂，因宜寫以豪爽之調，如萬斛泉源，滾滾不竭，眞才人語也。」〔註359〕

（二）王應遴

王應遴，字雲來，別署雲來居士。浙江山陰人（今浙江紹興）。副榜恩貢生。崇禎時官大理寺評事，誥勅房辦事中書舍人，禮部儀制司員外郎。精通歷象醫術，纂修《大明一統志》，修曆法。崇禎七年（1634）十二月上志八百十三卷及《皇明衍學大訓》。因忤時，左遷光祿寺署正，久之始復原秩。十七年，京師陷，自縊殉節。著有《王應遴雜集》、《乾象圖說》、《備書》、《慈無量集》等。傳奇有《清涼扇》一種，已佚。雜劇僅《逍遙遊》一種。〔註360〕

《逍遙遊》，天啓間原劇本標名作「衍莊新調」。因爲在應遴之前，已有冶城老人《衍莊》雜劇，所以以新調爲名。劇末下場詩有云：「漫將舊譜翻新調」〔註361〕可證。至於《逍遙遊》，當係《盛明雜劇》改題。

本劇雖不脫度世說法，示人名利皆虛的陳套，但作者運用得很雋逸有趣，揭發世人好名貪利之心，於詼諧中見深刻之致。因此本劇得力在賓白，曲文反成附庸。可惜於縣尹大悟之後，猶不知收束，又掉以長篇論述名利，將原來的一點蘊蓄傾瀉無餘，給人的感覺是畫蛇添足，而結果則落入庸俗。劇末又由道涉入禪機，甚至於提出三教合一的主張，越陷越深，越來越雜，幾不知如何收拾。

劇本以末開場，念〔西江月〕一闋，說明劇旨，完全龔用傳奇格式。通劇分三場，但不分齣。以〔越調〕引子〔浪淘沙〕十支演述道童貪利，要取出含在骷髏中的銅錢，莊周乃略施法術，將骷髏變成活人，而與道童爭鬧，

〔註359〕〔明〕祁彪佳：《遠山堂劇品》，頁161。
〔註360〕王應遴生平見《崇禎忠節錄》卷四。
〔註361〕〔明〕沈泰編：《盛明雜劇》，二集，卷29，頁20。

並誣莊周竊取他的東西。適梁縣尹路過，便將一干人都帶到縣衙中去，其次以〔商調‧黃鶯兒〕四支演述公堂對薄，終於莊周又施展法術，將骷髏恢復原形。梁縣尹由此大悟，改易道裝出家。接著以〔北般涉‧耍孩兒〕帶七支〔煞〕曲談說名利，結局甚為散漫。其疊十支引子為一套數，亦是絕無僅有。

（三）程士廉

程士廉，字小泉，安徽休寧人（今同）。《帝妃春遊雜劇》泥蟠齋跋有云：「小泉程君，漁獵百家，縱步詞林舊矣！間者復出是製示余。」〔註362〕其末署萬曆己丑（十七年）孟秋，則小泉為萬曆間人，頗富於學。其雜劇作品四種，總題《小雅堂樂府》。小雅堂乃對其鄉先輩汪道昆大雅堂而言。《遠山堂劇品》列入具品，標目「小雅四紀」，注明「南北四折」，並云：「四時之樂，何必在酒，乃每曲以醋飲絕勝乎？訪戴一出，略有點綴，終不得為俊雅之調。」〔註363〕據《述古堂藏書目》所附續編雜劇目，《小雅堂樂府》之細目為：《帝妃春遊》、《蘇秦夏賞》、《韓陶月宴》、《戴王訪雪》，即以史事應節令，其例與《太和記》類同。《群音類選》卷二十六選錄，《帝紀春遊》另見《古名家雜劇》。

《帝紀春遊》為南曲一折，末念〔鷓鴣天〕一闋開場，以〔黃鐘〕、〔商調〕二套曲分兩排場，於上苑賞春之際，將李白〈清平調〉、〈霓裳羽衣舞〉、祿山〈胡旋舞〉等鎔鑄其中，極宴賞之致，然文字平平，且庚青、真文混押，不得謂為佳作。其餘三劇未見。

（四）袁于令

袁于令，原名韞玉，字令昭，號籜庵，一字鳧公，又號幔亭仙史，吳縣人（今同）。明末諸生。早年居蘇州因果巷，以一妓女事，除名學籍。崇禎十七年，清世祖入北京即位，翌年清兵南下，鄉里紳士托他作降表進呈，因此功敘為荊州太守。十年不見陞進。監司向他說：「聞貴府有三聲：棋聲、曲聲、牌聲。」他答道：「聞公署中亦有三聲：算盤聲、天平聲、板子聲。」監司大怒，奏免他的官職。他年逾七旬，尚強作少年態，喜談閨中事。晚年寓居浙江會稽，忽染異疾，二十餘日不食而卒。著有《劍嘯閣傳奇》五種：即《西樓》、《金鎖》、《珍珠》、《玉符》、《鷫鸘》，現存前三種，以《西樓》最有名。

〔註362〕蔡毅編著：《中國古典戲曲序跋彙編》，頁422。
〔註363〕〔明〕祁彪佳：《遠山堂劇品》，頁192。

雜劇有《戰荊軻》、《雙鶯傳》二種。《戰荊柯》已佚。《劇說》三云：「按籜庵製四折雜劇，如《戰荊軻》之類，杜荼村誚之云：舌本生硬，江郎才盡耶？」〔註364〕則此劇當時已令人不滿，宜其不傳。于令為葉憲祖門人，約卒於康熙十三年，為由明入清之作家。其《雙鶯傳》，《盛明雜劇二集》本收錄之，二集成於崇禎十三年，故于令雖仕於清，仍應歸入明雜劇作家之列。〔註365〕

《雙鶯傳》七折，末開場，生衝場念一〔破陣子〕長引，接著四六駢文敘志，體例全同傳奇。聯套、排場亦俱是傳奇規模。青木正兒云：「《雙鶯傳》雜劇為毫無若何精彩之劣作，曲詞雖稍為典麗，然語語陳套，多不足觀。大略云：商瑩與倪鴻落第，雇舟自南京歸蘇州。途中月下泊舟，遇鄰舟中杭州妓女曉鶯、小鶯兩人，約再晤而別。雙鶯有所恐懼，不得歸杭州，留蘇州尋二生。幫閒詐稱二生，偕游冶子弟至，喧噪一夜。二生則赴杭州至其家尋雙鶯，不在，與村妓一夕相對，興盡而去，歸蘇州得遇雙鶯云。敘事止於此，一讀過便興味索然，目之為笑劇，則滑稽性不足；目之為風情劇，則情味淺，不知究為何故，而浪費至七折也。」〔註366〕青木這種見解是很令人同意的。本劇四五兩折，一寫二游冶子弟喧噪雙鶯，一寫二醜妓糾纏兩生，顯然是有意安排作為對照的，由於痕迹過於顯露，使人有雷同做作之感。本劇結束並非止於二生得遇雙鶯，其後尚有名妓馮玉貞買舟載酒前去道賀的場面，是在酒席宴樂下結束的。

（五）鄒式金

鄒式金，字仲愔，號木石。籍貫未詳。明進士，入清仍為官。有《雜劇新編》（三編），收明清之際雜劇三十四種。著雜劇《風流冢》一種。

《風流冢》演柳永事，曾有關漢卿《謝天香》敷演。南曲四折。首折敘柳永與謝天香相慕定情，次折敘宋仁宗因柳永不求富貴，任作白衣卿相。三折柳永與謝天香放舟郊外，閒話湖山。四折敘柳永歿後，謝天香、陳師師、趙香香、徐冬冬，相約柳永墳上祭掃。關目各成片段，血脈毫不相連，排場亦極單調。曲文纖穠綺麗，頗能上口，第四折淒楚幽怨，不失為好文字。

> 痛煞煞一聲相叫，慘嗚咽不似枕邊嬌。想著你夜臺寂寞長眠悄，銷
> 銀燭，濕鮫綃。縱有生平佳句堪吟想，怎能見半點音容破鬱陶。心

〔註364〕〔清〕焦循：《劇說》，頁131。
〔註365〕袁于令生平見孟森《心史叢刊二集‧西樓記考》。
〔註366〕〔日〕青木正兒著，王吉盧譯：《中國近世戲曲史》，頁300。

悲悼，煞強如嫡親骨肉，設醴陳肴。（〔解三酲〕）〔註367〕

生生死死種情苗，雨雨風風喚故交。笑癡心、似漆如膠，笑癡心、似漆如膠。這是地下相思的榜標。東郊外，草蕭蕭；秦樓上，夜迢迢。（〔嘉慶子〕）〔註368〕

（六）陸世廉

陸世廉，字起頑，號生公，又號晚庵，長洲人（今江蘇吳縣）。弘光時（1644）官光祿卿。入清，隱居不出。著有雜劇《西臺記》、傳奇《八葉霜》。

《西臺記》四折，三南一北。首折敘文天祥召僚佐謝翱等謀恢復，次折天祥陷敵不屈，三折張世傑舟覆宋亡，四折謝翱痛哭西臺。關目片段，毫無連綴，其病與《風流冢》相同。三折敘天妃召張世傑，乃命海神覆舟，尤屬無謂。文辭典雅，痛哭西台為主題所在，也是作者所以寄亡國之恨，但悲壯不足，筆力無以當之，蓋才氣短拙使然。

（七）吳中情奴

吳中情奴，未詳真實姓名。由「吳中」知為江蘇吳縣人。自號情奴，所著《相思譜》又純寫相思，可能是作者自敘。通劇共九折，前八齣南曲，以二、三曲，多不過四、五曲組場，排場極為簡單，缺少騰挪變化，關目亦極呆板。大致說來，不過寫周生與王矯如的相思相戀。一三五七折生當場，二四六八折旦當場，用的是對照相襯法。最後一折改用北曲，將故事形諸夢寐，而以覺醒作結，格調頗為新鮮，既非大團圓，又非悲劇。「雙手劈開生死路，一身跳出是非門。」作者以此二句結束全篇，對於情緣夢幻，似有所領悟吧！

這種純寫男女相思的題材，衍為九齣已嫌太過，中間又極力避免明寫惡人的作梗，如矯如義姊三哥的陰謀奪愛，以及木舉人的謊報消息，都僅在賓白中提及。如此下筆，不落入沈悶是很難的。因此，作者就在第三折、第九折插入鬼神取鬧的場面，尤其第九折緼緼使者審問風月官司一段，就關目的發展來說，純係蛇足，不過是為了排場熱鬧而已。第六折矯如的問卦，也是為假藉算卦的女瞎子來調劑一下。但無論如何，本劇給人的感受是內容貧乏，相思之情亦描摹得不夠深刻，曲辭間有秀麗語，然大致平整而已。《遠山堂劇品》列入能品，並云：「其語意大略在鳧公《西樓》中打出，亦娟秀動人。但

〔註367〕〔明〕沈泰編：《盛明雜劇》，三集，卷34，頁14。
〔註368〕同上註，頁15。

我輩有情，自能窮天罄地，出有入無，乃借相思鬼、綑綑使作合，反覺著迹耳。」〔註369〕這論點是很中肯的。第九折用北正宮套，後半借用〔耍孩兒〕，由眾唱。

（八）黃方儒與來集之

另外還有黃方儒和來集之二家。黃方儒有《陌花軒》雜劇，焦循《劇說》云：「《陌花軒》雜劇，凡十折，曰〈倚門〉，四折；〈再醮〉；一折；〈淫僧〉，一折；〈偷期〉，一折；〈督妓〉，一折；〈變童〉，一折；〈懼內〉，一折；皆舉市井敝俗，描摹出之。」〔註370〕國立北平圖書館藏有明刊本。來集之有《藍采和》、《阮步兵》、《鐵氏女》、《挑燈劇》、《碧紗籠》、《女紅紗》等六劇。《藍采和》以下三劇總名《秋風三疊》。《挑燈劇》以下三劇有《倘湖小築兩紗合刊》本。這些尚存的劇本，筆者俱無緣得見，只好暫置。

〔註369〕〔明〕祁彪佳：《遠山堂劇品》，頁180。
〔註370〕〔清〕焦循：《劇說》，頁191。

附錄：明代雜劇年表

太祖洪武、成祖永樂間（1368～1424）

此時期雜劇作家有羅本、王子一、劉兌、谷子敬、楊文奎、李唐賓、楊訥、湯式、唐復、陳伯將、丁野夫、劉君錫、李士英、須子壽、金文質、汪元亨、邾經、陸進之、賈仲明、黃元吉、陶國英、高茂卿諸人，大多由元入明。

此表應考證諸事，俱見書文各章。

洪武十一年（1378）

寧獻王朱權生。

洪武十二年（1379）

一月十九日，周憲王朱有燉生。

洪武二十二年（1389）

周憲王父周定王橚棄其藩國至鳳陽，太祖怒，將遷之雲南，嗣中止，使留於都；世子有燉理藩事。

洪武二十四年（1391）

朱權受封爲寧王。

朱有燉受周世子冊寶。

洪武二十六年（1393）

朱權就藩大寧。

洪武三十一年（1398）

朱權有《太和正音譜・自序》。

惠帝建文元年（1399）

七月，燕王棣舉兵反。周王橚被廢爲庶人，戍雲南。

九月，燕王僞稱兵敗求救，擁兵入大寧，寧王及妃妾、世子均隨入松亭關，回北平。

建文四年（1402）

六月，燕王即皇帝位，復周王橚等爵位。

永樂元年（1403）

寧王改封南昌。

周王復歸開封。

永樂二年（1404）

朱有燉《辰鈎月》雜劇成。

周王橚狩於神后山，得靈獸騶虞，獻之朝廷。

永樂四年（1406）

朱有燉《慶朔堂》雜劇成。

永樂六年（1408）

朱有燉《小桃紅》、《得騶虞》雜劇成。

永樂七年（1409）

春，朱有燉《曲江池》雜劇成。

永樂十四年（1416）

八月，朱有燉《義勇辭金》雜劇成。

永樂二十年（1422）

二月，朱有燉《悟眞如》雜劇成。

仁宗洪熙元年（1425）

閏七月五日，周王橚薨，年六十五。

十月二十五日冊封周定王世子有燉爲周王。

宣宗宣德四年（1429）

一月，周憲王《蟠桃會》雜劇成。

寧獻王論宗室不應定品級，宣宗怒，大加詰責，王上書謝過，乃託志狁舉。

宣德五年（1430）

三月，周憲王《牡丹仙》雜劇成。

宣德六年（1431）

正月，周憲王《桃源景》、《牡丹品》雜劇成。

宣德七年（1432）

十二月，周憲王《八仙慶壽》、《踏雪尋梅》雜劇成。

宣德八年（1433）

十月，周憲王《仙官慶會》、《復落娼》雜劇成。

十一月，周憲王《香囊怨》、《團圓夢》雜劇成。

十二月，周憲王《常椿壽》、《豹子和尚》、《仗義疏財》雜劇成。

宣德九年（1434）

六月，周憲王《繼母大賢》雜劇成。

冬至，周憲王《牡丹園》雜劇成。

冬，周憲王《誠齋樂府》二卷成。

十二月，周憲王《十長生》雜劇成。

宣德十年（1435）

十二月，周憲王《神仙會》雜劇成。

《嬌紅記》、《誠齋雜劇》俱有宣德刻本。

英宗正統四年（1439）

二月，周憲王《靈芝獻壽》、《海棠仙》雜劇成。

五月二十七日，周憲王薨，年六十一。

正統十三年（1448）

寧獻王死，年七十一。

憲宗成化四年（1468）

王九思生。

成化五年（1469）

　　陳沂生。

成化十一年（1475）

　　六月二十日，康海生。

孝宗弘治元年（1488）

　　十一月六日，楊慎生。

弘治九年（1496）

　　王九思進士及第，選庶吉士。

弘治十五年（1502）

　　康海進士第一名及第，授翰林修撰。

　　八月二十八日，李開先生。

武宗正德三年（1508）

　　康海勸說太監劉瑾，救李夢陽於獄中。

正德五年（1510）

　　八月二十五日，太監劉瑾伏誅。康海、王九思坐劉瑾黨免官。

正德六年（1511）

　　馮惟敏生。

　　楊慎進士第一名及第，授翰林修撰。

正德十二年（1517）

　　陳沂進士及第。

　　無名氏編《盛世新聲》刻成。

正德十六年（1521）

　　二月四日，徐渭生。

世宗嘉靖三年（1524）

　　楊慎以議大禮，忤世宗意，謫戍雲南。

嘉靖四年（1525）

　　汪道昆生。

　　張祿刻《詞林摘艷》成。

嘉靖八年（1529）
　李開先進士及第。

嘉靖十年（1531）
　李開先奉使寧夏，歸途訪康海、王九思於關中。

嘉靖十三年（1534）
　許潮舉人及第。

嘉靖十六年（1537）
　馮惟敏舉人及第。

嘉靖十七年（1538）
　陳沂卒，年七十。

嘉靖十九年（1540）
　十二月十四日，康海卒，年六十六。

嘉靖二十年（1541）
　李開先以九廟火災，投彈劾文，罷官家居。

嘉靖二十三年（1544）
　二月二十三日，陳與郊生。

嘉靖二十六年（1547）
　汪道昆進士及第。

嘉靖二十八年（1549）
　一月一日，梅鼎祚生。

嘉靖三十二年（1553）
　二月十四日，沈璟生。
　胡汝嘉進士及第。

嘉靖三十五年（1556）
　胡宗憲總督浙江，徐渭爲記室。

嘉靖三十七年（1558）
　紹陶室刻雜劇《十段錦》成。

嘉靖三十八年（1559）

　　七月六日，楊慎卒，年七十二。

嘉靖三十九年（1560）

　　徐復祚生。

嘉靖四十年（1561）

　　王衡生。

嘉靖四十一年（1562）

　　馮惟敏入京謁選，授淶水知縣。

　　胡宗憲以嚴嵩黨被逮，徐渭失憑依，終至發狂。

嘉靖四十五年（1566）

　　葉憲祖生。

　　郭勳編《雍熙樂府》刻成。

穆宗隆慶二年（1568）

　　二月，李開先卒，年六十八。

神宗萬曆二年（1574）

　　陳與郊、沈璟進士及第。

萬曆五年（1577）

　　呂天成約生於本年。

萬曆八年（1580）

　　凌濛初生。

萬曆十六年（1588）

　　龍峰徐氏刻《古名家雜劇》成。

　　王衡舉順天鄉試第一，言官聚劾。

萬曆十七年（1589）

　　沈璟以光祿寺丞致仕。

　　程士廉《帝紀遊春》雜劇成。

萬曆十八年（1590）

春，陳與郊擢爲提督四夷館太常寺少卿。

萬曆十九年（1591）

十月一日，沈自徵生。

萬曆二十年（1592）

陳與郊被劾免官，構別業於海寧縣城北。

萬曆二十一年（1593）

徐渭卒，年七十三。

汪道昆卒，年六十九。

萬曆二十六年（1599）

息機子刻《古今雜劇選》。

萬曆二十九年（1601）

王衡進士第二名及第，授翰林編修，尋乞終養歸。

萬曆三十三年（1605）

冬，陳與郊長男陳祖皋被誣下獄。

萬曆三十四年（1606）

沈德符《萬曆野獲編》成書。

萬曆三十七年（1609）

王衡卒，年四十九。

黃正位編《陽春奏》刻成。

萬曆三十八年（1610）

沈璟卒，年五十八。

王驥德《曲律》成書。

呂天成《曲品》成書。

陶望齡刻《徐文長三集》附《四聲猿》雜劇成。

十二月四日，陳與郊卒，年六十七。

萬曆四十一年（1613）

葉小紈生。

萬曆四十二年（1614）

　　呂天成約卒於本年。

萬曆四十三年（1615）

　　八月二十四日，梅鼎祚卒，年六十七。

　　山陰劉氏刻《崑崙奴》雜劇成。

萬曆四十四年（1616）

　　臧懋循刻《元人百種曲》成。

萬曆四十五年（1617）

　　《海浮山堂詞稿》刻成，附《不伏老》雜劇。

萬曆四十七年（1619）

　　葉憲祖進士及第。

　　《西遊記》、《金童玉女》、《大雅堂四種》、《鬱輪袍》、《沒奈何》、《眞傀儡》、
　　《易水離情》諸雜劇，以及顧曲齋編《元人雜劇選》、古文煥編《群音類選》，
　　俱有萬曆間刻本。

熹宗天啟三年（1623）

　　王驥德卒。

天啟四年（1624）

　　止雲居士編《萬壑清音》刻成。

　　鄧志謨編《茶酒爭奇》刻成。

　　竹溪風月主人編《童婉爭奇》刻成。

天啟五年（1625）

　　王驥德《曲律》刻成。

天啟六年（1626）

　　沈自徵入京師爲幕客。

　　孟稱舜刻《古今名劇合選》成。

　　《衍莊新調》雜劇以及鄧志謨編《花鳥爭奇》、《風月爭奇》，武夷蝶庵主編
　　《梅雪爭奇》俱有天啓間刻本。

思宗崇禎元年（1628）

徐士俊《春波影》成。

崇禎五年（1632）

沈自徵返金閶家居。

葉小鸞卒，年十七。葉紈紈卒，年二十三。

崇禎七年（1634）

凌濛初以副貢生授上海縣丞。

崇禎八年（1635）

卓人月爲貢生。

崇禎九年（1636）

葉小紈《鴛鴦夢》雜劇成。

崇禎十四年（1641）

沈自徵卒，年五十一。

八月六日，葉憲祖卒，年七十六。

崇禎十五年（1642）

凌濛初擢徐州判。

傅一臣《蘇門嘯》雜劇成。

崇禎十七年（1644）

流賊攻陷徐州城，凌濛初殉職，年六十五。

孫源文殉國。

《沽酒遊春》、《四豔記》、《蘇門嘯》諸雜劇以及無名氏編《四大癡》、顧曲
散人編《太霞新奏》、范文若編《博文堂北曲譜》等俱有崇禎間刻本。

福王弘光元年（1645）

祁彪佳殉國。

參考書目

一、劇本彙編

1. 〔明〕無名氏編：《雜劇十段錦》，民國二年董氏誦芬室本。
2. 〔明〕臧晉叔編：《元曲選》，北京：中華書局，1958 年。
3. 〔明〕沈泰編：《盛明雜劇初二三集》，臺北：廣文書局，1979 年。
4. 〔明〕趙琦美編：《脈望館鈔校本古今雜劇》，北京：商務印書館，1958 年。
5. 〔明〕孟稱舜編：《古今名劇合選》，《古本戲曲叢刊》，四集之八，明崇禎刻本。
6. 〔清〕鄒式金：《雜劇三集》，上海：上海古籍出版社，2002 年。
7. 〔明〕無名氏：《元明雜劇》，北京：中國戲劇出版社，1958 年。
8. 〔清〕吳梅編：《古今名劇選》，北平：國立北京大學出版部，1922 年。
9. 〔清〕吳梅編：《奢摩他室曲叢》，上海：商務印書館，1928 年。
10. 〔清〕王季烈編：《孤本元明雜劇》，北京：中國戲劇出版社，1958 年。
11. 陳萬鼐主編：《全明雜劇》，臺北：鼎文書局，1979 年。
12. 楊家駱主編：《全元雜劇初二三外編》，臺北：世界書局，1963 年。
13. 鄭振鐸：《清人雜劇初二集》，香港：龍門書店，1969 年。
14. 盧前編：《元人雜劇全集》，上海：上海雜誌，1935 年。

二、單行劇本

1. 〔明〕沈璟：《博笑記》，《全明傳奇》，臺北：天一出版社，1983 年。

三、曲選

1. 〔明〕張祿編：《詞林摘艷》，臺北：鼎文書局，1972 年。

2. 〔明〕郭勛編：《雍熙樂府》，臺北：西南書局，1981年。

3. 〔明〕陳所聞：《新鐫古今大雅北宮詞紀》，上海：上海古籍出版社，2002年。

4. 〔明〕朱有燉著，翁敏華點校：《誠齋樂府》，上海：上海古籍出版社，1989年。

5. 〔明〕梁辰魚著，彭飛點校：《江東白苧》，上海：上海古籍出版社，1985年。

6. 〔明〕康海：《沜東樂府》，任中敏編：《散曲叢刊》，第7種，臺北：復華書局，1963年。

7. 任中敏編：《散曲叢刊》，臺北：復華書局，1963年。

8. 隋樹森編：《全元散曲》，北京：中華書局，1964年。

9. 盧前編：《飲虹簃所刻曲》，臺北：世界書局，1961年。

10. 錢德蒼編選：《綴白裘》，北京：中華書局，2005年。

四、曲　譜

1. 〔明〕朱權：《太和正音譜》，《中國古典戲曲論著集成》，第3集，北京：中國戲劇出版社，1959年。

2. 〔明〕沈自晉編：《南詞新譜》，臺北：臺灣學生，1984年。

3. 〔清〕徐于室編：《彙纂元譜南曲九宮正始》，上海：上海古籍出版社，2002年。

4. 〔清〕李玉編：《北詞廣正譜》，臺北：臺灣學生，1987年。

5. 〔清〕王奕清等編：《欽定曲譜》，北京：新華書店，1993年。

6. 〔清〕周祥鈺、鄒金生等編：《新定九宮大成南北詞宮譜》，上海：上海古籍出版社，2002年。

7. 〔清〕葉堂編：《納書楹曲譜》，上海：上海古籍出版社，2002年。

8. 〔清〕吳梅編：《南北詞簡譜》，臺北：學海出版社，1997年。

9. 〔清〕王錫純編：《過雲閣曲譜》，上海：上海古籍出版社，2002年。

10. 〔清〕王季烈、劉富樑編：《集成曲譜》，民國二十年上海商務印書館石印本。

11. 王玉章：《元詞斠律》，上海：商務印書館，1936年。

12. 蔡瑩：《元劇聯套述例》，民國廿二年上海商務印書館排印本。

13. 鄭騫：《北曲套式彙錄詳解》，臺北：藝文印書館，1973年。

14. 鄭騫：《北曲新譜》，臺北：藝文印書館，1973年。

五、曲史、曲目、戲劇本事

1. 〔漢〕劉向：《列仙傳》，臺北：臺灣商務印書館，1983 年。

2. 〔後魏〕酈道元：《水經注》，臺北：世界書局，1983 年。

3. 〔晉〕王嘉：《拾遺記》，臺北：新文豐出版公司，1987 年。

4. 〔宋〕無名氏：《大唐三藏取經詩話》，臺北：世界書局，1958 年。

5. 〔元〕鍾嗣成：《錄鬼簿、傳奇品等》，臺北：洪氏出版社，1982 年。

6. 〔明〕無名氏：《錄鬼簿續編》，《中國古典戲曲論著集成》，第 2 集，北京：中國戲劇出版社，1959 年。

7. 〔明〕凌濛初：《初刻拍案驚奇》，臺北：臺灣古籍，2003 年。

8. 〔明〕凌濛初：《二刻拍案驚奇》，臺北：臺灣古籍，2003 年。

9. 〔明〕解縉等纂：《永樂大典》(北劇南戲目錄部分)，北京：中華書局，1986 年。

10. 〔明〕陸楫編：《古今說海》，臺北：藝文印書館，1966 年。

11. 〔明〕田汝成：《西湖遊覽志》，臺北：商務印書館，1983 年。

12. 〔明〕高儒：《百川書志》，上海：上海古籍出版社，2005 年。

13. 〔明〕施耐庵、羅貫中著，李泉、張永鑫校注：《水滸全傳校注》，第 3 冊，臺北：里仁書局，1994 年。

14. 〔明〕笑笑生著，劉本棟校訂，繆天華校閱：《金瓶梅》，臺北：三民書局，1980 年。

15. 〔清〕黃文暘：《曲海總目提要》，臺北：新興書局，1967 年。

16. 〔清〕姚燮：《今樂攷證》，吳平、回達強主編：《歷代戲曲目錄叢刊》，揚州：廣陵書社，2009 年。

17. 〔清〕彭蘊璨：《歷代畫史彙傳》，《續修四庫全書》，子部藝術類第 1083 冊，上海：上海古籍出版社，1995 年。

18. 〔清〕顧公燮：《消夏閑記摘鈔》，《涵芬樓秘笈》，第二集，上海：商務印書館，1917 年。

19. 〔清〕周亮工：《因樹屋書影》，南京：鳳凰出版社，2008 年。

20. 〔日〕青木正兒著，王吉廬譯：《中國近世戲曲史》，臺北：臺灣商務印書館，1965 年。

21. 王國維：《曲錄》，《增補曲苑木集》，上海：六藝書局，1932 年。

22. 王國維：《宋元戲曲史》，臺北：臺灣商務印書館，1971 年。

23. 任熊：《劍俠圖傳》，石家莊：河北美術出版社，1996 年。

24. 周貽白：《中國戲劇史長編》，上海：上海書店，2004 年。

25. 傅大興：《元雜劇考》，臺北：世界書局，1960 年。

26. 傅大興：《明雜劇考》，臺北：世界書局，1961 年。

27. 傅惜華：《明代雜劇全目》，北京：作家出版社，1958 年。

28. 蔣瑞藻：《小説考證、續編、拾遺》，上海：商務印書館，1935 年。

29. 鄭振鐸：《插圖本中國文學史》，臺北：莊嚴出版社，1991 年。

30. 盧前：《明清戲曲史》，臺北：商務印書館，1971 年。

31. 羅錦堂：《現存元人雜劇本事考》，臺北：中國文化，1960 年。

六、曲論一：專書

1. 〔元〕夏庭芝：《青樓集》，《中國古典戲曲論著集成》，第 2 集，北京：中國戲劇出版社，1959 年。

2. 〔明〕徐復祚：《曲論》，《中國古典戲曲論著集成》，第 4 集，北京：中國戲劇出版社，1959 年。

3. 〔明〕王驥德：《曲律》，《中國古典戲曲論著集成》，第 4 集，北京：中國戲劇出版社，1959 年。

4. 〔明〕祁彪佳：《遠山堂劇品》，《中國古典戲曲論著集成》，第 6 集，北京：中國戲劇出版社，1959 年。

5. 〔明〕祁彪佳：《遠山堂曲品》，《中國古典戲曲論著集成》，第 6 集，北京：中國戲劇出版社，1959 年。

6. 〔明〕周暉：《周氏曲品》，任中敏編：《新曲苑》，第 1 冊，臺灣：臺灣中華書局，1970 年。

7. 〔明〕徐復祚：《三家村老曲談》，任中敏編：《新曲苑》，第 1 冊，臺灣：臺灣中華書局，1970 年。

8. 〔明〕呂天成：《曲品》，《中國古典戲曲論著集成》，第 6 集，北京：中國戲劇出版社，1959 年。

9. 〔明〕何良俊：《四友齋曲説》，任中敏編：《新曲苑》，第 1 冊，臺灣：臺灣中華書局，1970 年。

10. 〔明〕張元長：《梅花草堂曲談》，任中敏編：《新曲苑》，第 1 冊，臺灣：臺灣中華書局，1970 年。

11. 〔明〕楊慎：《詞品》，《百部叢書集成・天都閣藏書》，臺北，藝文印書館，1965 年。

12. 〔明〕沈寵綏：《度曲須知》，《中國古典戲曲論著集成》，第 5 集，北京：中國戲劇出版社，1959 年。

13. 〔明〕李開先：《詞謔》，《中國古典戲曲論著集成》，第 3 集，北京：中國戲劇出版社，1959 年。

14. 〔明〕王世貞：《王氏曲藻》，任中敏編：《新曲苑》，第 1 冊，臺灣：臺灣中華書局，1970 年。

15. 〔明〕徐渭：《南詞敘錄》，《中國古典戲曲論著集成》，第 3 集，北京：中國戲劇出版社，1959 年。〔明〕胡應麟：《少室山房曲考》，任中敏編：《新曲苑》，第 1 冊，臺灣：臺灣中華書局，1970 年。

16. 〔清〕焦循：《劇說》，《中國古典戲曲論著集成》，第 8 集，北京：中國戲劇出版社，1959 年。

17. 〔清〕梁廷枬：《曲話》，《中國古典戲曲論著集成》，第 8 集，北京：中國戲劇出版社，1959 年。

18. 〔清〕李調元：《雨村曲話》，《中國古典戲曲論著集成》，第 8 集，北京：中國戲劇出版社，1959 年。

19. 〔清〕姚華：《菉漪室曲話》，任中敏編：《新曲苑》，第 3 冊，臺灣：臺灣中華書局，1970 年。

20. 〔清〕王季烈：《孤本元明雜劇提要》，臺北：臺灣商務印書館，1971 年。

21. 〔清〕吳梅：《霜厓曲跋》，任中敏編：《新曲苑》，第 3 冊，臺灣：臺灣中華書局，1970 年。

22. 〔清〕吳梅：《顧曲麈談》，臺北：臺灣商務印書館，1988 年。

23. 〔清〕吳梅：《中國戲曲概論》，臺北：廣文書局，1971 年。

24. 〔日〕青木正兒著，隋樹森譯：《元人雜劇序說》，臺北：長安出版社，1971 年。

25. 〔日〕久保天隨：《支那戲曲研究》，東京：弘道館，1928 年。

26. 〔日〕吉川幸次郎著，鄭清茂譯：《元雜劇研究》，臺北：藝文印書館，1981 年。

27. 〔日〕八木澤元：《明代劇作家研究》，臺北：道明書局，1977 年。

28. 任中敏：《曲諧》，任中敏編：《散曲叢刊》，第 15 種，臺北：復華書局，1963 年。

29. 任中敏：《散曲概論》，任中敏編：《散曲叢刊》，第 14 種，臺北：復華書局，1963 年。

30. 任中敏編：《新曲苑》，臺灣：臺灣中華書局，1970 年。

31. 吳毓華編：《中國古代戲曲序跋集》，北京：中國戲劇出版社，1990 年。

32. 張敬：《明清傳奇導論》，臺北：華正書局，1986 年。

33. 陳乃乾輯：《曲苑》，民國十年海寧陳氏影印巾箱本。

34. 陸侃如、馮沅君：《南戲拾遺》，臺北：進學出版社，1969 年。

35. 馮沅君：《古劇說彙》，上海：商務印書館，1974 年。

36. 趙景深：《小說戲曲新考》，上海：世界書局，1943 年。

37. 蔡毅編著：《中國古典戲曲序跋彙編》，濟南：齊魯書社，1965 年。

38. 鄭騫：《景午叢編》，臺北：臺灣中華書局，1972 年。

39. 錢南揚：《宋元南戲百一錄》，臺北：古亭書屋，1969 年。

40. 嚴敦易：《元劇斟疑》，北京：中華書局，1960 年。

七、曲論二：論文

1. 〔日〕岩城秀夫：〈明の宮廷と演劇〉，《中國文學報》第一冊。

2. 〔日〕長澤規矩也：〈明代戲曲刊行者表初稿〉，1936 年第 7 卷第 1 號。

3. 〔日〕荒木見悟：〈明末の禪僧湛然丹澄じっいて〉，《支那學術研究》，第 28 號。

4. 石兆原：〈元雜劇裡的八仙故事與元劇體例〉，《燕京學報》，1935 年第 18 期。

5. 凌景埏：〈南戲與北劇之交化〉，《燕京學報》，1940 年第 27 期。

6. 凌景埏：〈詞隱先生年譜及其著述〉，《燕京大學文學年報》，1939 年第 5 期。

7. 凌景埏：〈漁陽先生年譜及其著述〉，《燕京大學文學年報》，1941 年第 7 期。

8. 張全恭：〈明代的南雜劇〉，《嶺南學報》，1937 年 6 卷第 1 期。

9. 張全恭：〈紅蓮柳翠故事的轉變〉，《嶺南學報》，1936 年 5 卷第 2 期。

10. 張敬：〈元明雜劇描寫技術的幾個特點〉，《大陸雜誌》，1955 年 10 卷第 10、11 期。

11. 張敬：〈南曲聯套述例〉，《台大文史哲學報》，1966 年第 15 期。

12. 梁一成：〈徐渭的生平和著作〉，《書和人》，第 2 輯，臺北：國語日報社，1983 年。

13. 黃芝岡：〈明代初中期北雜劇的盛行和衰落〉，《中華文史論叢》，1963 年第 4 輯。

14. 鄭振鐸：〈雜劇的轉變〉，《小說月報》，第 78 冊，東京：東豐書店，1979 年。

15. 錢南揚：〈宋元南戲考〉，《燕京學報》，1930 年 6 月第 7 期。

16. 羅錦堂：〈短劇論略〉，《大陸雜誌》，1963 年第 7 卷第 1 期。

17. 顧隨：〈元明殘劇八種〉，《燕京學報》，1937 年第 22 期。

八、筆記、雜著

1. 〔唐〕韋絢：《劉賓客嘉話錄》，《筆記小說大觀》，第 6 編，臺北：新興書局，1940 年。

2. 〔宋〕朱彧：《可談》，《筆記小說大觀》，第8編，臺北：新興書局，1940年。

3. 〔明〕徐樹丕：《識小錄》，王雲五編：《涵芬樓秘笈》，第7冊，臺北：臺灣商務書局，1967年。

4. 〔明〕沈德符：《野獲編》，《四庫禁燬書叢刊》，史部第4冊，北京：北京出版社，2000年。

5. 〔明〕都穆：《都公譚纂》，《叢書集成初編》，長沙：商務印書館，1937年。

6. 〔明〕劉若愚著，陽羨生校點：《酌中志》，《明代筆記小說大觀》，第4冊，上海：上海古籍出版社，2005年。

7. 〔明〕蔣之翹：《天啓宮詞》，臺北：藝文印書館，1967年。

8. 〔明〕陳悰：《天啓宮詞百詠》，《四庫全書存目叢書》，集部第192冊，臺南：莊嚴文化事業有限公司，1997年。

9. 〔明〕無名氏：《燼宮遺錄》，《筆記小說大觀》，第14編，臺北：新興書局，1940年。

10. 〔明〕錢希言：《遼邸記聞》，《中國野史集成續編》第17冊，成都：巴蜀書社，2000年。

11. 〔明〕劉玉：《己瘧編》，《百部叢書集成‧稗乘》，臺北：藝文印書館，19657年。

12. 〔明〕崔銑：《後渠雜識》，《中國野史集成》，第37冊，四川：巴蜀書社，1993年。

13. 〔明〕李介立：《天香閣隨筆》，《筆記小說大觀》，第22編，臺北：新興書局，1940年。

14. 〔明〕葉盛著，魏中平點校：《水東日記》，北京：中華書局，1980年。

15. 〔明〕謝肇淛：《五雜俎》，《筆記小說大觀》，第8編，臺北：新興書局，1940年。

16. 〔明〕陸容：《菽園雜記》，北京：中華書局，1985年。

17. 〔明〕張誼：《宦遊記聞》，《說郛續集》，清順治丁亥四年兩浙督學季際期刊本。

18. 〔明〕胡侍：《眞珠船》，《筆記小說大觀》，第4編，臺北：新興書局，1940年。

19. 〔明〕周暉：《金陵瑣事》，《四庫禁燬書叢刊補編》，第37冊，北京：北京出版社，2005年。

20. 〔明〕梅鼎祚：《青泥蓮花記》，臺北：廣文書局，1980年。

21. 〔明〕顏起元著，陳稼禾點校：《客座贅語》，北京：中華書局，1987

年。

22. 〔明〕張大復：《梅花草堂集》，《筆記小說大觀》，第 39 編，臺北：新興書局，1940 年。

23. 〔明〕劉元卿：《賢奕編》，《百部叢書集成・寶顏堂秘笈》，臺北：藝文印書館，1965 年。

24. 〔明〕王錡著，張德信點校：《寓圃雜記》，北京：中華書局，1984 年。

25. 〔明〕顏茂猷：《迪吉錄》，《四庫全書存目叢書》，子部第 150 冊，臺南：莊嚴文化事業有限公司，1995 年。

26. 〔明〕陳繼儒：《太平清話》，上海：商務印書館，1936 年。

27. 〔明〕陳繼儒：《筆記》，王雲五主編：《叢書集成初編》，長沙：商務印書館，1939 年。

28. 〔清〕張祥河：《關隴輿中偶憶編》，《筆記小說大觀》，第 4 編，臺北：新興書局，1940 年。

29. 〔清〕王士禎著，勒斯仁點校：《池北偶談》，北京：中華書局，1982 年。

30. 〔清〕李斗著，汪北平、涂雨公點校：《揚州畫舫錄》，北京，中華書局，1960 年。

31. 〔清〕趙翼著，李解民點校：《簷曝雜記》，北京：中華書局，1982 年。

32. 〔清〕顧炎武：《日知錄》，第 3 冊上，臺北：臺灣商務印書館，1956 年。

33. 〔清〕王應奎：《柳南隨筆》，《筆記小說大觀》，第 18 編，臺北：新興書局，1940 年。

34. 〔清〕鄒漪：《啓禎野乘》，周駿富輯：《明代傳記叢刊・綜錄類》，臺北：明文書局，1991 年。

35. 〔清〕王士禎著，趙伯陶點校：《古夫于亭雜錄》，北京：中華書局，1988 年。

36. 〔清〕張潮：《虞初新志》，《筆記小說大觀》，第 23 編，臺北：新興書局，1940 年。

37. 王文濡編：《說庫》，臺北：新興書局，1973 年。

九、詩文詞別集、總集、詩詞話

1. 〔明〕李贄：《焚書》，臺北：河洛圖書出版社，1974 年。

2. 〔明〕李開先著，路工輯校：《李開先集》，北京：中華書局，1959 年。

3. 〔明〕張岱：《陶庵夢憶》，臺北：臺灣開明書局，1974 年。

4. 〔明〕張岱：《琅嬛文集》，長沙：岳麓書社，1985 年。

5. 〔明〕陳與郊：《隅園集》,《四庫全書存目叢書》集部第 160 冊,臺南：莊嚴文化事業有限公司,1997 年。

6. 〔明〕周是修：《芻蕘集》,《景印文淵閣四庫全書》,第 1236 冊,臺北：臺灣商務印書館,1983 年。

7. 〔明〕楊慎：《詞品》,《百部叢書集成‧天都閣藏書》,臺北,藝文印書館,1965 年。

8. 〔明〕康海：《對山文集》,臺北：偉文圖書出版社,1976 年。

9. 〔明〕王九思：《渼陂集》,臺北：偉文圖書出版社,1976 年。

10. 〔明〕袁宏道：《袁中郎全集》,臺北：世界書局,1964 年。

11. 〔明〕葉天寥纂輯,洪葭卿校點：《午夢堂全集》,《中國文學珍本叢書》,上海：貝葉山房,1936 年。

12. 〔明〕黃宗羲：《吾悔集》,《四部叢刊初編》,臺北：臺灣商務印書館,1967 年。

13. 〔明〕陳繼儒：《白石樵眞稿》,《四庫全書禁燬書叢刊》,集部第 66 冊,北京：北京出版社,2005 年。

14. 〔明〕茅維：《十賚堂甲集文部》,明萬曆末年吳興茅氏刊本。

15. 〔明〕湯顯祖著,徐朔方校箋：《湯顯祖詩文集》,上海：上海古籍出版社,1982 年。

16. 〔明〕徐士俊：《雁樓集》,清順治間刻本。

17. 〔明〕王世貞：《藝苑卮言》,周維德集校：《全明詩話》,第三冊,濟南：齊魯書社,2005 年。

18. 〔清〕凌廷堪：《校禮堂詩文集》,嚴一萍選輯：《安徽叢書》,臺北：藝文印書館,1971 年。

19. 〔清〕劉體仁著,王秋生校點：《七頌堂詞繹》,《七頌堂集》,合肥：黃山書社,2008 年。

20. 〔清〕徐釚編輯：《詞苑叢談》,臺北：廣文書局,1968 年。

21. 〔清〕吳顥輯,吳振棫補輯：《國朝杭郡詩輯》,清同治十三年丁氏重校本。

22. 〔清〕吳振棫纂輯：《國朝杭郡詩續輯》,清光緒丙子閏五月丁氏重校本。

23. 〔清〕宋長白：《柳亭詩話》,臺北：西南書局,1973 年。

24. 〔清〕沈雄：《古今詞話》,唐圭璋編：《詞話叢編》,第一冊,北京：中華書局,1986 年。

25. 〔清〕錢謙益：《牧齋初學集》,《四部叢刊初編》,臺北：臺灣商務印書館,1965 年。

26. 〔清〕錢謙益撰集,許逸民、林淑敏點校：《列朝詩集》,北京：中華書

局，2007 年。

27. 〔清〕錢謙益：《列朝詩集小傳》，臺北：世界書局，1961 年。

28. 〔清〕朱彝尊著，黃君坦點校：《靜志居詩話》，北京：人民文學出版社，2006 年。

29. 〔清〕朱彝尊編：《明詩綜》，北京：中華書局，2007 年。

30. 〔清〕王昶編：《明詞綜》，上海：中華書局，1937 年。

十、史傳、方志

1. 〔唐〕李延壽：《南史》，第 3 冊，北京：中華書局，1975 年。

2. 〔明〕宋濂等：《元史》，臺北：臺灣商務印書館，1988 年。

3. 〔明〕無名氏：《大明律講解》，楊一凡編：《中國律學文獻》，第 1 輯第 4 冊，哈爾濱：黑龍江人民出版社，2004 年。

4. 〔明〕胡廣等：《明實錄》，臺北：中央研究院歷史語言研究所，1962 年。

5. 〔明〕王兆雲：《皇明詞林人物考》，上海，上海古籍出版社，2002 年。

6. 〔明〕過廷訓：《本朝分省人物考》，上海，上海古籍出版社，2002 年。

7. 〔明〕鄭曉：《吾學編》，上海，上海古籍出版社，2002 年。

8. 〔明〕焦竑：《國朝獻徵錄》，臺北：臺灣學生書局，1962 年。

9. 〔明〕李賢等：《大明一統志》，臺北：臺聯國風，1977 年。

10. 〔清〕張廷玉等：《明史》，北京：中華書局，1974 年。

11. 〔清〕夏燮著：《明通鑑》，北京：中華書局，2009 年。

12. 〔清〕阮元、潘衍桐：《兩浙輶軒錄補遺、續錄》，上海，上海古籍出版社，2002 年。

13. 〔清〕李銘院等：《蘇州府志》，臺北：成文出版社，1970 年。

14. 〔清〕裴大中等：《無錫金匱縣志》，臺北：成文出版社，1970 年。

15. 〔清〕唐煦春等：《上虞縣志》，臺北：成文出版社，1970 年。

16. 〔清〕宗源翰等：《湖州府志》，臺北：成文出版社，1970 年。

17. 〔清〕呂燕昭：《重刊江寧府志》，臺北：成文出版社，1974 年。

18. 〔清〕俞卿修、周徐彩：《浙江省紹興府志》，臺北：成文出版社，1983 年。

19. 〔清〕管竭忠：《開封府志》，清同治二年補刊康熙三十四年本。

20. 〔清〕曹秉仁等：《寧波府志》，臺北：成文出版社，1980 年。

21. 〔清〕馬如龍：《杭州府志》，清康熙二十五年序刊本，影印自日本內閣文庫。

22. 〔清〕諸自穀：《義烏縣志》，臺北：成文出版社，1970 年。

23. 〔清〕王鎮：《濟南府志》，臺北：臺灣學生書局，1968 年。

24. 〔清〕趙葆眞：《重修鄠縣志》，臺北：成文出版社，1969 年。

25. 〔清〕康海：《武功縣志》，臺北：成文出版社，1976 年。

26. 〔清〕李衛等：《浙江通志》，臺北：華文書局，1967 年。

27. 〔清〕尹繼善等：《江南通志》，北京：國家圖書館出版社，2004 年。

28. 〔清〕陳作霖等：《金陵通傳》，臺北：成文出版社，1970 年。

29. 〔清〕呂宣曾修，張開東纂：《直隸靖州志》，《故宮珍本叢刊》，第162 冊，海口：海南出版社，2001 年。

30. 吳秀之等：《吳縣志》，臺北：成文出版社，1970 年。

再版校後記

　　《明雜劇概論》是我二十年前的舊作，彼時有關明雜劇之研究，風氣未開，論者尚少，加上兩岸隔絕，資訊取得不易，其中難免有罅漏錯誤之處。二十年來，時賢後進的研究工作已更爲精進，今日觀之，書中的部分資料和觀念，也應該有所修訂補充。不過我總認爲過去研究上的缺失，其實正是個人學術歷程的紀錄，因此還是讓這本舊作以原貌重現，至於應修應改的部分，則列舉如下，以供讀者參考。

（一）著錄資料的修訂

　　本書第一章曾著錄明雜劇的作家與作品，此後有莊一拂《古典戲曲存目彙考》（1982）、趙景深、張增元合編《方志著錄元明清曲家傳略》（1987）、吳書陰《曲品校註》（1990）等書出版，資料更爲詳細，據此，著錄部分宜修訂者包括以下各條：

1. 作家身份

　　陳伯將：行軍司馬參將。

　　陳沂：山東參政。

　　葉憲祖：廣西按察使。

　　陳汝元：城堡廳同知。

　　鄒式金：知府。

　　鄭瑜：進士，官監察御史。

　　袁于令：知府。

　　黃家舒：生員。

　　鄒兌金：舉人。

　　　張岱：生員。
　　　祁彪佳：舉人，官吏部司務。

　2. **作家籍貫：**
　　　張岱：浙江山陰。

　3. **作品數量**（僅標註傳奇作品數量者，表示雜劇作品數量與原書相同）
　　　丁野夫：雜劇六種，俱佚。
　　　賈仲明：雜劇十六種，存六佚十。
　　　陳鐸：雜劇三種，存一佚二。
　　　王驥德：傳奇一種，存。
　　　史槃：傳奇十六種，存三殘二佚十一。
　　　呂天成：傳奇十五種，存一佚十四。
　　　汪廷訥：雜劇九種，存八佚一。
　　　王澹：傳奇五種，俱佚。
　　　葉憲祖：傳奇五種，存二佚三。
　　　徐復祚：雜劇三種。傳奇七種，存三佚四。
　　　林章：傳奇一種，佚。
　　　陳與郊：傳奇四種，俱存。
　　　湛然：雜劇二種，存一佚一。
　　　凌濛初：傳奇三種，殘一佚二。
　　　袁于令：傳奇九種，存三殘二佚四。
　　　張岱：傳奇一種，佚。
　　　祁彪佳：傳奇一種，佚。
　　　陸世廉：傳奇一種，佚。
　　　沈璟：傳奇十七種，存六殘八佚三。

　4. **同一作家誤為二人者**
　　　蘅蕪室即吳仁仲：本書第五章第四節討論《再生緣》一劇時，已辨明
　　　此劇作者「蘅蕪室」應為吳仁仲，第一章著錄中誤記為二人。
　　　來鎡即來集之。

　5. **應補充著錄者**
　　　沖和居士：浙江杭縣，一種，存。《歌代嘯》一劇存本題徐渭所撰，本

書第四章第三節討論徐渭作品時，認爲此劇非出自文長之手，而應是爲其作凡例的「沖和居士」所寫，第一章著錄中誤漏此人。

趙賓：江蘇吳縣。一種，佚。

張萱：廣東博羅。舉人，官戶部郎。一種，佚。

李宜之：江蘇嘉定。生員。一種，佚。

金堡：浙江杭州。進士，官知州。一種，佚。

沈樣：浙江桐鄉。二種，俱佚。

柳白嶼：浙江紹興。一種，佚。

陳季方：一種，佚。

張龍文：江蘇武進。生員。一種，存。

（趙賓等八人俱見莊一拂《古典戲曲存目彙考》）

由以上所修訂著錄資料，總計明雜劇作家應有一百三十二人，作品五百七十五種。由於著錄資料的修訂，本書第一章第五節「明代雜劇體製提要」所統計各期雜劇破壞元人規範之比例應該略有調整，不過就五百多本明雜劇而言，補充登錄的作品所占分量甚微，不致於影響最後對於明雜劇體製演變的分析結果。

（二）明清之際作家的歸屬

明清之際的雜劇作家有入清之後持續創作者，如鄭瑜除《橡燭修書》之外，其餘四種皆作於清代；來集之《秋風三疊》三種爲入清所作。但爲求完整呈現其創作情況，仍統歸於明代後期。陸世豪《西臺記》藉文天祥、張世傑事寄託亡國之恨，可能作於明亡之後，然而陸氏入清後隱居不仕，以遺民自居，應可歸入明代劇作家之列。

這本二十年前的舊作是學界第一本對於明雜劇進行全面研究的專著，雖難免有疏漏之處，亦可謂有首創之功。關於資料的考訂概見上述，至於個別作家與作品的探討，因多年來已有更爲豐富的研究成果，也就不再增補，而本書對於明雜劇整體演進情勢的分析相信仍然具有相當的參考價值。

1999 年 4 月

曾永義

三版後記

　　《明雜劇概論》是我的博士論文，完成於 1971 年。自認內容貧薄，羞於出版。直到 1978 年才在師長鼓勵下，被收入臺灣嘉新水泥公司文化基金會研究論文第三〇三種，那時因為我在美國哈佛大學，委由友人校對，魯魚亥豕難計其數。1999 年台北學海出版社重新排校。委由及門許子漢董理，我粗略瀏覽一過，將發現之錯誤列舉於〈再版校後記〉中。而今台北花木蘭文化出版和北京商務印書館皆選中本書，各自採用繁簡體字第三度予以出版，我均委由及門黃韻如擔任其事，我則未曾更與審閱。我生性疏懶，不能以繁忙為藉口。而「保留往日的學術面貌」，實是我一向的作為；何況事隔四十年，後出者轉精，實無須再蒙「敝帚千金」之誚。而我也心知肚明，這般寒傖的著作，所以一而再被重新出版的原因，也只因為它是在這領域中的「首先」之作，如果它有什麼學術價值，應當就這一點吧！

　　　　　　2011 年 7 月 31 日凌晨曾永義記於台灣大學長興街宿舍